LA DISPARUE DE SAINT-SAUVEUR

Gilbert Bordes

LA DISPARUE DE SAINT-SAUVEUR

ÉDITIONS
FRANCE
LOISIRS

Édition du Club France Loisirs,
avec l'autorisation des Éditions Belfond.

Éditions France Loisirs,
123, boulevard de Grenelle, Paris.
www.franceloisirs.com

ISBN : 978-2-298-08405-4

Anaïs a été élevée par ses grands-parents. Le monde bascule pour la jeune fille le jour où on lui donne des nouvelles de sa mère qui l'a abandonnée quelques jours après sa naissance.

Cette histoire d'apparence sombre est aussi pleine d'espoir et d'amour.

Merci aux lecteurs du Club de m'accompagner une fois de plus après tant d'années de complicité.

Gilbert Bordes

Quatre heures du matin. Jean Baltoret se lève, passe dans la salle de bains. Après une douche rapide, il s'habille, marche avec précaution jusqu'à la cuisine : dans la maison silencieuse, le moindre bruit résonne et s'amplifie. Dehors, les oiseaux chantent en ce début du mois de juin. Le jour se lève. L'ancien village minier drapé de brume se dessine sous un ciel clair. Deux terrils barrent l'horizon et rappellent à Jean son enfance dans des rues grises de poussière, son père, gueule noire, sa mère toujours attentive. Autrefois, l'artisan aimait le printemps, ouvrait en grand les fenêtres pour respirer l'air frais plein de senteurs d'herbes fraîches et de fleurs épanouies. C'était l'époque heureuse de Marie. Depuis, il se dit que le printemps ne le concerne plus.

C'est un petit homme, costaud, le visage osseux. À soixante-dix ans, Jean serait solide si les étourdissements le laissaient tranquille, il pourrait encore travailler de longues années. Son métier de boulanger-pâtissier, c'est sa vie ; il a eu la bonne idée d'inventer les dorés et n'a vécu que pour améliorer la qualité de ces brioches parfumées qui ont fait sa fortune.

La tête lourde car il n'a pas beaucoup dormi, Jean remplit sa tasse de café et la fait chauffer au micro-ondes. Anaïs n'est toujours pas rentrée. Où est-elle encore ? Il sort, ferme lentement la porte. La fabrique des dorés occupe le rez-de-chaussée de l'immeuble et une partie du bâtiment voisin acheté en 1998. Deux fours permettent de cuire chaque jour les brioches, le pain et les pâtisseries renommées dans tout le pays.

Les locaux de production sont encore déserts ; Jean met un point d'honneur à arriver le premier. Il s'enferme dans la pièce où sont entreposées les réserves de farine, de sucre, de miel et d'autres ingrédients entrant dans la confection des dorés. Le néon clignote avant d'éclairer la vaste salle où, tous les matins, il procède aux mélanges dont lui seul connaît l'exacte composition.

Un léger froissement sur sa droite, près des sacs de farine, attire son attention. Des souris ? Ce ne serait pas la première fois qu'il découvre la présence de ces petits rongeurs. Attirés par le sucre, le miel, la vanille, ils parviennent toujours à pénétrer dans ce local, pourtant bien isolé.

— Anaïs ?

La jeune fille est allongée sur les sacs. La lumière l'a dérangée dans son lourd sommeil. Elle bouge, grogne, ouvre les yeux. Jean s'étonne de ne pas avoir senti plus tôt l'horrible odeur de vomi qui se dégage de ses vêtements. Ses cheveux noirs en désordre, ses yeux rouges, un visage bouffi trahissent une nuit d'excès.

— Mais qu'est-ce que tu fais là ?

Elle se redresse avec difficulté, trébuche, puis fait un pas en direction de la porte sans regarder son grand-père.

— Tu vas me répondre ? Tu pues la vinasse !

Anaïs baisse la tête. Là, devant cet homme qui n'a jamais pensé qu'à son travail, elle regrette de s'être laissée aller une fois de plus à ce penchant nouveau pour l'alcool. Mais comment s'en empêcher, comment dire non à ceux qui lui tendent le verre ?

— Pardonne-moi, murmure-t-elle.

— Ma petite fille, qu'est-ce qui ne va pas ? Réponds-moi, je t'en supplie.

Anaïs secoue la tête et baisse les yeux.

— Ce n'est rien !

— Ces garçons que tu fréquentes aux Lilas, ces bons à rien... Ils ont une très mauvaise influence sur toi !

Elle lui lance un regard rapide, puis détourne les yeux.

— S'il te plaît, grand-pa, laisse-moi.

Jean n'a pas de temps à perdre. Il doit préparer la pâte pour la première fournée de dorés. Dans la pièce voisine, Pierre Allard, le boulanger qui vient d'arriver parle à son mitron... À la porte, Anaïs s'arrête, fait demi-tour et pose un baiser furtif sur la joue de son grand-père avant de s'enfuir prestement comme si elle avait honte de son geste affectueux.

Jean va chercher un balai et une serpillière et nettoie le vomi. Quel gâchis ! Décidément le sort s'acharne sur les dorés ! À croire que Jean Baltoret n'est pas digne d'en posséder le secret. Qui pourra bien lui succéder ? Son fils, François, représentant de commerce à Lille ne veut pas entendre parler de la fabrique, et Anaïs, enfant modèle jusqu'à ces dernières semaines, s'est mise à boire et fréquente la pègre de Valenciennes. Tout a commencé le

18 mai 2012, après une soirée avec des amis. Depuis, Jean et sa femme, Valérie, se heurtent à un mur quand ils cherchent à comprendre.

Il ouvre le sac sur lequel Anaïs était couchée, un sac de fleur de farine particulièrement raffinée pour lui par les minoteries de la région. La fabrication des dorés demande les meilleurs produits. La cuisson, qui se fait en plusieurs étapes, est confiée à Georges Viron, le chef d'équipe qui décide quand la pâte est suffisamment levée. Alors Éric Leblanc et Pierre Marché la découpent en portions qui sont ensuite torsadées.

Jean ouvre le sac, fait couler la farine dans un grand récipient. Une feuille de papier tombe sur le carrelage. Il la déplie et lit, écrit en gros caractères: L'HEURE EST ARRIVÉE.

Il se redresse, comme piqué par une guêpe. Qu'est-ce que ça signifie ? Est-ce une blague ? Il s'assoit sur le sac et réfléchit, incapable de poursuivre ses mélanges alors qu'il est déjà en retard.

Il pense à Marie, disparue le 5 juin 1994. Le fardeau de son existence. Jean préférerait la savoir morte plutôt que de vivre avec cette incertitude depuis dix-huit ans. L'espoir qu'elle soit vivante subsiste malgré tout, mais, dans ce cas, pourquoi n'a-t-elle jamais donné signe de vie ? Jean et Valérie évitent d'en parler, même s'ils pensent à elle presque tout le temps. Marie est née en 1977, deux ans après François. Une gamine sans histoire, elle aussi, bonne élève et sérieuse. L'année de son bac, elle a accouché d'une petite fille. Personne n'avait vu qu'elle était enceinte, pas même sa mère. Quelques jours après la naissance d'Anaïs, Marie n'est pas rentrée du lycée.

Les recherches ont duré plusieurs années sous la direction du commissaire principal de Lille, Antoine Melino. Une brigade spéciale a été constituée, mais n'a pas trouvé le moindre indice...

L'HEURE EST ARRIVÉE... La phrase se détache en grosses lettres noires. Jean froisse la feuille et se remet au travail ; les ouvriers vont faire leur entrée...

Qui peut lui en vouloir ? Peut-être devrait-il avertir le commandant de gendarmerie ? Il ouvre la porte d'entrée. Ses employés Georges Viron et Éric Leblanc sont là et le saluent avant d'entrer dans la salle de production. Jean aurait aimé avoir un fils comme Éric. Toujours le premier au travail et le dernier à s'en aller ! Enfin, le troisième ouvrier, Pierre Marché, un solide gaillard qui approche de la cinquantaine arrive à son tour. Depuis que sa femme l'a quitté, il est moins efficace. Ces trois hommes doivent leur emploi à Jean et, s'il venait à mourir subitement, ils se retrouveraient au chômage. Les malaises ressentis ces derniers temps sont autant d'avertissements, mais en qui peut-il avoir suffisamment confiance pour avouer son secret ? Il y réfléchit depuis longtemps, mais ne parvient toujours pas à se décider.

Au laboratoire, le pâtissier, Julien Perinon et ses deux apprentis préparent les viennoiseries vendues avec le pain et les dorés dans l'unique boulangerie-pâtisserie de Saint-Sauveur, tenue par Valérie. Jean passe les saluer avant de rejoindre l'équipe des dorés.

Éric enfile la combinaison réglementaire puis se met au travail. Le mélange des farines et des ingrédients étant prêt, il met en marche le pétrin et allume le four. La routine pour ce garçon très réservé qui ne dit pas dix mots par jour. Il serait digne de succéder au patron, mais Jean ne veut pas que les dorés sortent de la famille…

De son côté, Georges coupe la pâte en parts égales, confectionne les brioches qu'Éric et Pierre enfournent en surveillant méticuleusement le temps de la cuisson. Près du deuxième four, Pierre Allard, le boulanger, range des baguettes croustillantes dans des paniers d'osier.

Une odeur un peu âcre de pâte levée se répand dans la pièce, familière et rassurante. Pour Jean, la première partie de sa journée est terminée. Il se rend à la salle des expéditions où trois femmes travaillent à emballer les dorés et confectionnent les colis.

Les premiers clients entrent dans la boutique, ouvriers pressés, lève-tôt habitués à venir acheter leurs dorés frais pour leur petit déjeuner. Valérie les sert avec Micheline, une vieille fille qui travaille ici depuis quinze ans. Jean passe les saluer et échange quelques mots avec elles. Toujours étonné par le succès de son invention, il ne se reconnaît aucun mérite tant la formule lui paraît simple. Les commandes affluent, il pourrait aisément augmenter la production, mais pourquoi ? Paul Maqueray, le maire, ne cesse de le lui répéter : « Tu n'as pas le droit de laisser mourir cette chance unique pour notre village ! Vends ton affaire à la commune, nous exporterons les dorés dans le monde entier ! » Et il ajoute, flatteur : « Les générations à venir reconnaissantes t'érigeront une statue, tu te rends compte ? » Jean n'en croit pas un mot, pourtant il ne peut s'empêcher d'imaginer sa statue dressée par tous les temps sur la place de Saint-Sauveur.

L'HEURE EST ARRIVÉE... Cette phrase ne cesse de tourner dans sa tête et il regarde autour de lui, dévisage les clients comme s'il cherchait l'auteur de la menace. Alors les souvenirs qu'il s'est efforcé d'oublier remontent à sa mémoire, et il se sent tout à coup très faible. Et coupable.

Dix heures, ce mercredi 6 juin 2013.

Valérie sert un dernier client, et se met à ranger les pâtisseries qu'un apprenti apporte du laboratoire. C'est ainsi tous les matins : beaucoup de monde à servir entre sept et neuf heures, puis un creux jusqu'à onze heures et une nouvelle affluence en fin de matinée. Valérie profite de l'absence de Micheline, partie rapporter les plateaux vides, pour glisser à l'oreille de son mari :

— Anaïs a vomi dans le couloir ! Elle est encore rentrée ivre !

— Je sais, répond-il, songeur. Ça me rappelle mon père, qui avait pris l'habitude de boire dans la mine.

En 1970, quand le puits 34 a été fermé, Gaston Baltoret n'a pas pu se reconvertir. Jean, qui était déjà boulanger-pâtissier, lui avait proposé de venir travailler avec lui, mais le mineur au chômage avait préféré jouer aux cartes et aux dominos avec ses copains sans quitter des yeux le chevalement dont la grande roue ne tournait plus. « Tu ne peux pas savoir combien ce fichu boulot me manque ! répétait Gaston. Quand on a passé sa vie au fond, si près de l'enfer, comment veux-tu qu'on vive comme tout le monde ? » Jusqu'à la fin il avait espéré que la mine reprendrait…

— Qu'est-ce qui a bien pu se passer à cette soirée chez Lola ? demande encore Valérie. Tout était pour le mieux et voilà qu'elle se met à boire, qu'elle abandonne la faculté…

Ils ne peuvent s'empêcher de penser à Marie, qui avait caché sa grossesse jusqu'au dernier moment.

— Non, c'est pas possible ! grogne Jean.

— Je ne crois pas. Mais il faut qu'on lui en parle pour prendre les bonnes décisions avant qu'il soit trop tard.

Jean soupire. Le comportement inexplicable de sa petite-fille le tracasse, mais que faire ? Lorsque Anaïs était rentrée ivre pour la première fois, il s'était mis en colère ; elle s'était enfuie et n'était rentrée que le lendemain. Depuis, il mesure ses propos en se disant que la lourde hérédité des Baltoret, mineurs depuis plusieurs générations, alcooliques et silicosés, n'y est peut-être pas pour rien.

— Elle a dix-huit ans, réplique Jean. Elle est donc libre de faire ce qu'elle veut. Je me dis souvent que le mieux ce serait de l'obliger à se débrouiller seule !

— Tu n'y penses pas ! C'est notre petite…

Non, il n'y pense pas. Il a parlé comme ça, pour ne pas affronter le silence et tenter de se rassurer. Valérie observe son mari et constate :

— Tu as l'air fatigué !

— Oui, je n'ai pas beaucoup dormi la nuit dernière, et puis je vais sur mes soixante-dix ans.

— Et tes étourdissements ?

— On dirait que ça va mieux ! En tout cas, ils me laissent tranquille depuis quelques jours.

— N'empêche que tu as une sale tête !

Deux clientes arrivent. Jean s'éloigne en se disant qu'Anaïs souffre sûrement de ne pas avoir eu de parents. Née de personne : père inconnu et mère disparue ! Mais cela n'explique pas tout : que s'est-il passé ce 18 mai dernier ? Valérie a questionné les jeunes gens présents à la soirée, Lola, Jérémie et tous les autres, mais personne n'a pu lui répondre. Une seule indication, ce cri de colère et d'exaspération, un matin après une remarque de son grand-père : « Je vais disparaître moi aussi, comme ma mère et je ne serai plus un fardeau pour personne ! » Jean et Valérie ont échafaudé tout un tas d'hypothèses. Ils ont pensé qu'elle aurait pu rencontrer son père, qui ne s'est jamais manifesté, mais ni l'un ni l'autre n'a osé lui poser la question.

Puis, Jean traverse la salle d'emballage envahie de chariots pleins de dorés que les ouvrières disposent sur les machines de conditionnement et se rend à l'étage, au secrétariat, domaine d'Hélène Grossot qui règne depuis vingt ans sur la comptabilité et l'administration de l'entreprise. Cette petite femme au visage maigre, aux lourdes lunettes de myope, a élevé seule son fils. Jean a toute confiance en elle.

Jean s'assoit à son bureau devant une pile de courrier et de factures à signer. Il a menti à Valérie pour ne pas l'affoler : il ne va pas bien, chaque matin, il peine à se lever. Les vertiges sont toujours là et surviennent à tout instant, sans prévenir, avec la sensation d'avoir la tête lestée de plomb. Cela ne dure pas, mais lui qui ne s'est jamais écouté n'ignore pas que ces malaises cachent un mal plus profond. Il redoute que la mort le prenne à l'improviste avant qu'il ait réglé ses affaires. Alors, l'œuvre de sa vie mourrait avec lui : les dorés cesseraient d'exister, les pâles copies de Staffin, son concurrent de Valenciennes, détruiraient une renommée acquise en trois décennies.

Son courrier lu, Jean remonte à l'étage et entre dans l'appartement qu'il occupe avec Valérie et Anaïs. Il se sert un café en regardant par la fenêtre ouverte la place inondée de soleil, la fontaine où se rassemblent les pigeons, le clocher avec sa girouette en tôle et, tout au bout, entre les deux terrils, la grande roue de la mine au sommet de sa tour métallique, âme morte du village. Autrefois, son mouvement continuel assurait la prospérité de la région. Les wagons remplis de charbon quittaient Saint-Sauveur, dont les rues grouillaient de vie. C'était la belle époque minière ; six mille personnes vivaient dans ce qui était alors une petite ville. Désormais, depuis que la « cage » qui descendait les équipes au fond est réduite au silence, depuis que le tapis roulant sur lequel les trieuses séparaient le minerai de la pierraille n'est plus qu'une ossature métallique rouillée, moins de deux mille personnes peuplent le village moribond. Le temps s'y est arrêté ; les bistrots ont fermé les uns après les autres, les bâtiments abandonnés par la Société des mines du Nord s'effondrent lentement. Tous les projets d'implantations d'usines ont échoué.

Anaïs sort de sa chambre le visage défait, les cheveux en bataille et, sans un mot, s'affale sur une chaise près de la table. La naissance de ses seins apparaît dans le décolleté blanc de sa chemise de nuit. Jean s'assoit en face de la jeune fille qui a posé sa tête fatiguée sur son avant-bras. Il aimerait lui parler, lui ouvrir son cœur de grand-père maladroit, mais il ne trouve pas les mots. Il demande :

— Quand tu es rentrée, cette nuit, pourquoi es-tu allée dormir dans la fabrique ? Pourquoi n'es-tu pas montée dans ta chambre ?

Anaïs lève ses yeux rouges et secoue la tête. Elle n'a aucun souvenir de ce qu'elle a fait.

— Tu étais seule ?

Elle fait oui de la tête.

— Pourtant quelqu'un a dû entrer dans la réserve où tu dormais. Tu n'as vu personne ?

Elle était trop ivre et ne se souvient de rien. Jean ne sait comment aborder ce qui le tracasse.

— Je ne recommencerai pas, murmure-t-elle.

Anaïs tourne vers lui un visage défait. Son regard se brouille, une larme perle au coin de ses yeux, roule sur sa joue.

— Qu'est-ce qui se passe ? demande le vieil homme d'une voix très douce. À moi, tu peux parler sans crainte. Je sais que la vie n'est pas facile pour toi. Dis-moi ce qui s'est passé… Pourquoi tu te mets dans ces états ?

Elle sanglote.

— C'est rien, dit-elle. Je me suis laissé entraîner. Je ne recommencerai pas.

Comment expliquer ce qui la détruit ? Ses grands-parents ne méritent pas qu'elle leur révèle un secret qui les anéantirait…

— Bon, je vais me préparer et partir en cours.

— J'aime t'entendre parler comme ça !

Jean sort par la porte de la fabrique et traverse la place du village. Les nuages laissent passer par endroits un peu de ciel bleu. Le vent s'est calmé ; une chaleur lourde pèse sur les épaules.

À la mairie, Paul Maqueray l'attend. Le maire partage son temps entre Lille, où se trouve son cabinet d'avocat, et la mairie de Saint-Sauveur où il assure une permanence chaque fin de semaine. Il sourit à Jean, lui serre chaleureusement la main et le fait entrer dans son bureau. Maqueray est un bel homme d'une cinquantaine d'années. Grand, élancé, vêtu avec recherche, son élégance en impose. Le fils du mineur de fond a bien réussi à effacer le charbon qui noircissait son nom et fréquente désormais la bonne société lilloise. Ses avis portent toujours. Évoluant dans le monde des affaires, il sait trouver les subventions et les prêts indispensables à la modernisation de sa petite commune endettée depuis l'arrêt de la mine.

En s'asseyant en face du maire, Jean Baltoret pense à la lettre de menaces, mais n'ose pas en parler.

— Je me sens fatigué, dit-il. Parfois, je me dis que je vais tomber pour ne jamais me relever…

— Écoute, Jean, la fortune de la commune, c'est toi qui la détiens avec tes dorés. Tu en vends dans les meilleures boutiques de Paris, on t'en demande partout. Je ne comprends pas que tu ne veuilles pas faire profiter Saint-Sauveur d'une pareille aubaine !

Jean se cale dans son fauteuil. Le malaise commence par un vertige, une sensation de lourdeur ; les murs du bureau se mettent à tourner, il ne voit plus que la silhouette déformée du maire. Cela ne dure qu'une seconde ou deux mais assez pour l'alerter. Cette brève sensation de perdre pied, de s'enfoncer dans le monde mou de l'inconscience lui rappelle que la mort peut le surprendre d'un instant à l'autre. C'est la deuxième fois que ça lui arrive ce matin.

— Tu ne peux pas laisser partir les dorés, insiste le maire. C'est trop important pour l'économie du village. J'ai vu des hommes d'affaires à Paris. Ils sont prêts à investir de grosses sommes. Les dorés peuvent s'exporter jusqu'en Chine. Tu imagines ce que ça représente pour la commune ? À ton âge, tu ne peux plus reculer.

— Oui, oui..., répond Jean sans cacher son agacement.

— Nous avons tout pour installer une belle usine : les locaux de la mine qui tombent en ruine, et une main-d'œuvre locale de bonne qualité. L'opportunité est trop belle pour la laisser filer...

Jean repense à la lettre de menaces qui n'a probablement pas été apportée par Anaïs. Quelqu'un a dû la glisser dans le sac de farine avant la livraison. Il faudra chercher du côté des minoteries de Valenciennes. Le minotier, Alain Genral, ne lui a-t-il pas proposé plusieurs fois de racheter son affaire ?

— Je m'engage à ce que la recette ne sorte jamais de Saint-Sauveur, ni même de l'entreprise que nous allons créer, annonce Maqueray.

— Je vais voir...

Le maire ne quitte pas des yeux Jean Baltoret. Ce matin, c'est un homme vaincu qui se tient en face de lui, pas ce battant qui, à soixante-dix ans, pourrait imposer sa loi à des trentenaires. Il n'ignore rien des soucis familiaux de l'artisan. Il était déjà à la tête de la commune quand Marie a disparu, et les frasques d'Anaïs ne sont sûrement pas étrangères à l'abattement du vieil homme. L'avocat doit plaider sa cause avec tact, sans le brusquer.

— Nous ne sommes pas éternels, tu sais, reprend-il. Et quand nous partons, ce que nous emportons n'est jamais restitué aux héritiers. Tu as eu un trait de génie en inventant les dorés. Cela ne te servira à rien de le laisser perdre.

Paul Maqueray sait que la disparition de Marie a joué en faveur des dorés. À l'époque, la presse nationale a énormément parlé de Jean Baltoret, ce pâtissier du Nord, et de son invention. C'est à partir de là que tous les commerçants du pays ont voulu les vendre.

— Jean, réfléchis à ma proposition. La commune peut racheter très cher ton brevet et l'exploiter pour le compte de la collectivité. Ta famille ne sera pas oubliée, dis ce que tu veux et tu l'auras.

— On en reparlera.

Jean se lève de son siège sans rien ajouter et se dirige vers la porte.

— Pense à la commune, insiste le maire en le raccompagnant. Pense à ce qu'elle était il n'y a pas si longtemps. C'est son avenir que tu as entre tes mains.

Dehors, Jean observe l'ancien coron transformé en petites habitations individuelles crépies de blanc. L'odeur délicate des tilleuls fleuris embaume. Les hirondelles patrouillent sur les toits. La vie est partout, souveraine, effrontée, mais Jean se sent absent du beau manège de l'été naissant.

Il monte directement à l'appartement. Mini, la chatte lève la tête et le regarde de ses grands yeux ronds, comme si elle avait compris que quelque chose n'allait pas.

Jean traverse la salle de séjour, longe le couloir, ouvre sans bruit la porte du fond. Allongée sur son lit, Anaïs qui s'est habillée serre dans ses bras l'ours en peluche de son enfance dont elle n'a jamais voulu se séparer. Elle sursaute en apercevant son grand-père, se redresse vivement.

— Je croyais que tu allais en cours ?

— Oui, mais pas avant quinze heures.

Jean s'assoit près de la jeune fille et pose la lettre anonyme sur la couverture.

— Je l'ai trouvée dans le sac de farine sur lequel tu étais couchée.

Anaïs jette un regard rapide à la feuille puis cache son visage dans l'oreiller.

— Tu sais d'où vient cette lettre ?

— Non, pas la moindre idée !

Il aimerait la presser contre lui, exprimer toute sa tendresse, mais il ne sait pas comment faire. Jean cache ses sentiments comme s'il en avait honte. Au bout d'un long silence, il murmure :

— Anaïs, mon perce-neige…

Les lèvres de la jeune fille se contractent en un très léger sourire, à peine perceptible. Depuis combien d'années son grand-père ne l'a-t-il pas appelée ainsi ? D'un geste spontané, elle pose sa tête sur l'épaule du vieil homme, qui lui caresse les cheveux.

— Ta grand-mère et moi, nous n'avons que toi. On voudrait tant que tu sois heureuse. Dis-nous ce qui ne va pas. Je me sens responsable…

Anaïs a un petit mouvement de la tête que Jean ressent contre son bras.

— Je suis fatiguée, c'est tout !

Jean sursaute.

— Drôle de manière de parler, voilà que tu déprimes !

Anaïs ne répond pas. Son visage est figé en une expression douloureuse.

— Si tu me faisais confiance... Je sens en toi quelque chose de très dur, et de très lourd.

Elle observe le visage de son grand-père, son front ridé, son nez fort, ses joues piquées d'une barbe blanche de deux jours. Elle aimerait tant se confier à lui, ouvrir son cœur, mais ce serait lui faire beaucoup de mal.

— C'est rien, je te promets.

Elle se lève et quitte la pièce. Jean ne cherche pas à la retenir. Il n'a pas osé lui poser la question qui lui brûlait les lèvres. La porte claque, l'escalier grince. De la fenêtre, il la voit traverser la place sans se préoccuper des regards curieux qui s'attardent sur elle.

Jean n'a jamais eu aucune difficulté à se lever très tôt. Apprenti boulanger, pâtissier dès l'âge de seize ans, il s'est habitué à travailler quand les autres dormaient. Pourtant, ce matin, il peine à poser les pieds sur la descente de lit. Valérie se dresse sur les coudes, inquiète. Ils ont attendu Anaïs toute la nuit.

— Ça va aller ?

— T'en fais pas !

Après avoir bu sa tasse de café, Jean descend, passe saluer ses employés qui s'étonnent de le voir arriver en retard. Dans la salle des mélanges, il allume les néons et s'approche avec appréhension des sacs de farine. Il espérait y trouver Anaïs, mais la jeune fille n'a probablement pas eu la force de rentrer. Le vieil homme serre les poings. Et, comme chaque fois que la colère monte en lui, il pense à Bernard Staffin, le grand ami, le frère des jeunes années, et leur brouille à cause des dorés. Serait-il pour quelque chose dans les malheurs qui le frappent ?

Pour se donner du cœur à l'ouvrage, Jean repense à Anaïs lorsqu'elle avait six ans, son perce-neige blotti contre lui et qui, avant d'aller au lit, lui réclamait une histoire. Comme les idées lui manquaient, Jean racontait ce qui lui passait par la tête, ou la même chose que la veille. La fillette, le pouce dans la bouche l'écoutait avec attention, fermait les yeux et s'endormait. Jean comprend maintenant qu'il était presque heureux.

Il commence sa préparation, toujours dans le même ordre : la fleur de farine d'abord, les œufs frais, les parfums, les autres ingrédients devant être incorporés pendant le pétrissage de la pâte. Il apporte le sac de farine près du pétrin, l'ouvre, et s'immobilise : une nouvelle feuille à l'intérieur, un peu froissée. Les mains tremblantes, il la déplie : « Tu vas en crever. » C'est tout.

La feuille glisse de ses doigts immobiles, tombe en tournoyant sur le carrelage. *Tu vas en crever*. Cela ne pourrait être plus explicite, et pourtant il ne comprend pas. C'est donc la suite du premier message, une précision sur ce qui l'attend. Mais qui peut lui en vouloir à ce point ? Staffin, qui se dit le co-inventeur de la formule ? La seule chose qu'il a trouvée, l'ancien grand ami, c'est le nom, qui n'a rien d'original. Les dorés auraient pu s'appeler autrement, cela n'aurait rien changé à leur succès.

La porte s'ouvre sans bruit. C'est probablement Mini, la chatte, qui vient lui rendre visite malgré l'interdiction. Une silhouette glisse sans bruit, se détache dans la lumière. Anaïs, les cheveux défaits, traverse la pièce et s'assoit sur un sac. Elle semble très fatiguée mais n'est pas ivre.

— Je suis bien heureux de te voir, lui dit Jean en reprenant son travail. On s'est fait du souci.

Anaïs lève vers lui des yeux rougis. Jean la regarde un long moment. Où a-t-elle passé la nuit ? L'année dernière, quand elle était encore une fille sérieuse et que Jean pensait à lui confier son secret, elle était l'amie de Jérémie Joffroy, le fils du fleuriste, un bon garçon que Jean aime bien. Une amitié qui durait depuis la maternelle. Désormais, elle lui préfère les loubards des Lilas…

— Tu vois, Anaïs, ça a l'air tout simple ce que je fais, dit-il pour cacher sa gêne. Ça l'est, en effet, quand tu connais les proportions et la manière de mélanger les farines. La recette que tout le monde m'envie est à la portée de tous. Et pourtant je suis le seul à y avoir pensé. Faudra bien qu'un jour, je la confie à quelqu'un.

Anaïs se demande pourquoi son grand-père lui parle de ça ce matin. Elle a la migraine et voudrait dormir, oublier ce qui lui fait si mal. En parler lui ferait sûrement du bien, mais c'est impossible.

— Écoute, ça ne peut plus durer ! s'impatiente Jean. Tu as un chagrin d'amour ?

Anaïs sourit, se dirige vers la porte, puis hésite.

— Qu'est-ce que tu vas t'imaginer ? Mais non, je te dis que ça va passer.

— J'espère que tu dis vrai. Tes parents, c'est ta grand-mère et moi. Alors, on doit savoir.

Anaïs se cabre : Jean a touché le point douloureux.

— J'ai pas de vrais parents. Vous m'avez recueillie comme un petit chat ramassé dans le fossé.

Jean en reste sans voix. Malgré son âge, il a gardé un caractère vif et ses emportements lui ont toujours fait faire des bêtises qu'il regrette par la suite. Il prend la jeune fille par le bras et l'oblige à s'asseoir près de lui.

— Je vais être en retard dans la préparation de la pâte, mais tant pis. Pourquoi me parles-tu comme ça ?

Elle regrette d'être allée si loin dans sa pensée et temporise :

— Parce que c'est vrai, vous êtes mes grands-parents, pas mes parents !

— On s'est mal occupés de toi ? Tu as manqué de quelque chose ?

— Mais non, grand-pa, répond la jeune fille sur un ton rassurant. Ce n'est pas ce que je veux dire, bien au contraire. Vous avez toujours été très bons avec moi. Je me réjouis chaque jour de vous avoir !

— Alors, écoute-moi : tu vas arrêter tes bêtises et retourner en cours.

— Je te le promets, grand-pa, je ne veux pas te faire de peine !

Elle pose un baiser sonore sur la joue râpeuse de Jean.

— C'est moi qui vais te parler, poursuit-il. Ta mère avait dix-huit ans, exactement ton âge. Elle était très belle, toujours contente. Elle travaillait bien au lycée. Ta grand-mère et moi étions très heureux ! Ton oncle François faisait son école d'ingénieur, il avait décidé de ne pas reprendre le flambeau. Au début, j'en ai été contrarié. Et puis, je m'y suis fait : François n'avait pas la vocation de pâtissier, je n'y pouvais rien. Ce qui m'importait surtout, c'était qu'il soit heureux ! Ta mère était en terminale…

Anaïs se contracte. Une grimace déforme son visage. C'est la première fois depuis des années que Jean évoque sa mère.

— Je t'en supplie, grand-pa, arrête ! Je n'aime pas que tu parles de ça !

— Si, il le faut. On n'en a pas assez parlé parce qu'on ne savait pas comment faire. Et maintenant les mots brûlent comme des braises qu'on prendrait à pleines mains. Ta mère avait tout pour elle. Tout, je te dis. Intelligente, volontaire, travailleuse et, surtout, elle était très belle. Et puis…

— Non, je ne veux pas ! s'insurge Anaïs en se libérant de la poigne de son grand-père et courant vers la porte.

Jean n'a pas eu la force de la retenir. Sa main s'est ouverte malgré lui. La porte claque. Il n'a plus la tête à continuer son travail. Assis sur le sac où le poids d'Anaïs a tassé la farine en forme de nid, il pense aux lettres anonymes. Celui qui veut le détruire a sûrement bien préparé son coup. Mais quel rôle joue sa petite-fille dans tout ça ? Celui d'un appât ?

Pour la protéger, Jean et Valérie ont toujours évité de lui parler de sa naissance. Pourtant, ils ne lui ont pas caché la vérité. Ils ont seulement attendu qu'elle pose des questions et c'est arrivé très tôt, au cours préparatoire. Elle avait sept ans. Elle était rentrée de l'école en pleurant, considérant qu'elle n'était pas une petite fille comme les autres puisqu'elle vivait chez ses grands-parents. Elle avait demandé où était sa mère. Valérie avait pris la gamine sur ses genoux et lui avait expliqué que sa mère avait disparu juste après sa naissance et qu'elle n'avait pas de père comme le petit Jésus.

Anaïs avait semblé prendre la chose avec une certaine indifférence. Mais, le soir même, une fois au lit elle avait dit à sa grand-mère :

— Elle n'est pas morte, j'en suis sûre ! Alors, pourquoi elle n'est pas venue me chercher ?

Les années ont passé ainsi. Plus jamais Anaïs n'a parlé de sa mère ni demandé de ses nouvelles. On croyait l'incident clos, mais la braise couvait sous la cendre. Ce matin du 9 mai dernier, Jérémie Joffroy est arrivé à la boulangerie, affolé. Il a demandé à parler à Valérie qui l'a invité à la suivre dans l'arrière-boutique. Jérémie lui a alors raconté qu'Anaïs avait « pété les plombs » au cours de la soirée chez Lola, sa grande amie. Lola fêtait ses dix-huit ans dans la maison familiale. Il y avait là beaucoup de jeunes, les amis habituels et les amis des amis. Un garçon de la cité des Lilas était arrivé, invité par personne, mais comme il était plutôt gentil, tous l'avaient accepté. Ce Karim s'intéressait surtout à Anaïs à qui il avait parlé longuement. Quand il était parti, la jeune fille était complètement transformée. Elle avait bu jusqu'à rouler sur le plancher. Jérémie avait voulu la raisonner, mais elle l'avait envoyé paître en criant qu'elle n'avait plus rien à faire avec lui. Puis elle s'était endormie dans un coin de la pièce. Lola avait remarqué qu'elle sanglotait dans son sommeil.

Jean termine ses mélanges et hésite. Souvent, il profite de cet instant pour s'octroyer quelques instants de sieste, mais, ce matin, malgré la fatigue qui plombe ses gestes, il est beaucoup trop préoccupé pour se reposer. Il rejoint Valérie à la boulangerie.

— Qu'est-ce qui s'est passé ? lui demande-t-elle. J'ai vu Anaïs sortir en trombe.

— J'ai essayé de lui parler et elle n'a rien voulu entendre.

— Elle est partie avec son scooter !

— Je crois que je sais où elle est, réplique vivement Jean.

Au bureau, Hélène Grossot apporte des factures qu'il signe avant de sortir. Puis il monte dans sa voiture et prend la direction de la cité les Lilas en bordure de la ville, après le puits 34 et les bâtiments abandonnés. Il y a là des immeubles ternes qu'évitent les policiers et où les gens de Saint-Sauveur ne mettent jamais les pieds. Jean s'arrête avant de s'engager dans la rue perpendiculaire qui monte entre les tours à la sinistre réputation, entre les deux montagnes pelées que sont les terrils. A-t-il raison de vouloir retrouver Anaïs ? N'est-ce pas la meilleure manière de la braquer ? Il se donne le temps de la réflexion.

Après avoir longuement pleuré, Anaïs court jusqu'à son scooter. Depuis le printemps, depuis la soirée chez Lola, elle fuit ses amis : on ne la voit plus le jeudi soir aux cours de GRS, ni le lundi à la chorale… Elle devrait aller en cours, mais n'en a pas le courage. Une douleur constante remplit son esprit ; seul l'alcool parvient à l'atténuer.

Elle prend la direction du centre-ville et de la gare. Regarder passer les trains l'occupe un instant. Il n'y a pas si longtemps, elle partait pour Lille chaque matin, souvent en compagnie de Jérémie. Désormais, la seule pensée de retourner à la fac lui donne la nausée. Elle descend flâner sur la place en contrebas, hésite à entrer dans un bar.

— Anaïs !

Trop tard pour se cacher. Lola vient à elle et lui fait la bise. Un peu en retrait, Jérémie la regarde fixement. Ils ne se sont pas adressé la parole depuis la soirée fatidique. Il n'ose pas s'approcher d'elle et l'embrasser. Anaïs est une amie d'enfance, a toujours été une bonne copine, une presque sœur, mais ce matin il lui en veut de fréquenter Karim.

— La tête que tu fais ! s'exclame Lola.

— Il faut que j'y aille, répond Anaïs.

Elle tente de s'éloigner, mais Lola la retient.

— Pourquoi tu me fuis ? Pourquoi tu ne me réponds pas quand je t'appelle ? Alors, tu es là et je vais en profiter pour te dire ce que je pense. Tant pis si ça te déplaît.

— Excuse-moi, Lola, mais en ce moment je n'ai pas la tête à voir mes amis.

— Je ne sais pas ce qui t'arrive, insiste Lola, mais c'est très mauvais pour toi. Tu te détruis à fréquenter ces mecs, tu le comprends ? Et puis, ça ne te ressemble pas !

— Je t'envie, Lola. Pour toi tout est simple, tu vas d'un garçon à un autre et tu ne penses qu'à rire et t'amuser !

À cet instant, le regard d'Anaïs croise celui de Jérémie. Elle y lit sa propre incertitude. Jérémie, doux, prévenant, toujours là quand elle a besoin de lui, Jérémie qu'elle fuit par honte. Ça lui donne envie de vomir, de se vider du présent et de ses incertitudes.

— Anaïs, insiste Lola, on est tes amis, on veut t'aider. Viens avec nous, ça te changera les idées !

Jérémie s'approche à son tour. C'est ce qu'Anaïs redoutait, parce qu'elle connaît la force de ce garçon déterminé, son magnétisme.

— Anaïs, je m'ennuie sans toi, dit-il en la regardant bien en face. Laisse-moi te parler une fois, une fois seulement. Te parler et surtout t'écouter.

— Tu es gentil, Jérémie, je mesure la chance que j'ai d'avoir un ami comme toi !

— Qu'est-ce qu'il t'a dit, ce Karim pour que tu passes ton temps à la cité ? J'ai l'impression que ça ne te plaît pas, que quelque chose t'y oblige. J'ai raison ?

— J'ai pas envie d'en parler pour l'instant.

— Toi et moi, on n'avait pas de secrets l'un pour l'autre et puis…

Il ne va pas au bout de sa pensée ; depuis qu'Anaïs le fuit, Jérémie mesure combien elle lui manque. Cette séparation lui a fait prendre conscience que le malheur de son amie était aussi le sien. Il passe tous les jours devant la boulangerie de Saint-Sauveur. Souvent, le samedi et le dimanche, il guette la jeune fille, attend qu'elle sorte et la suit de loin, jusqu'à la rue des Lilas. Et il s'en veut de ne pas avoir le courage de l'arracher à ces petits caïds.

— Ce soir, à six heures, dans le café en face !

— D'accord.

Elle remonte sur son scooter, contourne le vieux terril et s'arrête devant les bâtiments de la mine. Son grand-père la conduisait souvent à cet endroit, le vieux cœur du village qui ne bat plus. Jean lui avait expliqué que le bâtiment de droite s'appelait la salle des pendus. C'était là que les mineurs posaient leurs vêtements, qu'ils attachaient en ballots et les suspendaient au bout d'une corde. La désolation de cette salle ouverte à tous les vents, contiguë aux douches où les araignées tissent de lourdes toiles, ces locaux sans fenêtres et sans portes la fascinent. Ainsi se terminent toutes les belles histoires ! Pour Anaïs la vie est à l'image du puits 34, une marche inéluctable vers le naufrage. Elle fait quelques pas dans la vaste étendue couverte d'herbes sèches et de ronces. Le ciel est toujours gris, un peu de vent agite les feuilles d'un bouleau poussé là où les hommes attendaient l'ascenseur pour descendre au fond. De gros madriers en condamnent l'accès. Elle imagine la plongée vers les abîmes, le monde noir des grandes profondeurs. Il paraît qu'autrefois on descendait des chevaux pour tirer les wagonnets. Ils y restaient toute leur vie et devenaient complètement aveugles…

Anaïs repart vers la cité des Lilas. Au bas de la côte, une voiture est arrêtée sur le trottoir, un homme debout contemple les immeubles, un homme pas très grand mais trapu : son grand-père. Elle a la tentation d'accélérer et de passer à toute vitesse, mais Jean se place au milieu de la rue, l'obligeant à s'arrêter. À travers le casque qui cache la figure de la jeune fille, Jean ne voit que les grands yeux noirs.

— Anaïs…

Elle baisse la tête ; un peu de vent secoue une mèche de ses cheveux. Sur le trottoir, donnant la main à un petit garçon, une femme voilée vêtue d'une longue et ample robe noire marche sur le trottoir.

— Anaïs…

Il ne peut aller plus loin. La jeune fille se ressaisit, et, sans lever les yeux, se déporte sur la droite pour continuer sa route.

— Laisse-moi, murmure-t-elle.

— Écoute-moi…

— Je reviens tout de suite, c'est promis !

Elle accélère, contourne le vieil homme et s'éloigne dans la côte vers les bâtiments tristes qui se dressent sous le ciel gris. Jean devrait la suivre, la forcer à rebrousser chemin, mais le courage lui manque. Son âge lui montre ainsi des limites de plus en plus contraignantes. Il remonte dans sa voiture et rentre chez lui. Une heure de l'après-midi sonne au clocher. Valérie garde le magasin pendant que Micheline est partie déjeuner.

— Anaïs se sert dans la caisse ! dit-elle.

Jean s'étonne :

— Qu'est-ce qui te fait penser ça ?

— Micheline compte toujours la caisse avant midi et la recompte en revenant à trois heures. Hier, il manquait deux cents euros. Anaïs a dû profiter que j'avais le dos tourné pour se servir.

— Ce que tu dis est grave. Ici, on travaille dans la confiance !

— Pour l'instant, on n'en parle pas, suggère Valérie. Je préfère la surprendre la main dans le sac.

Elle dit ça, Valérie, mais elle n'a pas l'intention de surveiller sa petite-fille. Que lui dirait-elle ? N'est-ce pas le meilleur moyen de l'éloigner à jamais, de casser le fil devenu ténu, mais toujours existant, entre une Anaïs à la dérive et ses grands-parents ?

Lorsque Micheline revient, Jean et Valérie montent chez eux prendre un repas rapide. Jean doit retourner au laboratoire et à l'expédition pour vérifier le travail de la matinée. D'ordinaire, il est toujours là, mais depuis qu'il reçoit les lettres de menaces il s'absente de plus en plus, observant les uns et les autres, fouillant le regard des gens qu'il croise sur la place, guettant un indice qui lui permettrait d'identifier son ennemi.

Anaïs gare son scooter dans l'entrée. Karim et ses inséparables copains la regardent en riant. Que fait-elle là ? Le sentiment de ne pas être à sa place la met face à sa lâcheté et à sa faiblesse. Elle a soudain envie de s'enfuir. Karim fronce les sourcils et s'approche.

— Qu'est-ce que tu fous là à cette heure? On a rendez-vous ce soir, pas maintenant !

— Je sais, mais j'avais besoin de te parler.

Anaïs pense à son grand-père au bas de la côte qui conduit aux Lilas. Ce n'est pas une mauvaise fille. Elle aime son grand-pa Jean et sa grand-man Valérie. Elle leur doit tout, mais depuis que Karim lui a parlé à l'anniversaire de Lola, depuis qu'elle a découvert la vérité sur sa naissance, cette dette lui pèse terriblement.

— Laisse-moi tranquille. J'ai à faire, dégage !

— Excuse-moi, murmure la jeune fille.

Anaïs sait à quoi s'en tenir : Karim ne s'intéresse à elle que pour profiter de sa crédulité. Il faudrait tout arrêter, ne plus jamais mettre les pieds dans cette cité où tout est truqué, où les véritables sentiments n'existent pas. Mais Karim la tient par ce qui est comme un poisson accroché à l'hameçon.

— Je voulais te demander… Il sera là ?

— De qui tu parles ? De mon pote Martial ? Oui, il sera là.

— Je n'ai pas assez d'argent !

Karim tourne un regard moqueur vers ses copains, qui sourient à leur tour.

— Écoute, Anaïs, tu veux tout, le beurre et l'argent du beurre… Tu sais que Martial ne te donnera rien si tu n'as pas de quoi payer. Cent euros pour une photo, c'est le tarif !

Anaïs éclate en sanglots. Karim la prend dans ses bras et fait mine de la consoler.

— T'en fais pas, on trouvera quand même de quoi te mettre de bonne humeur. On aura du vin blanc.

Elle pense à son grand-père la découvrant affalée sur le sac de farine. Elle a honte en sachant que, le moment venu, quand la douleur sera trop forte, aucune bonne résolution ne saura la retenir.

— Je ne veux plus boire. C'est fini !

Ils éclatent de rire. Ils ont de quoi la faire flancher. Un mot bien placé et la voilà prête à tout, une aubaine pour eux, un jouet aussi.

— Tu dis ça tous les jours, se moque Karim. Mais dès que tu vois la bouteille, tu changes d'avis !

— Je suis à bout.

— Pour l'argent, tu sais ce qui te reste à faire ?

Elle se déteste. Elle se sait laide, sale, repoussante. Sa mère a eu raison de la fuir. Elle voudrait ne plus penser, devenir une pierre insensible au chaud et au froid, mourir. Ne plus avoir mal.

— Maintenant, fous le camp. À ce soir.

Elle enfourche son scooter et se laisse emporter par la descente. Au bout de la rue, elle hésite. Où aller ? Chez ses grands-parents ? Chez son amie Lola qui va lui poser des questions auxquelles elle ne voudra pas répondre ? Où qu'elle aille, sa douleur la suivra.

Elle roule vers le centre-ville, s'achète un sandwich et remonte sur sa machine, puis s'éloigne des maisons par la petite route de Saint-Omer. À deux kilomètres, elle s'arrête près d'un bosquet où elle venait, enfant, cueillir des champignons avec son grand-père, et marche un moment sur le sentier bordé de grandes herbes vertes. L'été arrive ; un soleil brillant perce les nuages. Une petite rivière serpente mollement entre les roseaux. Des grenouilles, surprises, sautent dans l'eau avec des bruits de cailloux. Anaïs s'assoit sur la mousse et réfléchit, mais ses pensées se brouillent, le courant sombre lui fait des signes, l'attire. Depuis qu'elle sait, sa vie n'a plus de sens. Elle est née par hasard, sans être désirée. Un rebut. À l'école primaire, ses petites copines ne se gênaient pas pour lui dire qu'elle n'avait pas de parents. Elle leur répondait que sa mère était une princesse et qu'elle viendrait la chercher un jour. Les autres l'enviaient à tel point qu'elle-même s'était mise à y croire et rejoignait sa princesse tous les soirs quand grand-man éteignait la lumière de sa chambre.

De retour à Valenciennes, elle sort de sa poche des billets froissés et les compte. Deux cents euros, ce n'est pas assez, mais où en trouver d'autres ? Elle n'ose pas en demander à sa grand-mère et ne peut pas puiser indéfiniment dans la caisse de la boulangerie. Sur le fronton de la gare, une horloge indique dix-sept heures. Déjà ? C'est sans importance. Elle remonte sur son scooter et rentre à Saint-Sauveur. À la boulangerie, Micheline lui sourit. Anaïs l'embrasse et monte à l'appartement. Sa grand-mère est là, en train de profiter d'un moment de répit en lisant dans le salon.

— Je suppose que tu n'as pas mangé, demande-t-elle.

— Si, un sandwich.

Anaïs se dirige vers le couloir qui conduit à sa chambre. Valérie lui demande de rester.

— Ce n'est pas souvent qu'on se trouve en tête à tête, toutes les deux. Reste avec moi.

— Comme tu veux.

— Nous sommes deux femmes, poursuit Valérie sur un ton affectueux. Nous pouvons parler de choses que nous ne saurions évoquer devant ton grand-père. J'ai été jeune, comme toi, et cela n'a pas toujours été facile.

— Sûrement, grand-man ! Je sais que tu étais très pauvre et que vous avez beaucoup travaillé avec grand-pa.

— Moi, je n'ai pas d'instruction, alors il y a des choses que je ne sais pas dire, reprend Valérie. Je crois qu'à ton âge on a tout à faire. Tu vas perdre une année, ce n'est pas grave puisque tu es en avance, mais c'est bête de gâcher ton temps.

Anaïs hausse les épaules.

— Je peux encore avoir mes examens si je veux !

— J'ai beaucoup réfléchi avant de te parler, ce n'est pas facile, mais il le faut tant qu'on peut faire quelque chose. Tu n'es pas enceinte ?

Anaïs sursaute, comme transpercée par une lame, puis fait face.

— Qu'est-ce que tu vas imaginer ?

— Rien, c'était une question pour comprendre.

— Mais non, rassure-toi. D'ailleurs comment je serais enceinte, je ne fréquente personne.

Anaïs contemple le large visage de sa grand-mère, son regard parcourt les boucles naturelles de ses cheveux. Elle était sûrement belle autrefois, quand elle prenait soin de sa silhouette. Ses traits se sont alourdis, ses boucles dorées accentuent son aspect quelconque. Anaïs aurait voulu être blonde, mais ses cheveux d'un noir de jais rappellent ceux de sa mère qui, elle, était d'une grande beauté. Cette pensée la pousse à sortir. Dans l'escalier, elle croise Jean qui revient du bureau. Il l'arrête.

— Où vas-tu comme ça ?

— Faire un tour, pourquoi ?

— Non, tu ne sors pas. On va s'expliquer, tous les deux !

L'image de sa petite-fille grimpant vers la cité a profondément révolté Jean. Cette fois, il ira au bout. Ils entrent dans la pièce toujours vide où Jean prépare ses mélanges. Il referme la porte et commence :

— Je suis très contrarié, je n'aime pas tes fréquentations ! Qu'est-ce que tu vas faire aux Lilas ?

— Rien de particulier ! réplique vivement Anaïs. Karim est un gentil garçon avec qui je m'entends bien, rien de plus.

Que répondre à cela ? Qu'il n'aime pas qu'Anaïs fréquente un Arabe désœuvré ? C'est bien ce qu'il pense, mais le formuler ainsi ne serait pas convenable.

— Que tu voies ce Karim m'est totalement égal, mais je ne voudrais pas qu'il t'entraîne sur la mauvaise pente, qu'il te donne de mauvaises idées !

—Mais non, grand-pa, répond Anaïs en se faisant rassurante, je ne suis pas aussi naïve que tu le penses !

—Sache que tu rends malheureuses deux personnes pour qui tu es tout !

Un court instant, la détermination de l'adolescente semble flancher. Son visage se contracte, elle se blottit contre son grand-père.

—Tu peux nous faire confiance, dit Jean en caressant les cheveux de la jeune fille. Tout ce que je veux, c'est que tu retournes en cours, que tu cesses de boire, le reste ne me regarde pas…

Anaïs embrasse le vieil homme avec effusion, puis sort. Jean reste un long moment silencieux, partagé entre l'envie de faire confiance à sa petite-fille et la méfiance. Il la soupçonne de lui cacher quelque chose de grave et il repense aux deux lettres de menaces. Enfin, il se décide à reprendre le cours de sa journée, passe au bureau où il fait ses commandes, puis se rend dans la salle d'emballage où les femmes placent les dorés dans des boîtes en carton avec des gestes précis. Une palette sanglée est prête pour le transporteur.

Dans la salle de production, Éric Leblanc nettoie et prépare le four. Jean bavarde un instant avec cet homme calme et sérieux, puis se rend dans la réserve où sont entreposés les sacs de farine livrés le matin. Il les ouvre les uns après les autres en retenant son souffle, mais ils ne contiennent que de la fleur de froment, légère et fluide, de la meilleure qualité obtenue à partir de blés locaux.

Pas la moindre lettre : est-ce la preuve que, contrairement à ce qu'il pensait, les deux précédentes ont été apportées pendant la nuit ? Qui aurait la clef de la pièce ? Jean a beau avoir confiance en ses ouvriers qu'il connaît depuis des années, il doit en avoir le cœur net : la nuit prochaine, il sera là.

Anaïs court jusqu'à son scooter, traverse le bourg en trombe, dépasse l'escalier qui mène au collège et s'éloigne dans la campagne. Au bout de quelques kilomètres, elle s'arrête sur le bas-côté. Un coup d'œil à sa montre lui indique que Jérémie doit l'attendre au café de la gare. Elle avait décidé de ne pas y aller afin de ne pas avoir à entendre ses remarques, mais elle garde pour ce camarade d'enfance une affection profonde, même si son cœur est devenu une pierre aux angles aigus. C'est ce qui la fait changer d'avis.

La gare est très fréquentée à cette heure. Les lycéens reviennent de Valenciennes, les collégiens rentrent chez eux. Des groupes remplissent la petite place et le parking où les voitures ont du mal à manœuvrer. Anaïs abandonne son scooter sur le trottoir et entre dans le café. Jérémie est assis seul à une table proche de la porte. Quand il la voit, son visage s'éclaire. Il tient de son grand-père espagnol sa peau sombre et son visage maigre, osseux, un regard noir ardent, plein de force. Anaïs s'assoit en face de lui. Il sourit, un sourire qui met de la lumière dans ses yeux.

— Tu es là ! murmure-t-il. Merci.

La jeune fille a chaud au cœur. Il faudrait si peu de chose, un geste, un mot de la part du jeune homme pour qu'elle lui confie son secret, se libère de la terrible tension qui lui fait perdre la raison. Mais Jérémie adopte un ton qui la rebute.

— Je voudrais comprendre. On te voit errer comme une âme en peine.

— Je suis une âme en peine.

— Arrête tes bêtises.

— Il n'y a rien à faire, s'obstine Anaïs. Tu ne peux pas m'aider ; personne ne peut m'aider.

— Écoute, insiste Jérémie en approchant sa main de celle d'Anaïs qui fuit sous la table telle une souris apeurée. Je suis triste de te voir fréquenter des gens qui se moquent de toi. Je n'aime pas les états dans lesquels tu te mets. Si tu me faisais confiance, on trouverait une solution, quel que soit le problème. Tu te souviens, comme on était bons en maths, tous les deux ?

Il passe ses doigts écartés dans les épaisses boucles désordonnées de ses cheveux très noirs. Le garçon de café vient prendre leur commande et Anaïs ne peut contenir le frisson qui court sur sa peau. Elle boirait volontiers un verre de vin blanc pour se donner du cœur au ventre, mais elle n'ose pas et se rabat sur un café serré.

— Réponds-moi, Anaïs, que t'a dit Karim pour que tu lui obéisses au doigt et à l'œil ? Comment toi, si intelligente, si forte, tu peux te laisser manipuler aussi facilement ?

— Qu'est-ce qui te fait croire qu'il me manipule ? Je le fréquente parce que je l'aime bien, c'est tout !

— Je ne te crois pas ! La preuve : chez Lola, quand il t'a parlé, tu t'es mise à boire. J'ai eu l'impression que tu te suicidais !

— Lorsque tes rêves s'écroulent d'un coup, tu ne comprends plus pourquoi tu vis. Voilà ce qui se passe ! Ta bienveillance me touche, mais laisse-moi le temps de m'habituer.

Elle pousse sa chaise et sort. Sans réfléchir, Jérémie court derrière la jeune fille, mais le scooter est déjà parti. Il enfourche sa moto et n'a pas de mal à la rattraper. Il la double au bas de la rue qui monte vers les immeubles carrés des Lilas, à la place où était garée la voiture de Jean Baltoret, il range sa moto en travers, obligeant Anaïs à s'arrêter.

— Laisse-moi.

— Anaïs, je voulais te dire…

— Lâche-moi, insiste Anaïs.

— Écoute-moi d'abord.

Elle hésite, troublée malgré elle. Au bout de la rue, au pied des immeubles, un groupe de jeunes gens ne perd rien de la scène.

— Tire-toi ou je crie et ils vont descendre te faire ta fête.

— Non. Dis-moi ce qui se passe.

— Tu veux vraiment le savoir ? Eh bien voilà : j'ai eu des nouvelles de ma mère, de terribles nouvelles !

Jérémie est abasourdi. Un coup de gourdin. Il n'a plus la force de s'opposer à la jeune fille, qui contourne sa moto et rejoint les autres. En la voyant s'éloigner, une seule pensée lui vient à l'esprit et il hurle :

— Je t'aime !

Sa voix stridente couvre le bruit d'une voiture qui descend, éclate comme une bombe, entre dans les immeubles où des silhouettes se profilent derrière les fenêtres. Ici, on n'a pas l'habitude d'entendre ce genre de chose.

Jérémie remonte sur sa moto et s'éloigne, vaincu.

Dès qu'arrive le soir, Jean pense au mystérieux ennemi qui a déposé les lettres dans les sacs de farine. Il sent derrière cela une menace inédite et ne peut s'empêcher de faire le rapprochement avec le comportement d'Anaïs. Alors, comme il l'a décidé ce matin, il annonce à Valérie :

— Je vais passer la nuit dans la réserve !

— Mais tu n'y penses pas ! À ton âge, avec tes malaises !

Il sort de sa poche les lettres trouvées dans les sacs de farine. Valérie les contemple un moment en silence.

— Je veux savoir qui m'apporte ces saletés !

Sa femme n'insiste pas, car elle aussi a pris sa décision. Ils dînent en silence absorbés l'un et l'autre par les mêmes pensées qu'ils préfèrent ne pas formuler. Valérie ne peut chasser de son esprit l'appel de sa sœur, ce soir, alors qu'elle fermait la boulangerie. Alain, le mari de Sylvie, ouvrier chez Renault dans la région parisienne, vient de prendre sa retraite. Il se vante beaucoup, parle beaucoup à propos de tout, mais ne fait pas grand-chose. Et Sylvie jalouse Valérie d'avoir de l'argent et une situation qui la met en vue dans son village.

Au début des dorés, Jean avait tenté de former son beau-frère pour qu'il travaille avec lui : Sylvie et Valérie étaient encore très proches. Mais Jean n'a pas supporté ce paon qui paradait et était si mauvais travailleur. Ils se sont vite disputés ce qui a entraîné la brouille momentanée des deux sœurs. Depuis quelques années, Sylvie tente à nouveau de se rapprocher de Valérie et lui téléphone de temps en temps, mais la conversation en reste toujours à des propos sans importance. Rien ne peut plus combler le fossé qui les sépare : Sylvie est restée une ouvrière qui doit compter pour arriver à la fin du mois, Valérie fréquente les patrons et pourrait se permettre des fantaisies qu'elle n'a pas. Car, malgré ses moyens, elle s'obstine à vivre simplement : « Elle est trop radine pour profiter de son argent, déclare Sylvie. Si j'étais à sa place, je m'embêterais plus à travailler ! »

Mais cette fois, Sylvie a appelé pour une raison bien précise. Valérie ne voulait pas en parler à Jean, mais l'histoire des lettres anonymes la décide.

— Ma sœur m'a raconté quelque chose de bizarre. Je me demande ce qu'il faut en penser.

— Pas grand-chose, mais dis toujours…

— Alain rentrait l'autre jour de leur jardin. Tu sais qu'ils ont un petit terrain dans un lot communal divisé en parcelles. Il passait près de la mare en bordure d'un bosquet et deux hommes qui se cachaient derrière une voiture l'ont arrêté et poussé dans l'eau. Puis ils sont partis sans rien dire. Ça s'est passé tellement vite qu'Alain n'a pas eu le temps de voir le visage de ses agresseurs. Il est allé à la gendarmerie où on lui a répondu qu'il aurait dû relever le numéro de la voiture !

— C'est un règlement de comptes entre Alain et ces gens. Encore une fois, ton beau-frère aura parlé à tort et à travers. C'est bien fait pour lui.

— Je n'en suis pas certaine, réplique Valérie. Ma sœur dit qu'il les a entendus parler des dorés en remontant dans leur voiture.

— Tout le monde sait qu'Alain est mon beau-frère. Mais c'est sans rapport avec les lettres que j'ai reçues. Celui-là, il ferait battre des montagnes ! Je te dis, c'est un règlement de comptes qui ne nous regarde pas.

— Elle m'a dit aussi qu'elle avait trouvé la veille de l'agression une chouette morte devant sa porte.

— Une chouette ? Je reconnais là les manières de ta sœur !

C'est l'heure des informations, Jean se tourne vers le téléviseur, prêt à s'emporter contre l'inertie du gouvernement Hollande tout comme il s'était emporté contre la véhémence de Nicolas Sarkozy. Puis il maudit les journalistes qui dissimulent la détresse économique du pays. Il leur en a voulu d'avoir fait élire François Hollande, il leur en veut désormais d'avoir précipité sa chute dans les sondages. Jean n'est ni de droite ni de gauche, toujours dans l'opposition, du parti des râleurs.

Il regarde « Plus belle la vie » avec Valérie. Non qu'il apprécie particulièrement la série, mais ce soir les gens ordinaires du feuilleton le rassurent. Anaïs n'est pas rentrée. Il l'imagine avec ses nouveaux amis des Lilas et serre les dents. C'est eux qu'il va attendre cette nuit dans la réserve. Il se lève et va chercher une lampe électrique dans un tiroir de la cuisine.

— J'y vais, dit-il.

— Fais bien attention à toi, lui recommande Valérie.

Il passe dans son bureau, ouvre le tiroir où se trouve son pistolet, puis renonce : pas besoin de ça pour se faire respecter chez soi ! pense-t-il. Il entre dans la réserve et cherche un endroit à l'abri des regards où il aménage une couche avec des sacs vides sur lesquels il s'allonge. Valérie lui apporte une couverture.

— Je vais rester avec toi.

— Certainement pas, s'emporte le vieil homme.

Pourtant, il ne proteste pas quand Valérie s'allonge à côté de lui. L'un et l'autre pensent à la précarité de leurs premières années de vie commune. Jean venait d'acheter la boulangerie à son ancien patron et ne pouvait compter que sur lui-même. Ils n'avaient pas de quoi s'acheter un bon lit.

— Tu te souviens ? On n'était pourtant pas malheureux ! dit-il après un long silence. On était jeunes !

— Essaie de dormir. Il fait moins chaud que dans notre chambre. Profites-en, moi, je tends l'oreille.

La fraîcheur de la pièce, la présence rassurante de sa femme plongent rapidement Jean dans une douce torpeur. Ses soucis s'estompent et il s'endort malgré lui. Valérie éteint la lumière et s'allonge en sachant bien qu'elle ne dormira que d'un œil. Le silence de cette partie de la maison d'ordinaire pleine de bruits, résonne à ses oreilles. Les heures passent, elle s'assoupit à son tour.

Tout à coup Jean sursaute. Une clef vient de tourner dans la serrure. Sa montre indique quatre heures du matin. Il a donc dormi d'une traite ! Valérie n'est plus là ; que s'est-il passé ? Pierre Allard, le boulanger, entre et s'étonne de trouver le patron ébouriffé dans le couloir.

— Je ne pouvais pas dormir, alors je suis descendu, explique Jean étonné que le temps ait passé si vite.

Les pâtissiers arrivent à leur tour, le saluent et se mettent au travail. Le vieil homme prépare ses mélanges puis remonte dans la cuisine où Valérie a eu le temps de faire du café.

— Tu dormais, explique-t-elle, alors je t'ai laissé te reposer.

— Anaïs ?

— Elle n'est pas rentrée. Je me demande où elle a pu passer la nuit.

Il avait espéré ne pas l'avoir entendue ouvrir la porte. L'absence de la jeune fille le contrarie au point qu'il avale d'une traite son café trop chaud et sort sans rien ajouter.

Au laboratoire, il bavarde un instant avec Julien, puis va aider Pierre et son mitron à enfourner les premières baguettes. Son portable sonne. Il pense aussitôt à Anaïs et, le cœur battant, porte l'appareil à son oreille gauche.

— Les choses sérieuses commencent. Cet après-midi, on t'attend à dix-huit heures. Tu prends ta voiture et tu roules en direction de Mons. À dix kilomètres, tu prendras sur ta gauche la direction de Bruay. Un kilomètre plus loin, sur ta droite, tu verras une maison en ruine. Tu t'arrêteras et tu en feras le tour. Pense à ta petite-fille qui ne va pas bien en ce moment.

La communication est coupée. Le téléphone collé à l'oreille, Jean se demande qui vient de l'appeler. Il a cru reconnaître qui se cachait derrière la voix métallique volontairement déformée, mais n'est pas sûr de lui. Il réfléchit un instant et poursuit sa préparation.

Une clef tourne dans la serrure de la porte d'entrée. Voilà enfin Anaïs qui titube. Du sang coule de son arcade sourcilière.

— Tu es tombée de ton scooter ?

« Pense à ta petite-fille qui ne va pas bien en ce moment ! » Cette phrase ne quitte plus son esprit, impose sa propre menace quand Anaïs passe devant lui sans un mot. Jean hésite à la suivre puis retourne préparer la pâte des dorés. Quand c'est fait, il remonte chez lui où Valérie, assise près de la table, lui adresse un regard accablé.

— Elle a encore bu, dit-elle en parlant d'Anaïs.

— Je l'ai vue. Elle a dû tomber de son scooter.

— Écoute, Jean, on ne peut pas continuer comme ça. Il faut l'emmener chez un spécialiste.

— Elle refusera, et puis on n'a encore jamais vu un psychiatre guérir quelqu'un, réplique l'infatigable frondeur.

Valérie s'assoit, pose ses mains sur ses genoux et pousse un gros soupir. C'est l'heure de son petit déjeuner. Devant elle, le bol de café fume. D'ordinaire une bonne odeur de tartines grillées caractérise ce début de la journée. Ce matin, on ne sent que les odeurs de vaisselle sale posée sur l'évier.

Incapable de rester calme, repensant sans cesse au coup de fil qu'il a reçu, Jean se décide enfin à faire ce que Valérie lui conseille depuis le début : vers dix heures, il traverse la place en direction de la gendarmerie. On le salue ; tout le monde a du respect et de l'admiration pour ce fils de mineur devenu le patron d'une entreprise qui compte douze salariés, ce qui n'est pas rien à Saint-Sauveur.

À la gendarmerie, il demande à parler au commandant Régonne, un homme fort, un Berrichon au franc-parler qui a épousé une fille de Valenciennes et s'est installé dans le Nord, plus ch'ti que les locaux.

— Monsieur Baltoret ! On ne vous voit pas souvent dans nos murs. Qu'est-ce qui vous amène ?

Jean hésite : il se dit tout à coup que ce n'est pas bon de mettre les gendarmes dans la confidence. Anaïs en pâtira, se dit-il. Si les maîtres chanteurs apprenaient qu'il a porté plainte, ils pourraient se venger sur elle…

— Bah, pas grand-chose ! bredouille-t-il. Les gens qui continuent de garer leurs voitures à l'emplacement des livraisons obligent les camions à s'arrêter en double file.

— C'est vrai, on me l'a signalé, fait le commandant en souriant, je vais demander à mes gars de surveiller. Ils vont mettre quelques prunes et tout rentrera dans l'ordre.

Mal à l'aise, Baltoret quitte la gendarmerie, plus que jamais convaincu qu'il ne doit faire appel à personne pour régler ses comptes et protéger sa petite-fille. Pourquoi pense-t-il à François. Après la disparition de Marie, le père et le fils ont tenté de se rapprocher, mais ils se ressemblaient trop pour s'entendre. Les choses auraient peut-être pu s'arranger, mais François s'est marié et Jean ne supportait pas sa belle-fille. Dommage ! Avec François à ses côtés, il serait plus fort.

Il arrive chez lui ; un motard s'arrête à sa hauteur. Jérémie pose son énorme casque sur le guidon de sa machine. Jean apprécie ce camarade d'Anaïs, souriant et bien élevé. Le jeune homme passe la main dans ses cheveux en broussaille et se lance :

— Monsieur Baltoret, il faut que je vous parle.

C'est inattendu, car depuis qu'Anaïs a quitté sa bande de copains Jérémie l'évite et ne le salue que de loin. Jean voit dans la démarche du jeune homme un bon signe et lui sourit.

— Viens, entrons dans la maison, nous y serons plus tranquilles.

Jean conduit Jérémie à l'étage, dans l'appartement vide à cette heure puisque Valérie est au magasin. Le jeune homme s'arrête sur le palier et demande :

— Anaïs est là ?

— Dans sa chambre. Elle doit dormir.

— Alors ce serait mieux qu'on se voie ailleurs.

— Comme tu veux. Allons dans le bureau.

Hélène Grossot salue le jeune homme sans cacher son étonnement : ce n'est pas dans les habitudes du patron de recevoir les copains d'Anaïs.

— Assieds-toi, dit-il en désignant le fauteuil des visiteurs.

Jean prend place derrière son immense bureau qui se veut la marque d'une réussite chèrement acquise. Comme tous les anciens pauvres, il aime montrer son aisance. Ce meuble, modèle unique, lui permet d'avoir l'air d'un décideur qui parle d'égal à égal avec les fournisseurs et le sépare nettement de ses employés quand ils abordent l'épineuse question des salaires.

Jérémie cherche ses mots. Le fils du fleuriste ne manque pas d'aplomb, mais ce qu'il doit dire est si grave et inattendu qu'il ne sait comment le formuler face à un Baltoret au caractère anguleux. De plus, il a la certitude de s'engager dans une voie dont il ne ressortira pas intact.

— Voilà, j'ai vu Anaïs hier. Je sais pourquoi elle a pété les plombs !

Jean sursaute, piqué au vif.

— Qu'est-ce que tu dis ?

Comment le jeune garçon a-t-il pu découvrir ce que lui-même cherche à résoudre depuis si longtemps ? Il ressent soudain un immense sentiment d'infériorité, pense qu'il a fait son temps. Sans son secret des dorés, il serait au rebut depuis longtemps, poussé sans ménagement vers quelque ultime maison de retraite.

— Oui, je sais pourquoi Anaïs ne va pas bien, insiste Jérémie. Elle a eu des nouvelles de sa mère !

— Quoi ?

Jean a crié. Dans le bureau voisin, Hélène Grossot a entendu et se demande si elle doit intervenir.

— C'est tout ce que je sais, ajoute Jérémie. À mon avis, les gars des Lilas qu'elle fréquente la tiennent par ce biais. Ce sont eux qui lui ont parlé de sa mère. Qu'est-ce que cela cache ? Je n'en sais rien, mais je crois qu'il faut vraiment essayer de savoir !

— Ce que tu me dis là est impossible.

Jean s'est affalé sur son bureau. Il ne veut pas de cette nouvelle qui le remet en cause et lui fait très mal. Si Marie était vivante, pourquoi ne serait-elle pas revenue vers ses parents et sa fille ? La tête basse, les poings posés devant lui, il se sent incapable d'aller plus loin. Que peut-il faire ? Aller trouver Karim et ses copains ? S'en prendre à Anaïs ? La tête lui tourne, il redoute un nouveau vertige et refuse de montrer sa grande fragilité devant Jérémie. Il se ressaisit :

— Moi, je veux bien lui parler, lui dire que c'est impossible, que ceux qui lui ont raconté ça la font marcher, mais elle ne voudra pas m'écouter. Le mieux c'est que tu essaies de savoir, toi, mais sois prudent, on ne sait pas à qui on a affaire.

— Je vais faire mon possible, dit Jérémie en se dirigeant vers la sortie.

— Surtout, ne prends pas de risques, recommande Jean en l'accompagnant.

— J'aime trop Anaïs pour ne pas l'aider quand elle a besoin de moi !

Il sort, laissant Jean perplexe. Ce garçon de dix-neuf ans a une façon de parler et un calme dont le vieux pâtissier n'est pas capable lui-même. Il referme la porte derrière le jeune homme et prend le temps de réfléchir. Marie peut-elle réapparaître après tant d'années ? Cette nouvelle aurait-elle un rapport avec le mystérieux coup de téléphone ? Non, ce n'est pas possible ! Marie a probablement été enlevée, violée et tuée par quelque obsédé. C'est ça, l'horrible vérité ! Pourtant des petits malins sont capables de ressortir cette histoire pour détruire Anaïs et l'obliger, lui, à livrer son secret. Voilà le sens des lettres trouvées dans les sacs de farine et de l'appel de ce matin ! Un maître chanteur tire les ficelles dans l'ombre, et il le connaît.

Jean n'est pas homme à perdre son temps. Il est toujours pressé et souvent excessif. Cela lui a joué pas mal de tours dans sa vie et les années ne l'ont pas rendu sage : quand quelque chose le tracasse, il ne sait pas se raisonner, il fonce.

Il passe d'abord à la boulangerie. La présence de Valérie et Micheline l'apaise un peu. Il laisse sa femme servir un client, puis s'approche.

— J'ai à te parler.

— Qu'est-ce qui t'arrive ? s'étonne Valérie.

— Il paraît qu'Anaïs a eu des nouvelles de sa mère !

Valérie ouvre la bouche comme pour crier, sa poitrine se comprime. Tout se brouille devant elle, les cartons de dorés, les pâtisseries sur l'étalage, les baguettes de pain dans leurs paniers. Jean et Micheline ne sont plus que des silhouettes sombres. Valérie s'est sentie tellement seule quand la police, après deux ans d'enquêtes vaines a décidé de dissoudre la cellule qui se consacrait exclusivement à la recherche de Marie. En désespoir de cause, elle s'est persuadée qu'on lui cachait quelque chose, que des gros bonnets étaient impliqués et que la police les protégeait, autant de fadaises que Jean combattait sans grande conviction. La sonnette de la porte d'entrée la fait sursauter, elle retrouve d'emblée son sourire de commerçante.

Marie était tout pour elle. Après une enfance misérable, une jeunesse laborieuse, après la rencontre avec Jean, elle considérait ses enfants comme le vrai sens de sa vie. Si François était d'une nature indépendante, Marie restait très attachée à ses parents. Valérie l'avait élevée en cherchant à lui épargner les moindres difficultés : « Je ne veux pas que tu connaisses ce que j'ai vécu ! » lui disait-elle avec un sourire protecteur. La mère et la fille étaient complices. Elles allaient ensemble dans les magasins, fréquentaient les mêmes personnes et allaient voir les mêmes spectacles. Les amies de Marie considéraient Valérie comme une copine à qui elles pouvaient tout dire.

Et puis, le monde a basculé. L'année du bac. C'était à Pâques. Comme Anaïs, sa fille était tout à coup devenue secrète sur ses fréquentations. Elle n'invitait plus ses amis à la maison. Elle se renfermait, passait des journées dans sa chambre. Valérie faisait le siège de cette pièce décorée avec tant de goût, mais Marie refusait de lui parler et fuyait son père, dont elle redoutait une condamnation sans retour. Elle se privait de manger alors que sa mère s'évertuait à lui préparer ses plats préférés. Elle ne travaillait plus au lycée ; ses professeurs s'alarmaient.

Quand elle apprit que Marie était enceinte, choquée, Valérie sombra dans une sourde colère qui exprimait une profonde douleur, due non à la venue de cet enfant qu'elle était prête à accueillir même s'il n'était pas désiré, mais à l'infidélité de sa fille qui lui avait caché sa relation avec un homme. Marie accoucha deux mois plus tard, à la fin du mois de mai 1994. Elle voulait abandonner Anaïs, procéder à un accouchement sous X, mais Valérie et Jean s'y opposèrent. Ils avaient décidé d'élever leur petite-fille comme un troisième enfant.

Pourtant, lorsque le bébé pleurait, les soupirs exaspérés de sa fille n'échappaient pas à Valérie. Quelques jours plus tard, Marie, rétablie, décida de retourner en cours. Sa mère l'encourageait puisque le bac était proche et qu'elle avait encore toutes les chances de l'obtenir. Valérie et Jean se montraient aussi conciliants que possible face à cette jeune femme perdue, qui ne parvenait pas à mener de front une vie de mère et une vie de lycéenne. Et puis, elle redoutait le regard des autres : comment avait-elle pu se faire piéger quand il existait tant de moyens pour éviter ce genre d'accident ?

Marie était repartie au lycée le 5 juin, date que Valérie et Jean n'oublieront jamais. C'était un beau jour de fin de printemps, très ensoleillé, des fleurs aux balcons et la bonne odeur des tilleuls. Depuis son laboratoire, Jean avait regardé Valérie accompagner sa fille sur le trottoir, une Marie qui avait repris son cartable, rangé ses cahiers, comme s'il ne s'était rien passé.

Valérie avait embrassé la lycéenne à l'arrêt du car, puis était retournée à la boulangerie. Le soir, la jeune maman n'était pas rentrée à la maison à l'heure habituelle. Ayant un mauvais pressentiment, Valérie s'était rendue au lycée, mais personne n'avait pu la renseigner. La nuit s'était passée à attendre. Le lendemain matin, Jean avait décidé d'avertir les gendarmes. Au début, le commissaire principal de Lille, Antoine Melino, responsable des investigations avait cru à un suicide. Les battues dans la campagne avaient été vaines. L'enquête de voisinage n'avait pas permis aux policiers d'avancer. Toujours étonnés que personne n'ait rien vu, rien entendu, ils avaient espéré que les langues se délieraient avec le temps, mais ils avaient dû se rendre à l'évidence : la disparition n'avait pas eu de témoins. La présence dans les parages d'un délinquant sexuel, Juste Ballart, avait fait craindre le pire, mais l'homme fut vite mis hors de cause. Ainsi, au bout d'un mois de recherches minutieuses, Melino avait dû reconnaître qu'il n'avait aucun indice, aucune piste, rien qui puisse le conduire vers la disparue. Valérie et Jean avaient longtemps espéré qu'elle reviendrait, puis peu à peu l'espoir s'était amenuisé.

Depuis, ils attendaient.

Le silence d'une absence inexpliquée est pire que celui de la mort. Un silence envenimé par un sentiment de culpabilité, un doute qui ronge sans cesse, qui détruit lentement. Et cette question aussi simple que monstrueuse : pourquoi ? Pourquoi Marie se serait-elle enfuie quand ses parents acceptaient de s'occuper du bébé, de lui permettre de reprendre sa vie comme avant ?

Une fois le client sorti, Valérie soupire, se place face à Jean et le regarde longuement, comme si à cet instant elle doutait de lui. La disparition de Marie les a dressés l'un contre l'autre, même s'ils n'en ont jamais parlé. Valérie en a voulu à Jean d'avoir exprimé vivement sa désapprobation après la naissance d'Anaïs. Elle l'a accusé d'être en partie responsable du grand malheur. Une accusation sans mots, faite de regards, de soupirs, de ces petits gestes en apparence anodins, mais qui touchent. À cet instant encore, le sentiment bizarre d'une colère impossible à formuler l'empêche de parler.

De son côté, Jean en veut à Valérie d'avoir trop couvé Marie, de ne lui avoir jamais laissé aucune liberté. Quand la jeune fille a pu s'échapper de sa cage, les vautours en ont profité. Mais, ce matin, devant le regard angoissé de sa femme, il préfère fuir, un renoncement de plus chez cet impulsif souvent lâche quand une réalité le remet en cause.

L'après-midi du jeudi étant d'ordinaire assez tranquille jusqu'à l'arrivée des trains de Lille et la sortie des bureaux, Valérie prévient Micheline qu'elle s'absente un moment puis monte à l'étage. Elle découvre la salle de séjour vide sous un éclairage inattendu. Les persiennes mi-closes révèlent les objets dans une pénombre apaisante. Une silhouette se profile devant elle, ce n'est qu'une ombre, une image née de sa propre obsession dans cet intérieur qui n'a pas changé depuis le drame. Marie se tient devant elle, grave et triste, le visage marqué par les rides d'une souffrance infinie, puis disparaît. La vision ne dure qu'un instant, mais elle est si puissante que Valérie retient un cri, se crispe, marche vers le fauteuil et s'y assoit. Le cœur battant à se rompre, la boulangère reste un long moment comme hors du temps, obnubilée par l'image fugitive, d'une intense réalité.

Anaïs sort de sa chambre, en chemise de nuit, les cheveux défaits. Valérie encore sous le choc remarque combien la jeune fille ressemble à sa mère. Le même visage un peu rond ; la même bouche. Seuls les yeux diffèrent. Marie les avait bleu-gris, Anaïs, elle, les a noirs, deux morceaux de charbon.

— Qu'est-ce que tu as fait ? Tu es tombée ? demande la grand-mère.

L'apparition la hante toujours, elle peine à revenir à la réalité. Elle d'ordinaire si courageuse se sent molle, sans volonté. Anaïs bouge enfin, s'approche lentement ; sa grand-mère se ressaisit.

— Réponds-moi, tu es tombée ?

— J'ai dérapé sur le gravier.

— Viens, je vais te nettoyer ça !

Valérie va chercher du coton et de l'eau oxygénée dans le placard de la salle de bains. Anaïs se laisse faire en grimaçant.

— Je vais te mettre un petit pansement.

— Pas la peine, c'est moche !

Alors, Valérie pose enfin la question qui la hante :

— Anaïs, ma chérie, c'est vrai ce qu'on m'a dit ?

— On t'a dit quoi ? s'étonne la jeune fille.

— Que tu avais eu des nouvelles de ta mère.

Le visage d'Anaïs se fige. Ses poings se serrent, son corps semble se contracter dans une tension intense puis se libère.

— Oui, j'en ai eu. Ma mère a fui l'avorton que j'étais pour aller vivre heureuse dans une ville que je ne connais même pas !

— Comment est-ce possible ? Explique-moi...

La jeune fille regagne sa chambre en courant. La porte claque, le silence retombe, lourd. Puis, Valérie, sonnée par ce qu'elle a entendu, redevient lentement la boulangère impassible, elle remet le masque derrière lequel elle se montre à ses clients. Elle arrange ses cheveux en passant devant la glace du couloir, puis rejoint Micheline à la boutique.

Anaïs n'a pas pu en dire plus à sa grand-mère. Elle se jette sur son lit, enfouit son visage dans l'oreiller. Elle reste un long moment sans respirer, comme pour mourir d'un étouffement volontaire. Et puis, la pensée de Jérémie s'impose, obsédante, indissociable du cri d'amour lancé devant les immeubles des Lilas. Qu'en penser ? N'était-ce pas une parole de pitié, une de plus ?

La nécessité de faire quelque chose la pousse à marcher jusqu'à la fenêtre. Elle doit agir, mais comment ? Karim et son ami informateur profitent de sa détresse pour lui soutirer de l'argent. Au cours de la soirée chez Lola, ils ont cassé le merveilleux rêve de toute une enfance solitaire, l'immense espoir qui subsistait encore en elle. Depuis, un monstre la dévore.

Elle a été élevée par Valérie et Jean parce que c'était leur devoir. L'amour est peut-être venu par la suite, mais le bébé, rejeté par sa mère, était un boulet pour tous. Elle n'est rien, une feuille arrachée que le vent emporte. Sa chute n'a aucune importance. Devant la glace, elle se recoiffe, puis regarde un instant la photo achetée cent euros à Karim. Un beau visage rond comme le sien, des cheveux mi-longs. Le même regard malgré la couleur différente des yeux. Mais quelle classe, quelle noblesse ! À côté, la jeune fille n'est qu'une souillon.

— Je suis dégoûtante, grogne-t-elle.

Elle se nettoie la figure avec du lait de toilette, frotte énergiquement sa peau de brune, puis renonce.

— Je suis toujours aussi sale !

Elle traverse la salle de séjour où flotte encore l'odeur qui accompagne sa grand-mère, une odeur de pain frais et de pâtisserie sucrée. Cette sensation la raccroche un peu à la réalité. Par la fenêtre, elle voit le ciel bleu au-dessus des toits. Elle sort de l'appartement, laisse sur sa droite les deux bureaux, la réserve, et sur sa gauche, le local de conditionnement et d'expédition où les ouvrières bavardent. Elle monte sur son scooter, quitte le village, mais, au lieu de se diriger vers Valenciennes, elle prend la direction de Lille, puis s'engage sur une route secondaire. Le grand soleil de fin de printemps fait penser aux vacances. Les champs de betteraves et de blé vert se déroulent devant elle. Une moto la suit ; la jeune fille ne l'a pas vue s'arrêter quand elle a bifurqué sur la petite route secondaire. Anaïs est déjà ailleurs.

Elle arrive sur les berges de l'étang du Fort. Son grand-père, dans les rares moments de loisirs qu'il s'accordait venait y pêcher le gardon. Un beau souvenir pour la jeune fille qui aimait l'accompagner. À cette époque, elle ne savait pas que sa mère la détestait. « Elle était si belle, murmure Anaïs, que personne n'aurait compris qu'elle puisse avoir une fille aussi moche ! »

Elle dissimule son scooter dans le taillis et marche le long de la berge. Ses pieds s'enfoncent dans le sol mou, s'en arrachent avec un bruit de ventouse. Elle avance ainsi jusqu'à une anse, l'endroit le plus profond. La boue salit le bas de son pantalon, mais Anaïs ne s'en préoccupe pas. Son esprit est vide. Elle ne voit pas les grands arbres aux lourdes feuilles d'un vert délicat, les fleurs sauvages sur la rive. Elle s'arrête devant l'eau immobile, sous l'ombre des arbres. À l'emplacement exact où son grand-père s'asseyait jadis, la berge en pente abrupte plonge jusqu'à deux mètres de profondeur dans l'eau. Elle s'installe sur l'herbe mouillée, sort la bouteille de whisky de son sac. Anaïs se cache pour boire : dans l'ivresse, sa laideur devient supportable. D'un geste brusque, elle fait sauter le bouchon et avale une première gorgée qui lui brûle la gorge et l'estomac, puis une deuxième. Le liquide roule sur sa joue, se perd dans les plis de son bustier. Elle avale du feu. D'autres se piquent, elle préfère l'alcool.

La voilà ivre. La bouteille glisse de ses mains et tombe dans l'eau. Anaïs la regarde s'éloigner. En proie à une jubilation profonde elle rit sans raison.

Le bonheur ! Son corps n'est plus que joie vaporeuse. Tout ce qu'elle pourra entreprendre sera désormais sans conséquence. La surface de l'eau lui renvoie son image mêlée aux feuillages surplombants, une belle image qui l'attire. La délivrance.

Elle fait quelques pas hésitants, trébuche. Une silhouette jaillit du taillis et la rattrape au moment où elle allait tomber dans l'eau et roule dans la boue avec elle.

— Mais qu'est-ce qui te prend ? hurle Jérémie en la tirant vers lui.

Trempée, Anaïs tremble de tous ses membres ; le jeune homme la serre contre lui et lui souffle dans le creux de l'oreille :

— Je t'aime, tu comprends.

Pourquoi s'accroche-t-il ainsi ? N'a-t-il pas vu la monstruosité d'Anaïs ? Enfants, ils ont partagé tous leurs jeux, ils ont grandi dans la même école, fréquenté les mêmes amis, alors qu'est-ce qui lui prend de l'aimer tout à coup ? D'ailleurs, ça veut dire quoi, aimer ?

— Laisse-moi, grogne-t-elle en tentant de se libérer de l'étreinte du jeune homme.

— Non, Anaïs. Je ne suis plus un petit garçon. C'est vrai, j'ai toujours joué au bon copain, mais maintenant je ne veux plus !

— Tu es gentil, Jérémie, mais je ne peux pas t'aimer. Je n'aimerai jamais personne.

Le garçon accuse le coup. Ce rejet le lacère, tranche ses chairs comme une lame ébréchée. Anaïs perçoit sa douleur, mais ne peut pas parler autrement. Depuis qu'elle sait sa mère vivante, le moindre sentiment lui semble ignoble.

— Viens, j'ai ma moto.

— Non, je te dis !

— Que tu le veuilles ou non, je t'emmène.

Il la force à le suivre, mais Anaïs lui échappe, court jusqu'à son scooter, puis file à toute vitesse dans le chemin caillouteux. Jérémie enfourche sa moto qui s'embourbe dans les ornières. Quand il arrive à la route, la jeune fille a disparu. Il revient vers le village, entre précipitamment dans la boulangerie où Valérie s'étonne de le voir couvert de boue et puant la vase.

— Anaïs, dit-il, essoufflé. Il faut la chercher...

— Que dis-tu ? Que s'est-il passé ?

Valérie n'aime pas se donner en spectacle devant ses clients qui ne perdent rien de la scène et se feront un plaisir de la répéter et de la déformer. Elle fait signe au garçon de la suivre dans l'arrière-boutique où elle appelle Jean qui, par chance, est dans son bureau.

— Elle est allée à l'étang du Fort. Je l'ai suivie, heureusement. Elle avait bu et a failli rouler dans l'eau. J'ai pu la retenir, mais elle m'a échappé et est partie sur son scooter.

— Viens chez nous, dit Valérie. On va avertir le commandant Régonne.

Valérie le conduit à la salle de bains.

— Donne-moi ta veste et ton pantalon, je vais essayer de les nettoyer.

— Ça ira, je peux me débrouiller...

— Attends, je vais te trouver une brosse.

Valérie fouille dans l'armoire, puis entre dans la chambre d'Anaïs. Son regard tombe aussitôt sur la photo oubliée sur la descente de lit. Retenant son souffle, le cœur battant, elle reste figée un long moment, incrédule. Ce visage… ce sourire… ces yeux gris… c'est Marie. La jeune fille a donc bien eu des nouvelles de sa mère ! Comment cela se peut-il alors que des spécialistes n'ont rien trouvé après des années de recherches ? Et soudain, l'espoir élimine le doute : Marie est vivante ! Valérie a envie de s'agenouiller, de remercier Dieu. Puis elle pense à Anaïs, partie on ne sait où. Elle revient près de Jérémie et demande :

— Tout va bien ?

— Oui, ne vous en faites pas. Je trouverai quelque chose à raconter à ma mère.

Valérie compose un numéro sur son portable.

— Jean ? Mais où es-tu ? Je t'ai demandé de venir !

Beaucoup trop bouleversée pour parler, la gorge nouée, elle regarde Jérémie se diriger vers la porte.

— Ça ne va pas, madame Baltoret ?

— Si. Ça va. Le bonjour à tes parents.

Jean arrive, essoufflé d'avoir monté l'escalier quatre à quatre. Valérie ne sait pas par quoi commencer. Elle bredouille :

— Anaïs ! On ne sait pas où elle est et elle a failli faire une bêtise. Faut aller avertir le commandant Régonne.

— Non, objecte Jean. On n'a besoin de personne !

Sans rien ajouter, ils traversent la cour, montent dans la voiture de Valérie et démarrent.

— On va où ? s'inquiète Jean.

Valérie a son idée. Un jour, après une petite altercation, Anaïs s'était enfuie de la boulangerie. Sa grand-mère l'avait retrouvée près de l'ancienne mine. La voiture s'engage sur la route près du vieux terril au dôme arrondi, dépasse le plus récent qui date des années 1900 quand on a creusé la fosse 34. Après le chevalement, Valérie arrête son véhicule près de l'ascenseur condamné. Jean fait le tour des bâtiments en pensant aux manifestations des mineurs lors de la fermeture.

—J'ai pas vu son scooter, dit-il en remontant en voiture.

—À ton avis, elle est où ? Je t'en prie, faut aller voir le gendarmes.

—Non. Je crois que je le sais.

Ils se rendent à la cité des Lilas. Le scooter bleu est bien là, sur sa béquille, entre deux motos. Jean serre les dents, Valérie soupire, mais tous les deux sont rassurés : elle rentrera.

—J'ai quelque chose de très important à te montrer, dit Valérie.

Jean pense au rendez-vous fixé ce matin à dix-huit heures sur la route de Bruay et se demande s'il a raison de s'obstiner à ne pas vouloir avertir le commandant Régonne.

— Viens voir, dit Valérie en entraînant son mari vers la chambre d'Anaïs.

Rien n'a changé depuis l'enfance de la jeune fille : les posters sur les murs, l'affiche du *Grand Bleu*, le système solaire et un grand panneau représentant les dinosaures. L'ours en peluche fripé est posé à côté de l'oreiller. Jean est pâle, signe chez lui d'une colère rentrée. Valérie prend la photo cachée sous le pyjama en boule.

— Regarde ! fait-elle en tendant la photo.

Un reflet efface une partie du visage. Valérie bouge, le reflet s'évanouit et Jean voit Marie. Ses yeux ne cillent plus. La bouche légèrement ouverte, le voilà transformé en statue. Lui non plus n'avait pas perdu espoir, il s'en rend compte à cet instant, et c'est ce qui le broie. Il s'assoit sur le lit. Enfin, il lève les yeux vers Valérie, cherchant une bonne raison de croire au miracle. Puis la réalité s'impose, brutale : les lettres anonymes, le coup de téléphone du matin, le rendez-vous fixé par une voix inconnue. Fébrile, il prend la photo, l'examine de près, y cherche la supercherie, puis la pose sur la table de nuit.

— C'est pas possible, décide-t-il d'une voix rauque.

— Et pourtant si, réplique Valérie debout à côté de lui.

— Elle vient d'où ?

— C'est Anaïs qui a dû l'apporter…

— J'y crois pas, c'est un montage ! tranche Jean pour se rassurer.

Valérie ne peut pas détacher son regard de la photo à laquelle la présence de son mari procure une authenticité qu'elle n'avait pas auparavant. Les nombreux cauchemars qui ont jalonné ces dix-huit années l'assaillent. Les bras pendants, le contre-jour lui découpe une silhouette de très vieille femme.

— Qu'est-ce que tu dis ? demande-t-elle comme si elle n'avait pas compris.

— C'est un montage. Il existe des logiciels qui donnent ce genre de résultat. Tu peux tout faire à partir d'une photo ordinaire. Là, on le voit bien, ils se sont servis du visage d'Anaïs pour composer celui d'une femme plus âgée qui pourrait ressembler à Marie.

Valérie rejoint Micheline qui a fort à faire à cette heure d'affluence. Lui passe aux ateliers et, enfin, au laboratoire où Julien prépare les crèmes pâtissières du lendemain. Pierre défourne les baguettes craquantes. Jean le regarde travailler puis se dirige vers l'atelier de fabrication des dorés. Georges lui lance un regard interrogateur, mais ne lui pose pas de questions : le patron ne parle jamais de lui.

Jean s'enferme dans son bureau. Hélène Grossot lui passe une communication à laquelle il répond rapidement d'une voix qui n'est pas la sienne. La secrétaire, qui le connaît bien, perçoit son tracas. Elle aimerait se montrer solidaire, le questionner, mais elle n'ose pas. Elle est entrée dans l'entreprise peu après la disparition de Marie et le poids de l'absente y a toujours été palpable, comme un empêchement à se laisser aller, à vivre pleinement. Une retenue qui, avec le temps, a fait partie du caractère des gens.

Quinze heures trente déjà. L'heure du rendez-vous anonyme se rapproche. Jean se dit qu'il va peut-être y trouver des réponses aux nombreuses questions qui le hantent. Comme il ne peut pas tenir en place, il annonce à Valérie qu'il doit aller voir son fournisseur de farine à Saint-Amans, car la qualité des produits se dégrade depuis quelque temps.

Il quitte Saint-Sauveur par la route de Lille. Son portable sonne. Il hésite avant d'appuyer sur le bouton vert.

— Allô, papa ?

François ! Pour quelle raison son fils l'appelle-t-il à cette heure ? Un frisson glacé parcourt le dos de Jean qui redoute un nouveau malheur.

— Il faut que je te voie, dit François.

— Qu'est-ce qui se passe ?

— Je ne peux pas t'en parler au téléphone.

— Où es-tu ? À Lille ?

— Non, j'avais à faire près de Douai. Je peux passer à Saint-Sauveur.

Jean propose :

— J'ai un fournisseur à voir à Saint-Amans. Je pense que je n'en ai pas pour longtemps, mais j'ai un autre rendez-vous à dix-huit heures.

— Retrouvons-nous dans une demi-heure sur la place de Saint-Amans, devant l'église.

Jean range son téléphone. Entendre son fils l'a requinqué. Il a toujours gardé au fond de lui l'assurance de leur solidarité dans les moments difficiles. Avec les années et son divorce, le jeune homme a mûri ; il a compris que sa femme n'était pas toujours de bon conseil. De nouveau seul, il a besoin de ses parents, même s'il ne veut pas l'admettre.

Saint-Amans est un village minier ordinaire, au milieu des champs de betteraves. Sinistré. Comme à Saint-Sauveur, les maisons vides ne manquent pas et se vendent pour une bouchée de pain. Il ne reste que des vieux tournés vers un passé déjà lointain. Jean gare son véhicule sur la place et attend en écoutant la radio. Quelques instants plus tard, une Ford s'arrête à sa hauteur. François en descend. Jean embrasse son fils sans un mot.

Ils entrent dans le café voisin, s'installent à une table près de la baie vitrée. Ils ne parlent toujours pas. François est un peu plus grand que son père, mais moins robuste. Il ressemble à Valérie, ce qui a toujours contrarié Jean qui aurait tant voulu que son fils lui ressemble à lui. Après la disparition de Marie, François a hésité à abandonner ses études pour revenir travailler avec son père, puis il a renoncé, conscient qu'il ne pourrait jamais s'entendre avec cet homme si peu partageur qui l'aurait considéré comme un employé ordinaire. Il fréquentait déjà Éloïse, sa future femme. Cette fille de fonctionnaires ne voulait surtout pas sacrifier sa tranquillité pour une entreprise familiale.

— Comment va Pauline ? demande enfin le père.

— Elle va bien. C'est à propos d'elle…

— Ta mère s'ennuie. Tu devrais nous l'amener de temps en temps.

Lorsque François et Éloïse se sont séparés d'un commun accord, Éloïse a eu la garde de la fillette ; son père la prend les week-ends et quand il ne peut pas, Pauline va chez ses autres grands-parents.

— Je ne veux pas que ma fille aille à Saint-Sauveur, a précisé Éloïse. Elle serait livrée à elle-même, tes parents n'ont pas le temps de s'en occuper !

Du coup, François fait de brèves apparitions à la boulangerie familiale. Valérie en profite pour gâter sa petite-fille qui repart les poches pleines de sucreries, ce qui irrite Éloïse :

— La bonne éducation ne se fait pas avec des bonbons douteux !

François et Jean commandent un café. François demande :

— Comment va Anaïs ?

— Elle ne va pas bien du tout.

— Si vous aviez été un peu plus sévères avec elle…

Reproches habituels, maintes fois rabâchés. François montre aussi son aspect le plus déplaisant en reprenant les propos d'Éloïse. Ce soir, Jean n'a pas envie de se disputer et recentre la conversation :

— Je suppose que ce n'est pas de cela que tu veux me parler.

— Non, bien sûr. Ce matin, j'ai reçu un coup de téléphone. Un inconnu qui m'a parlé de ma nièce, puis il m'a dit : « Si tu ne veux pas qu'il arrive des bricoles à ta fille, pense aux dorés. »

Il porte la tasse de café à ses lèvres. Son père n'a pas bronché.

— J'ai trouvé deux lettres de menaces dans mes sacs de farine. Maintenant, ils s'en prennent à Anaïs et lui font croire qu'ils ont retrouvé sa mère…

— Quoi ? Qu'est-ce que tu racontes ?

François pose brutalement sa tasse, un peu de café se renverse sur la table.

— Ce n'est pas possible, ajoute-t-il après un silence. Anaïs dit ça pour te faire marcher ! C'est une mythomane, je m'en suis aperçu à plusieurs reprises : elle raconte n'importe quoi pour se mettre en valeur !

François a toujours nourri une certaine animosité envers sa nièce qui, à son avis, n'est pas à sa place chez ses grands-parents. Jean n'aime pas entendre son fils parler de la sorte, mais ne le montre pas.

— Tout est lié, on veut se servir d'Anaïs et de Pauline pour m'obliger à donner le secret des dorés, tranche-t-il.

— Je voulais t'en parler avant d'aller trouver la police !

— La vérité, c'est que j'ai peur, avoue Jean. Ils ont tabassé Anaïs, ils me certifient que les choses ne s'arrêteront pas là si je ne me montre pas compréhensif.

— Je vais demander une protection pour ma gamine. C'est mon devoir de père.

— Attends un peu. Les dorés t'appartiennent aussi. Il faut les défendre.

— Non, j'ai tout de suite choisi. Donne-leur la recette et qu'on n'en parle plus. Je veux que ma fille vive en paix. Et pour cela, elle n'a pas besoin des dorés !

Jean est contrarié. Son invention, le travail de toute une vie, voilà ce que François en fait : une simple monnaie d'échange ! Il se sent humilié, rabaissé au niveau d'un pâtissier ordinaire.

— On ne brade pas les dorés, grogne-t-il.

— Moi, je sais ce qui me reste à faire ! dit François en se levant.

Les pieds de la chaise raclent le plancher. Il pose un billet sur la table, embrasse son père.

— Je ne vais pas me laisser détruire par des voyous !

— Attends un peu, je t'en prie !

— Non, j'ai trop attendu. Toi, tu aurais dû prévenir la police dès le début !

Ils se séparent presque fâchés. Jean monte dans sa voiture. François a raison, pourtant, il ne voudrait pas qu'une intervention de la police provoque une catastrophe. Ceux qui cherchent à s'emparer des dorés ne manquent pas de moyens et peuvent frapper fort à n'importe quel moment. C'est justement pour protéger Anaïs qu'il n'a prévenu personne. Son fils peut-il le comprendre ?

Jean consulte sa montre. Il a juste le temps d'aller à son mystérieux rendez-vous. Il a oublié son pistolet dans le tiroir du bureau et se fie à son expérience de judoka pour se défendre. Sa voiture cahote sur le chemin défoncé jusqu'à une sorte de clairière. Il découvre une maison abandonnée, étouffée dans une végétation luxuriante, probablement celle dont lui a parlé son correspondant anonyme.

Il sort de son véhicule, attend un instant, aux aguets. Rien, pas un bruit, sauf le chant des oiseaux qui l'agace. Il marche dans les hautes herbes, regarde un papillon semblable à un morceau de papier coloré que le vent empêche de tomber. Un puissant soleil brûle ses bras nus. Il s'approche de la maison, monte prudemment les marches, s'arrête devant la porte entrouverte. Un gémissement venu de l'intérieur le surprend. Il entre, son pied bute contre un corps allongé.

— Anaïs, qu'est-ce que tu fais là ?

La jeune fille tourne vers lui son visage marqué de coups. Du sang coule d'une coupure à la joue. Elle se redresse, le corps secoué de gros sanglots. Jean la soutient pour l'aider à descendre l'escalier. Le téléphone du grand-père sonne, une voix l'avertit :

— Ta petite-fille vaut bien la recette des dorés ! Et surtout pas un mot, sinon gare !

— Viens, ne restons pas là, s'emporte Jean en soulevant Anaïs. Qu'est-ce qui s'est passé ?

— Rien.

Une fois l'adolescente en sécurité dans son véhicule, le vieil homme redemande :

— Que s'est-il passé ? Que faisais-tu dans cette baraque ?

— C'est Karim qui m'a conduite ici avec sa voiture. Il m'a laissée à la porte en me demandant d'entrer, et là, un homme que je ne connais pas m'a frappée.

— On va aller chercher ton scooter.

Sans attendre de réponse, il roule en direction de Saint-Sauveur et, à l'entrée du village, emprunte la rue qui monte vers les Lilas, près de l'ancien terril. Le scooter est bien là. Anaïs hésite avant de sortir.

— Va, je suis là, fait Jean après avoir remarqué que le parking était désert.

Anaïs roule devant sur son frêle véhicule. Jean la suit, très en colère. Une fois dans la cour de la boulangerie, il s'emporte :

— Maintenant, on va à la gendarmerie !

— Non, réplique Anaïs ; faut pas en parler.

— Et pourquoi ? On ne va pas se laisser bouffer par des petits cons !

— Je t'en supplie, grand-pa, c'est mieux de ne rien dire. Il faut attendre que ça passe. Je peux pas t'expliquer, mais fais-moi confiance.

Jean hésite un instant, contemple le visage effrayé d'Anaïs puis décide :

— D'accord, mais avertis ton Karim que s'il me tombe dans les mains, ça sera sa fête !

— C'est pas lui, je te promets !

— Ah bon ?

— Celui qui m'a frappée était plus âgé que Karim et je ne le connaissais pas.

Une fois dans l'appartement, Jean prend une serviette pour nettoyer les blessures de sa petite-fille qui se laisse faire. Ensuite, il se met à genoux devant elle, lui prend les mains.

— Anaïs, tu dois m'aider parce que je veux te protéger. Alors, dis-moi ce que tu sais.

Elle baisse la tête.

— Je ne peux pas !

— Ils se servent de toi pour que je leur donne la recette des dorés. Et je ne veux pas. Cette recette ne sortira pas de la famille, elle sera pour toi, si tu le veux.

C'est la première fois que Jean parle ainsi à la jeune fille, la première fois qu'il évoque la possibilité de lui transmettre son secret, même s'il y pense depuis longtemps. Il s'étonne lui-même d'avoir livré ainsi le fond de sa pensée à une gamine en qui il ne peut plus avoir confiance.

Anaïs relève lentement ses yeux. À cet instant, elle ressemble trait pour trait au visage de la photo. Jean en est encore plus convaincu quand elle ouvre légèrement la bouche, comme pour parler, mais elle ne dit rien.

— J'ai travaillé toute ma vie pour vous, pour ta mère, pour ton oncle François, et désormais pour toi. Tu es la seule qui reste.

— Et Pauline, ton autre petite-fille ?

— C'est pas pareil ! Pauline est encore petite et ton oncle est là pour s'en occuper, tandis que…

Elle inspire comme pour répondre, puis se retient.

— Ta grand-mère et moi, on a eu beaucoup de chance de t'avoir. Quand ta mère a disparu, tu étais là et tu nous as aidés à supporter son absence. Sans toi, on n'aurait pas tenu le coup. Et maintenant, on est bien tristes parce que tu as de gros soucis.

Lentement, la main de la jeune fille quitte le rebord du fauteuil pour se poser sur celle de son grand-père, une grosse main blanche de farine incrustée. Il en est tellement heureux que sa voix s'étrangle.

— La photo, dis-moi qui te l'a donnée ?

Elle voudrait parler, mais la menace, la peur de se faire de nouveau tabasser la retiennent.

— Parle-moi, insiste Jean sur un ton qui se veut rassurant. Tant que je serai près de toi, rien de mauvais ne pourra t'arriver.

Elle fait non de la tête. Son visage se contracte. Un tremblement agite ses épaules.

— Réponds-moi, où as-tu trouvé la photo ?

Elle hésite.

— Par terre, sur le trottoir, à côté de mon scooter. Quelqu'un avait dû la perdre et elle me ressemblait, alors…

— Ce n'est pas vrai.

Elle se recroqueville sur son siège, comme pour échapper à un danger connu d'elle seule. Le grand-père poursuit :

— Cette photo te ressemble, donc quelqu'un te l'a donnée.

— Un homme que je ne connais pas, avoue Anaïs.

— Une connaissance de Karim ?

Elle fait oui de la tête. Jean la prend dans ses bras et lui caresse les cheveux. Anaïs se laisse aller. De nouveaux sanglots soulèvent sa poitrine.

— Il n'est pas trop tard. Tout peut s'arranger...

— Je n'ai pas envie de retourner à la fac !

— Et pourquoi donc ?

— Parce que, en ce moment je ne veux plus voir personne.

Jean retient un mouvement d'humeur et la jeune fille le sent. Elle aimerait lui expliquer que la présence des autres lui fait mal à hurler. Ils sont si beaux, si heureux quand elle voudrait ramper, disparaître sous terre.

— Qu'est-ce qu'on t'a raconté sur ta mère ?

Elle ouvre de grands yeux horrifiés. Des mots douloureux lui brûlent les lèvres, pourtant parler lui ferait du bien.

— Tu dois me répondre !

La jeune fille pousse un soupir et sèche ses yeux du bout de l'index.

— Parle-moi, insiste Jean. Si tu ne me fais pas confiance, on n'arrivera à rien.

Non, c'est trop difficile à dire, surtout à son grand-père. Lui dire ce qu'elle sait le terrasserait, provoquerait une crise qui lui serait fatale.

— Tu crois que tu peux continuer ainsi, te saouler, fréquenter des petits cons qui se moquent de toi ?

Anaïs se cache la figure dans les mains. Ce que vient de lui dire son grand-père la touche parce que c'est la vérité et qu'elle en a conscience. Son désir de mourir n'a pas d'autre cause.

— Écoute, grand-pa, je sais que tu veux m'aider, mais te parler est au-dessus de mes forces pour l'instant. Laisse-moi le temps de m'habituer, après ça ira mieux.

— T'habituer à quoi ? À la torture de ces vauriens ? Il n'y a rien que je ne puisse entendre.

Anaïs se reprend et secoue la tête. Sa volonté flanche. Elle n'a jamais rien su décider par elle-même. Les autres lui ont toujours dicté sa conduite. En elle, tout est ruines, zones sombres peuplées de monstres. Les images de sa petite enfance défilent dans ses pensées. La fillette gâtée par grand-pa et grand-man voulait devenir infirmière ou maîtresse d'école. Elle était heureuse, avait un rêve merveilleux, un rêve où sa mère, semblable aux princesses des contes, l'accompagnait partout, à qui elle parlait et qui lui donnait toujours de bons conseils. Personne ne peut comprendre cela, surtout pas ses grands-parents puisque, pour éviter ses questions, Valérie avait caché toutes les photos de Marie.

— Il faut que tu me fasses confiance, sinon on va tous y passer, les uns après les autres. Pour grand-man et moi, ce n'est pas grave, mais toi, il te reste tant de choses à vivre !

Anaïs le sait. Elle n'a pas voulu se jeter dans l'étang, c'est le poids de l'alcool qui l'a fait trébucher. Au fond de son être, la pulsion de vie est toujours là.

— Commençons par le début. Qui t'a frappée ?

— Ce n'était pas un garçon de la cité. Il portait une cagoule, il n'a pas parlé. Il m'a frappée et il est parti.

— Et la prétendue photo de ta mère, qui te l'a donnée ?

— Je crois que c'est le même…

— D'ailleurs, cette photo, c'est une arnaque. Tu penses bien qu'ils n'ont aucune nouvelle de ta mère. Après dix-huit ans, on ne la reverra jamais, même si nous, ses parents, on y croit encore un peu. Alors tu te fais du souci pour rien.

Anaïs ne saurait dire pourquoi, mais elle est certaine que ce reflet d'elle-même est bien la photo de sa mère. Les paroles peu rassurantes de son grand-père n'entament pas sa conviction.

Jean pousse un gros soupir et se dirige vers la porte. Il pose sa main droite sur la poignée quand un vertige le prend, une sorte de tremblement, d'abord léger, puis de plus en plus intense. Son esprit perd le fil de ses pensées. Il titube, tente de se retenir à la poignée, chancelle. Enfin, le malaise s'estompe ; il a senti son corps se vider de sa vie.

Aux ateliers, la journée de travail s'achève. Dans le laboratoire, on défourne les dernières brioches qui ne seront emballées que le lendemain.

— Ça ne va pas, patron ? demande Éric Leblanc. Vous faites une drôle de tête !

— Si, tout va bien !

Il sort sans rien ajouter, monte dans sa voiture et s'en va. Il se rend à la cité des Lilas. Au bas de la rue se trouve un bistrot à la mauvaise réputation depuis qu'il est fréquenté par les jeunes de la cité. Jean gare sa voiture sur le petit parking et se dirige vers ce lieu de rendez-vous des Turcs et des Maghrébins. Il hésite avant de pousser la porte, puis se dit que renoncer serait céder à sa peur.

L'intérieur est enfumé. Au fond de la salle, des jeunes gens jouent au billard, d'autres sont assis aux tables et boivent du thé en écoutant de la musique orientale. Tous les visages se tournent vers Jean qui s'accoude au comptoir et commande un café. Le serveur, un Turc très brun, dit quelques mots à son voisin dans une langue que Jean ne comprend pas. Enfin, il pousse une tasse devant le vieil homme. Au fond de la pièce, les joueurs de billard se sont arrêtés et dévisagent ce client inhabituel.

— Je cherche Karim, dit Jean en regardant le serveur bien dans les yeux.

L'homme pose des tasses vides sur le comptoir et fait un signe aux joueurs de billard. Aussitôt, un jeune s'approche de Jean. Il est grand, bien fait, très brun avec un regard malicieux plein de lumière et finalement assez sympathique.

— Karim, c'est moi.

Jean le regarde fixement. Ils se toisent un long instant. Les joueurs se sont approchés. Le silence des consommateurs pèse soudain dans la pièce enfumée et surchauffée. Enfin, dans un geste de défi, Jean plaque un billet de cinq euros sur le comptoir et sort sans avoir bu son café. Il a voulu jouer au brave, pourtant il n'a pas eu le courage de l'interroger.

Accoudée à la fenêtre de sa chambre, Anaïs réfléchit en regardant les hirondelles voler au-dessus des toits. Son grand-père a sûrement raison. Le cliché censé représenter sa mère est certainement un bricolage inventé pour la détruire et forcer l'inventeur des dorés à donner son secret. Karim n'a été qu'un intermédiaire, un petit désœuvré qui se fait un peu d'argent en servant les intérêts d'un inconnu. L'ennemi n'est pas dans ce groupe de jeunes qui jouent les fortes têtes : celui qui l'a frappée n'a pas la dégaine des garçons de la cité.

Elle prend la photo et la contemple longuement. Quel est ce clocher à l'arrière-plan ? Cette lumière éclatante n'est pas d'ici. Les maisons aux tuiles romaines ont-elles été rajoutées pour faire plus vrai ? Le montage avec un logiciel qui permet de vieillir ou de rajeunir un visage à volonté lui apparaît grossier. Et cela la contrarie.

Les coups reçus la veille et la conversation avec son grand-père lui ont ouvert les yeux sur la réalité. Le malheur dans cette maison ne doit pas arriver par elle. Couper les ponts avec ceux qui jouent de sa crédulité, enfermer sa douleur et reprendre sa vie d'avant, voilà ce qui lui reste à faire. Son portable sonne. Elle hésite, consulte l'écran, c'est un numéro caché. Un frisson la parcourt. Ne pas répondre reste la meilleure manière de ne plus céder à l'ennemi, au serpent qui la guette et profite de toutes les occasions, mais ses certitudes volent vite en éclats : si la photo était bien réelle, ce serait couper le fil qui la relie à sa mère qu'elle a envie de connaître, mais sans l'approcher : trop consciente de sa laideur, elle voudrait la voir sans être vue, l'espionner dans sa vie de tous les jours, se brûler à la lumière de sa beauté. Sans pousser plus loin sa réflexion, et, comme la sonnerie insiste, elle porte l'appareil à son oreille. Elle reconnaît tout de suite la voix de Karim.

— Je t'appelle pour te donner des nouvelles.

Karim joue des poings, mais ne manque pas de cœur, c'est bien là sa faiblesse. Elle s'entend répondre :

— Ça ne m'intéresse pas.

Elle raccroche. Un instant, l'envie de le rappeler lui fait garder le téléphone à la main. Puis elle se dit que le jeune homme n'est pas près de lâcher prise et qu'il reviendra à la charge. Cette première victoire sur une dépendance qui la brise la réconforte et la détruit. Qu'elle aille dans une direction ou une autre, le mur de son angoisse se dresse devant ses pas. Elle n'a pas d'avenir, c'était écrit : même sans la photo de sa mère, Anaïs était condamnée.

— Je peux t'aider ? demande-t-elle à sa grand-mère.

Micheline regarde fixement le visage plein de bleus de la jeune fille.

— Je suis tombée de scooter. Des gravillons que j'avais pas vus…

Une vague de chaleur envahit la poitrine de Valérie. Que s'est-il passé pour qu'Anaïs change aussi radicalement de ton ?

— Il n'y a pas foule, cet après-midi, regarde, nous n'avons rien à faire. Je crois qu'il y a du retard à l'expédition. Va donc voir Angélique, elle te trouvera quelque chose à faire.

Anaïs entre dans l'arrière-boutique. Finalement, elle n'a pas envie d'aller à l'emballage. Elle était venue au magasin pour voir sa grand-mère, pour l'entendre parler, pour être auprès d'elle. Sa présence lui était nécessaire à cet instant, Valérie n'a pas su saisir l'invitation. Ce sera pour une autre fois.

Anaïs se prépare à sortir quand son téléphone sonne de nouveau. Toujours un numéro masqué. Elle ne répond pas, consciente que sans elle l'ennemi sournois ne peut rien. Son grand-père arrive et lâche :

— J'ai vu Karim. Beau garçon, en effet.

Pourquoi parle-t-il comme ça ? Pour éviter de la braquer ?

— Mais il ne fait pas le poids. J'ai hésité à lui flanquer ma main dans la figure, ajoute Jean. Tu as raison, ce n'est pas un gars à frapper froidement une fille.

Anaïs le toise comme si elle le voyait pour la première fois. Lui, à soixante-dix ans aurait pu frapper Karim ! Elle l'a toujours vu blanc de farine, préparant ses mélanges ou s'occupant de ses expéditions. Elle ne l'a jamais imaginé autrement qu'en artisan boulanger-pâtissier dans l'attitude du travailleur inoffensif. Maintenant, elle comprend pourquoi, dans le laboratoire, personne ne conteste ses ordres. Il en impose par son autorité naturelle, par une force qu'elle n'avait pas perçue jusqu'alors.

De son côté, Jean observe sa petite-fille qu'il trouve tout à coup transformée.

— J'ai décidé de mettre un coup d'arrêt à ce chantage, déclare-t-il. Ils oublient que je suis encore costaud, que j'ai été ceinture noire de judo. Ces gamins ne me font pas peur, mais je veux savoir qui se cache derrière.

— J'ai bien regardé la photo, grand-pa. Je suis certaine que tu as raison : c'est un montage à partir d'une photo de moi. Le paysage derrière, le clocher, les maisons aux tuiles romaines, ont été rajoutés…

Il n'ose pas croire que sa petite-fille a retrouvé un peu de raison. Par un improbable coup de baguette magique, serait-elle redevenue la jeune fille sérieuse à qui il pourrait confier son secret ? Mais il redoute le pire, la rechute fatale.

De nouveau la sonnerie du téléphone. Anaïs regarde l'écran qui affiche toujours un numéro caché. Elle lève les yeux vers son grand-père, comme pour lui demander son avis.

— Eh bien, réponds. Qu'est-ce que tu attends ?

Elle porte l'appareil à son oreille, gênée. Une voix qui n'est pas celle de Karim lui dit : « Rendez-vous demain, tu prendras la petite route de Valenciennes pour d'autres nouvelles de ta mère. Tu seras seule, je te dirai où aller plus tard. »

La communication est coupée. Anaïs reste un instant accrochée au regard de Jean, le visage inexpressif, à la dérive.

— Une mauvaise nouvelle ?

— Non, rien.

La tentation de tout dire à son grand-père la fait inspirer mais elle se retient une fois de plus. La pente infernale continue de l'emporter. Lutter ne servirait à rien. Une force sourde, déterminée, invincible et certaine de son impunité avance inéluctablement vers son but. Anaïs n'est qu'une balle de ping-pong et chaque coup de raquette la détruit un peu plus.

Pourtant, elle a décidé d'agir.

Jérémie guette Anaïs…

Depuis quelque temps, le garçon passe le plus clair de ses journées à surveiller la jeune fille, il la suit, l'épie et cherche le moyen de confondre ceux qui la torturent par leurs révélations savamment dosées et cherchent à lui extorquer de l'argent. Jérémie n'est pas un bagarreur, il a grandi entouré des attentions de ses parents et de ses grands-parents, dont il est la préoccupation principale. « Élevé dans du coton », lui a souvent dit Anaïs. Pourtant, ce fils unique n'a pas la légèreté de son âge. Il ne sort pas en boîte avec les autres. Tous disent qu'il a cinquante ans dans sa tête, mais cela ne le gêne pas. Il a toujours su ce qu'il voulait, toujours connu les orientations de sa vie, mais son amour pour Anaïs l'empêche d'avancer vers le but qu'il s'est choisi.

La même querelle qui a opposé François à Jean, l'oppose à son père ; le fleuriste de Saint-Sauveur qui a très bien réussi aurait tant aimé que Jérémie prenne la suite, mais le jeune homme a décidé qu'il serait ingénieur informaticien pour créer son entreprise de logiciels adaptés aux besoins des industriels. Face à sa détermination et à son sérieux, Gilles Joffroy a fini par céder, n'ayant à lui transmettre que l'amour du travail bien fait.

Au moment de préparer intensivement son examen de fin d'année, Jérémie perd beaucoup de temps pour Anaïs. Sa mère a beau lui dire de tourner la page, d'abandonner la jeune fille à son triste sort, il ne peut pas s'y résoudre. Anaïs donne de la lumière à ce qu'elle regarde, chacune de ses larmes le brûle et la colère contre l'injustice qui la frappe justifie l'obstination du garçon. Alors, assis sur sa moto arrêtée un peu en retrait, il guette les allées et venues près de la boulangerie.

Tout à coup, il retient son souffle : Anaïs sort par le porche qui sépare la boulangerie de ce que l'on appelle pompeusement l'usine des dorés en poussant son scooter, la tête cachée par son casque bleu. Où va-t-elle ? Rejoindre Karim ? Celui-là, Jérémie se promet de l'attirer dans une impasse et de lui casser la figure.

La jeune fille s'éloigne dans la rue principale. Sans réfléchir, Jérémie la suit à distance, passe devant l'église, poursuit sur la petite route de Valenciennes. Ils parcourent ainsi une dizaine de kilomètres et traversent deux hameaux. Enfin, le scooter s'arrête devant une maison isolée en bordure de la route, petite bâtisse couverte de tuiles rouges et entourée d'une haie. Jérémie a le temps de dissimuler sa moto dans un renfoncement du bas-côté. Anaïs pousse le portail qui grince. Le jeune homme s'approche en se cachant dans le fossé, se glisse derrière les thuyas et pénètre dans une petite cour intérieure, derrière la maison. Une Renault Clio est garée là. Jérémie ne pense pas un instant qu'il prend beaucoup de risques ; seule la pensée d'Anaïs l'habite et, pour une fois, il se trouve en première ligne.

De sa cachette, il voit un homme ouvrir la porte et inviter la jeune fille à entrer. Par un réflexe soudain, Jérémie le photographie avec son portable. Il longe le mur, s'approche d'une fenêtre aux volets mi-clos. Des rideaux l'empêchent de voir ce qui se passe à l'intérieur, mais il entend une voix menacer :

— On t'avait dit de te tenir tranquille. Mais tu ne peux pas t'empêcher de parler !

Le silence d'Anaïs inquiète Jérémie qui pense un instant briser la fenêtre et arracher la jeune fille aux griffes de cet homme dont il aperçoit la silhouette à travers les rideaux de tulle.

— J'ai des nouvelles pour toi. Ta mère vit dans une ville du Sud de la France.

— Vous la connaissez ?

— Elle a changé de nom pour qu'on ne sache pas qu'elle a une fille et une famille. Personne ne l'embête.

— Karim m'a dit que… qu'elle faisait…

Un éclat de rire lui répond. Anaïs chancelle. Jérémie l'imagine grimaçante, les épaules serrées sur sa douleur, prête à griffer.

— Je pourrai t'en dire un peu plus bientôt. Mais n'oublie pas : cent euros par photo.

— Je les prends toutes. Je vous paierai, c'est promis.

— Ne tarde pas trop.

Un silence, puis Anaïs murmure :

— Est-ce qu'elle vous a parlé de moi ?

— Non, jamais !

Anaïs accuse le coup. Ses épaules s'affaissent. Enfin, elle tourne vivement les talons, sort sur le perron, regarde autour d'elle, perdue, comme si elle redoutait qu'on la voie puis repart sur son scooter. Jérémie se demande s'il doit la suivre ou continuer d'espionner l'homme à l'intérieur. Rien ne sert d'alerter l'ennemi qui se croit intouchable, pourtant il ne veut pas laisser filer le seul lien avec celui ou ceux qui font chanter Anaïs et son grand-père. Le ciel se couvre. Une chaleur lourde annonce l'orage.

Au bout d'un quart d'heure peut-être l'homme sort, tourne la tête en direction de Jérémie qui en profite pour le photographier à nouveau. Il descend les quelques marches du perron, contourne la maison. La portière de la Clio claque. Jérémie court vers sa moto située à une centaine de mètres. La voiture passe lentement le portail. Le motard la suit en gardant ses distances. À Valenciennes, elle regagne le centre-ville et se gare dans une petite rue peu fréquentée. Jérémie, qui s'est arrêté en retrait, voit le chauffeur entrer dans la pâtisserie Staffin. Il en sait assez, il reviendra.

À Saint-Sauveur, il se met en quête d'Anaïs. Le scooter n'est pas à sa place habituelle, devant la boulangerie. Où est passée la jeune fille ? Pourvu qu'elle ne soit pas allée au bord de l'étang ! Il rebrousse chemin quand il se souvient qu'elle aime beaucoup se promener près du chevalement surmonté de sa grande roue rouillée. La démesure de la machine inutile lui plaît. Mais Anaïs n'y est pas. Il retourne sur la place en se demandant ce qu'il doit faire. L'envie d'aller tout raconter aux gendarmes le retient un instant, puis il rentre chez lui, travaille à son examen de fin d'année, la tête ailleurs.

Une heure plus tard, comme il n'arrive pas à se concentrer, il sort de nouveau, traverse la boutique où sa mère compose un bouquet de roses pour un client. Chantal Joffroy lui jette un regard anxieux. Jérémie l'embrasse, puis s'éloigne sans un mot.

Il retourne sur la place en face de la boulangerie. Cette fois, il a de la chance : Anaïs apparaît ; il lui fait signe, elle s'arrête, ôte son énorme casque qui libère ses cheveux.

— Qu'est-ce que tu me veux, encore ?

— Te parler, Anaïs, c'est très important. Je sais beaucoup de choses qui peuvent t'aider.

— Qu'est-ce que tu sais ?

— Viens prendre un verre avec moi au café de la gare. Je te dis que je sais des choses de la première importance.

Anaïs range son véhicule sur le trottoir et accompagne Jérémie. Elle pose son casque sur la table à côté d'elle et s'assoit en face du garçon qui fait signe au serveur. Le manque d'alcool rend Anaïs fébrile. En trois semaines, elle a pris l'habitude de boire. Elle hésite à commander un verre de vin blanc et opte pour un Coca-Cola.

— Voilà, commence Jérémie, je sais où se trouve l'homme qui t'a parlé de ta mère cet après-midi.

Elle prend un air étonné, puis contrarié. Une grimace lui donne un air de chat en colère.

— Tu me suis partout, tu m'espionnes, c'est ça ? Mais qu'est-ce que tu attends de moi ?

— Pardonne-moi, Anaïs. Je connais ton secret et je n'attends rien. Je veux seulement t'aider à être la plus forte !

L'accent sincère de Jérémie la touche. Pour ce garçon maladroit aux gestes gauches, elle reste digne d'attentions et d'amour.

— Écoute, Jérémie, dit-elle en posant sa main sur celle du jeune homme, je sais que tu es sincère. Ce qui m'arrive, je ne saurais pas l'expliquer, parce qu'il n'y a pas de mots pour le raconter. Et puis…

— Tu es notre Anaïs, pour moi et pour toute la bande, irremplaçable !

Elle se lève, pose un baiser sur la joue de Jérémie, puis sort sans rien ajouter. Il ne cherche pas à la retenir ; il sait ce qui lui reste à faire.

Il paie les consommations et retourne vers le centre du village. Le scooter d'Anaïs n'est plus à sa place devant la boulangerie. Jérémie entre dans la boutique où Valérie l'accueille avec empressement. Mme Baltoret a toujours eu un penchant pour ce jeune homme bien élevé et de bonne famille.

— Je voudrais parler à M. Baltoret.

— Il doit être dans son bureau. Je crois qu'il a rendez-vous avec le comptable ce soir. Tu connais le chemin ?

Jérémie passe derrière le comptoir, emprunte le couloir menant aux bureaux. Mme Grossot lui sourit et va frapper à la porte du patron.

— Ah, c'est toi ! fait le vieil homme avec un air qui se veut désinvolte.

Jérémie qui ne sait pas comment exprimer ce qui l'amène bredouille :

— C'est à propos d'Anaïs…

Jean pose ses deux mains de travailleur manuel sur le bureau. Ses épaules encore solides, sa tête carrée sont des indices d'une force qui rassure Jérémie.

— J'ai besoin de vous parler, poursuit le garçon en gardant les yeux baissés, comme s'il allait avouer une faute.

Le regard de Jean le brûle, fouille ses pensées et met à nu ce qu'il ne veut surtout pas montrer, son amour pour la fille de la maison. Il a l'impression de s'imposer à une place qui n'est pas la sienne, de vouloir s'emparer de quelque chose qui ne lui appartient pas.

— Voilà, avoue-t-il, cet après-midi, j'ai vu Anaïs partir sur son scooter. Je l'ai suivie parce que je redoutais qu'elle ne fasse une bêtise. Elle a rejoint un homme. J'ai été assez discret pour m'approcher de la maison et écouter ce qu'il lui disait sans me faire repérer.

— Tu as fait ça ? demande Jean d'une voix pleine d'étonnement.

Jérémie acquiesce de la tête, assez fier en face d'un Baltoret qui ne cache pas son admiration. Il ajoute :

— Et j'ai entendu l'homme parler à Anaïs de sa mère qui serait quelque part dans une ville du Midi. Sa mère qui est heureuse, paraît-il.

— Qu'est-ce que tu racontes ? Ce n'est pas possible ! Si sa mère était vivante, les policiers l'auraient retrouvée.

Jean ne parvient pas à admettre que Marie puisse vivre heureuse sans donner de ses nouvelles, sans reprendre contact avec sa famille. L'accepter reviendrait à se désigner coupable d'une faute impardonnable, comme s'il l'avait lui-même mise à la porte.

— L'inconnu a dit qu'elle avait changé de nom.

— Ah bon ? s'étonne Jean d'une voix blanche.

Comment cela se peut-il ? Le vieux pâtissier refuse d'y croire : le reniement de Marie serait encore plus difficile à porter que sa mort.

Jérémie sort son téléphone et montre une photo à Jean.

— C'est lui ! J'ai réussi à le photographier. J'étais caché tout à côté. Personne ne m'a vu, heureusement.

Jean contemple la photo un peu floue. Elle représente un homme svelte, assez grand, très brun.

— Je sais où il est, ajoute Jérémie qui s'enhardit à lever les yeux sur Jean et à soutenir son regard. Quand Anaïs est partie, j'ai attendu que l'homme quitte la maison. J'ai pu le suivre avec ma moto jusqu'à Valenciennes. J'ai vu où il est entré.

Baltoret se lève, son fauteuil émet un petit craquement métallique.

— Toi, tu es un sacré gars ! dit-il.

— Qu'est-ce qu'il faut faire ? demande Jérémie en confiance. Je n'ai pas l'intention d'en rester là.

Jean se dirige vers la fenêtre, regarde un instant la cour intérieure et au loin, le chevalement, squelette de fer qui se découpe entre les deux terrils, gardien du village, et de sa mémoire souveraine. Il comprend que Jérémie peut être un extraordinaire allié.

— Est-ce que je dois en parler aux gendarmes ? demande le jeune homme.

— Non, répond Jean en se tournant vers lui. Ils feront tellement de bruit autour de tout ça que notre gaillard se tiendra tranquille en attendant que ça se calme. On doit agir seuls. François, mon fils, a reçu des menaces. Ils s'en prennent à Anaïs pour m'obliger à leur donner le secret des dorés.

—Je ne comprends pas, s'étonne Jérémie. Ils auraient pu enlever votre petite-fille et menacer de la tuer…

—Ils sont plus malins que ça. En torturant Anaïs, ils ne prennent pas de risques.

—Je voudrais vous aider.

Jean s'approche de Jérémie et lui pose sa lourde main sur l'épaule.

—Tu es un gentil garçon, et je sais qu'Anaïs compte beaucoup pour toi.

—Je ne supporte plus de la voir se soûler et perdre ses journées avec des gens qui profitent d'elle. Je sais qu'elle est malheureuse, alors…

—Écoute, poursuit Jean qui a eu le temps de réfléchir, à nous deux, on peut se débrouiller, mais il ne faut en parler à personne.

Le soir, vers sept heures, Anaïs arrive en titubant devant la boulangerie. Valérie la conduit autoritairement à l'intérieur et ferme la porte à double tour avant de laisser éclater sa colère :

—Mais tu te rends compte dans quel état tu te mets ? Franchement, tu n'as pas beaucoup d'amour-propre !

Du fond de son ivresse, Anaïs mesure sa faute :

—Je sais, grand-man, mais…

Comment expliquer que lorsque les autres lui tendent la bouteille, elle ne peut pas refuser parce qu'ils la rejetteraient en la traitant de mauviette, de petite-bourgeoise née dans le milieu pourri des commerçants que même sa mère a fui.

— Il faut te soigner, réplique Valérie en la poussant dans sa chambre. Tu es trop jeune pour te détruire. Demain, je prends rendez-vous avec le docteur.

Anaïs s'affale sur son lit. Ce soir, elle était bien décidée à ne pas boire, mais Karim lui a présenté un de ses amis du Midi. Ils ont parlé de sa mère : « Tu sais comment elle gagne son blé ? » Ils ont éclaté de rire, puis l'autre a ajouté : « Tout y passe, les gros, les vieux, les bancals, pourvu qu'ils aient du pognon ! » Anaïs n'a pas pu résister quand Karim a rempli son verre.

Les colères de Valérie ne durent pas. Ses coups de gueule cachent une grande générosité et des sentiments qu'elle ne sait pas toujours exprimer. Elle attire Anaïs et la serre dans ses bras.

— Ma petite chérie, ma toute petite chérie…

Jean arrive. Valérie lui reproche souvent de n'être jamais là quand sa présence est nécessaire, mais, ce soir, elle lui jette un regard triste et vaincu.

— Je vais téléphoner au Dr Mougeaud, il faut soigner notre pauvre Anaïs. Et, que tu le veuilles ou non, je vais aller trouver les gendarmes !

Jean n'est pas patient, c'est là son principal défaut. Il fonce tête baissée et cela se retourne souvent contre lui. Sa nature profonde reste offensive et l'âge n'y change rien. Ce matin, en préparant ses mélanges, il se dit que le moment est venu de sortir ses griffes. Il a obtenu de Valérie qu'elle ne dise rien aux gendarmes car il sait maintenant qui se cache derrière ce chantage grossier.

Depuis que Jérémie lui a révélé où habite l'homme qui a donné les photos à Anaïs, ses soupçons sont devenus des certitudes. Il sait qui a écrit les lettres de menaces, la même personne sans doute à l'origine de la disparition de Marie et de la dérive d'Anaïs : l'homme le plus jaloux du monde qui ne lui pardonne pas d'avoir inventé les dorés.

C'était son ami, son inséparable ami. Conscients de se compléter, ils avaient décidé de s'installer ensemble à Lille. Ambitieux, ils projetaient de créer une chaîne de pâtisseries qui couvrirait la France entière. « De Lille à Marseille ! » disait Bernard Staffin de sa voix puissante et grave. « On va inventer des pâtisseries qu'on conditionnera pour conserver leur fraîcheur pendant plusieurs jours ! » ajoutait Jean.

Un dimanche d'automne, ils s'étaient accordé une journée de repos et étaient partis ramasser des champignons. Dans la forêt où ils s'étaient rendus, les cèpes de l'espèce qu'ils récoltaient étaient assez rares alors qu'il y avait une profusion de petits champignons qu'ils ne cueillaient jamais. « On appelle ça des dorés, s'était exclamé Bernard, on dit qu'ils sont aussi bons que les autres, mais moi, je me méfie ! » Leur couleur très particulière avait soufflé à Jean l'idée qu'il cherchait depuis des jours. Le lendemain, il découvrait la formule d'une brioche vraiment différente de toutes celles qui existaient, à la saveur très particulière et qu'il appela aussitôt « le doré ».

Ce matin, Jean repense à cet instant merveilleux. Une voix intérieure le guidait. Les mélanges, les saveurs, il était allé droit au but, sans la moindre hésitation, comme si cette recette existait depuis toujours au fond de son esprit. Bernard fut étonné en goûtant la brioche. La bouche encore pleine du goût nouveau et merveilleux, il déclara : « Tout, il y a tout dans tes dorés ! La mie est fondante à souhait, les saveurs se libèrent les unes après les autres, se mélangent comme les sons d'un orchestre. Avec ça, on va aller très loin ! »

Mais la petite voix intérieure qui avait guidé Jean lui soufflait aussi que la formule lui appartenait et qu'il ne devait la partager avec personne. Comprenant qu'il était exclu du secret, Bernard Staffin s'était mis en colère, ce fut le début de leur brouille. La haine entre les deux hommes devint aussi forte que l'amitié qui les avait unis. Bernard Staffin avait juré de se venger.

Or, d'après Jérémie, l'inconnu qui donne les photos à Anaïs est entré dans l'immeuble de

Valenciennes où se trouve la pâtisserie Staffin. C'est une preuve irréfutable. Le moment est venu d'agir.

Il gagne sa voiture stationnée dans la cour intérieure à côté du scooter d'Anaïs. Jean le lui a acheté en attendant qu'elle obtienne son permis de conduire et, depuis qu'elle s'est mise à boire, il redoute l'accident.

Ce qu'il va faire lui coûte énormément, mais reculer serait la pire des lâchetés. Il roule jusqu'à Valenciennes, laisse son véhicule dans un parking du centre-ville et continue à pied. La pâtisserie Staffin est pleine de monde. L'ami de jeunesse, meilleur ouvrier de France, sait gérer son affaire. Bernard n'est pas à plaindre, même si ses « gentillesses » ne sont que de pâles copies des dorés.

Jean passe son chemin et continue jusqu'au bout de la rue, puis fait demi-tour. Devant la porte ouverte de la pâtisserie, il hésite encore, puis, serrant les dents, entre en retenant son souffle comme s'il plongeait dans une eau glacée. Aussitôt une vendeuse s'adresse à lui avec un beau sourire.

— Je souhaite parler à Bernard Staffin, dit-il d'une voix étranglée.

— De la part de qui ? demande la jeune femme, qui n'est pas de la région, car ici tout le monde connaît le patron des dorés.

— Il me connaît très bien.

La jeune femme passe dans l'arrière-boutique et revient aussitôt.

— Il vous attend dans son bureau, dit-elle.

« Surtout ne pas se mettre en colère ! » se répète Jean en suivant l'employée dans un escalier de bois assez vétuste car l'immeuble, malgré sa belle apparence extérieure, aurait besoin d'être rénové.

Au premier étage, la jeune femme frappe à une porte de chêne clair. Une puissante voix lui répond et voilà Jean face à celui qui fut son complice, son frère et qu'il évite depuis près de trente ans.

Bernard Staffin a grossi. Son visage carré a pris de l'autorité. Ses cheveux gris toujours très abondants lui donnent un certain charme. Autrefois, il plaisait aux femmes et en profitait. À côté de lui, Jean était invisible.

Staffin a un mouvement de recul. Incrédule, il pose ses mains sur les bras de son large fauteuil en cuir noir, comme prêt à repousser une attaque. Puis il recouvre son calme habituel et fait un léger sourire plein de sous-entendus.

— Jean ? demande-t-il, incrédule. Qu'est-ce… ?

— Bonjour, fait Baltoret sans lever les yeux et sans tendre la main à son ancien ami.

— Il faut des circonstances extraordinaires pour que tu viennes ici. Cela fait bien trente ans que…

— Oui, répond le pâtissier de Saint-Sauveur en avançant vers l'homme toujours assis derrière son bureau et sur la défensive. Cela fait exactement vingt-huit ans. Mais je ne suis pas là pour parler du passé.

— Alors qu'est-ce que tu me veux ? Assieds-toi, je t'en prie.

Jean ne s'assoit pas : avec sa petite taille, il conserve plus d'assurance en restant debout. Il voudrait parler, chasser le silence gênant, mais sa gorge reste nouée. Staffin constate :

— On a vieilli !

Sa surprise passée, Bernard retrouve vite son aplomb. Lui qui avait juré d'écraser Baltoret à la première occasion reste là, les mains sur son bureau, attendant que l'autre passe à l'attaque pour choisir sa propre défense. De son côté, Jean est venu pour mordre, pas pour faire des civilités, alors il cherche des mots à double tranchant tout en redoutant un malaise, qui offrirait une joie sans égale à Staffin que le temps semble avoir épargné.

— Ça va ! Pour l'instant, je n'ai pas à me plaindre.

— Eh bien ! moi non plus.

Staffin ne parle pas de son cancer de la prostate opéré l'hiver dernier et pour lequel il suit des séances de chimiothérapie. Lui non plus ne veut pas offrir à son adversaire une occasion de se réjouir trop vite. Il attend que Baltoret se dévoile.

— Tu sais, depuis que Marie a disparu…

— C'est bien triste ! répond Staffin, et Baltoret qui l'observe sous le paravent de ses épais sourcils croit voir une lueur de joie briller dans ses yeux.

— Oui, bien triste et plus que ça ! réplique Jean Baltoret sur un ton accablé.

— On m'a dit que ta petite-fille n'était pas très bien, ajoute Staffin afin de bien remuer le couteau dans la plaie. Je la comprends, la pauvre. Privée de sa mère, ce n'est pas facile.

Jean ne bronche pas : Staffin cherche le moyen de le pousser à bout et, ne trouvant pas la réplique assassine, il cherche à gagner du temps.

— Tu boiras bien quelque chose, propose-t-il en se levant pour ouvrir la porte d'un minibar, luxe que Baltoret n'a pas pensé à faire installer dans son propre bureau.

Bernard sort deux verres et la bouteille de whisky. Jean, qui a des fourmis dans les jambes, consent à s'asseoir.

— Moi, mes enfants vont très bien, poursuit Staffin en souriant. Mon fils est au laboratoire, c'est lui qui a pris la direction de la boutique. Moi, je suis presque à la retraite, mais je donne un coup de main. Et puis ma fille a épousé un gros agriculteur, près de Cambrai. Ceux-là se plaignent toujours, mais ils sont pleins aux as !

Jean regarde son ancien ami verser le whisky dans les deux verres et sortir des glaçons. À court d'arguments, il cherche à tempérer.

— Écoute, Bernard, il faut arrêter tout ça !

Bernard lève un regard interrogateur vers Jean. Il s'est immobilisé, la pince à glaçons au-dessus de son verre.

— Arrêter quoi ?

— Notre brouille. J'y pense tous les jours, tout le temps.

— Ce sont des bêtises de jeunesse. N'en parlons plus.

— On était comme deux frères, on avait décidé de travailler ensemble. Les dorés nous ont séparés. Jusqu'à une date récente, j'ai pensé que le secret devait rester dans ma famille. Mais personne n'en veut. Le seul qui aurait pu prendre la relève, c'est François et ça ne l'intéresse pas, avoue Jean en pensant qu'il en fait un peu trop.

« Voilà qu'on arrive au motif de la visite ! » se dit Bernard Staffin en prenant son verre et en faisant tourner le glaçon dans le liquide ambré. L'occasion est trop belle pour ne pas planter une seconde banderille.

— Oui, c'est vrai que du côté de ta petite-fille…

La pique atteint la cible, mais ne l'abat pas. « À malin, malin et demi, pense Baltoret, plus retors que jamais. Tu as voulu me plumer, mais c'est moi qui aurai ta peau ! » Il cligne des yeux pour simuler une certaine indécision, puis fait semblant de battre en retraite. La flatterie réussit souvent là où les reproches n'ont pas prise :

— Toi, ton fils a pris la relève. C'est un gars sérieux dont on dit le plus grand bien dans la profession…

C'est faux, car Michel Staffin a une réputation de fêtard et d'ivrogne. L'autre accuse le coup, porte son verre à ses lèvres, et fait mine de savourer son whisky. Il doit forcer Baltoret à se dévoiler et décide de jouer perdant pour mieux découvrir où frapper.

— Les dorés, c'était un coup de génie, comme si le bon Dieu Lui-même s'en était mêlé et t'avait soufflé la formule. J'ai essayé d'en faire, mais mes gentillesses sont fades, sans couleur. Ton secret t'appartient. Je t'en ai voulu, c'est vrai, mais cela n'a plus d'importance.

« Il n'a pas changé ! » songe Baltoret, un escroc ! Il se dit que la repentance lui va bien et poursuit dans cette voie :

— Je me suis senti coupable. Quand Marie était encore là, je rêvais de la voir épouser ton fils pour que tout s'arrange. Mais elle n'a pas eu cette chance. Ça n'empêche pas que, sur nos vieux jours, on puisse trouver un moyen… Si je devais mourir sans avoir regagné ton amitié, je crois que ce serait terrible. Alors réunissons nos deux affaires.

Bernard pose son verre sur le bureau. Son visage s'éclaire soudain, puis très vite, retrouve son air impassible.

— On peut l'envisager, assure Bernard avec un magnifique sourire.

Ses yeux se sont plissés. Le comédien affiche un air satisfait. Jean précise :

— À nous deux, on peut faire des dorés une entreprise aussi importante que les Petits Lu. L'heure n'est plus à l'artisanat local, il faut une force commerciale.

— Je ne comprends pas très bien. Tu voudrais qu'on s'associe pour monter une usine ?

— L'usine est en place chez moi. Il suffit de doubler le personnel pour doubler la production. Mais tu sais que je ne vaux rien pour le commerce. Il faudrait une équipe qui fasse connaître les dorés dans tout le pays et même au-delà. Cette équipe, je sais que tu l'as.

Jean ne dévoile pas le fond de sa pensée : si l'équipe de Bernard parvient à vendre ses insipides gentillesses, ses gâteaux secs si ordinaires, ses pseudo-gâteaux apéritifs et petits-fours incolores dans toute la France, quels miracles pourraient-ils faire avec les dorés !

« Enfin, il se met à table ! se dit Bernard qui regarde son pupitre pour ne pas dévoiler ses intentions. Ce qu'on raconte serait donc vrai ? Il paraît que les dorés se vendent moins bien qu'il y a dix ans et que le vieux Baltoret, radin comme il est, voit le fond du tonneau ! Voilà qu'il vient crier au secours. C'est bien son genre. Mon gaillard, tu as trouvé ton homme ! »

— Il faut qu'on en parle, dit Bernard en se levant. Je t'appelle et on trouve un moment pour se voir avec Michel.

Ils se serrent chaleureusement la main sur le palier. Jean a la certitude que l'homme qui a donné les photos à Anaïs est le complice de Bernard Staffin, même s'ils n'en ont pas parlé. Son regard, sa manière de sourire l'ont trahi. De son côté, Bernard ignore la raison de cette visite. Baltoret serait-il au courant que les dépenses inconsidérées de Michel Staffin mettent en péril sa propre affaire ?

Jean passe le reste de la journée chez ses fournisseurs. De retour, tard le soir, il trouve Jérémie qui l'attend devant la boulangerie fermée. Il l'invite à entrer avec lui. Dans le silence de la maison, les mots prennent une importance qu'ils n'ont pas pendant la journée.

— Cet après-midi, je me suis caché dans la rue de Valenciennes où j'ai vu l'homme qui a donné les photos à Anaïs, annonce le jeune homme.

— Ah bon ?

— Il habite au-dessus de la pâtisserie. J'ai sonné à toutes les portes des appartements. Il m'a ouvert au troisième étage, à droite. J'ai dit que je faisais une collecte pour les sans-abri. Il m'a claqué la porte au nez, mais j'ai pu relever le nom inscrit sur la sonnette : Sauteret, Martial Sauteret.

Voilà, si c'était nécessaire, une preuve supplémentaire que Bernard commandite tout. Mais Jean ne veut pas se griller en cédant à une impulsion irréfléchie.

— Et qu'est-ce que tu en penses ? demande-t-il à Jérémie.

— Je crois qu'il faut en parler à la police.

Jean est également de cet avis. Il connaît le coupable, et seul le commissaire qui a mené l'enquête sur la disparition de Marie peut agir avec la discrétion nécessaire. Jean rêve de voir Staffin menotté entre deux policiers.

— Il faut que tu ailles voir le commissaire Antoine Melino, décide Jean. Il est à Lille, au commissariat central.

— Je ne voulais rien faire sans votre autorisation, déclare le jeune homme.

Après le départ de Jérémie, Jean est tout à coup pris d'un malaise. Ses pensées se brouillent, un irrésistible tremblement agite son corps, une terrible douleur à la tête lui arrache une grimace. Il tombe lourdement à côté du bureau, se reprend presque aussitôt, s'assoit, essoufflé. Valérie entre en trombe.

— Qu'est-ce qui se passe ? J'ai entendu un bruit comme si tu étais tombé.

— Moi, je n'ai rien entendu !

— Tu en fais une tête ! Ça ne va pas ?

— Je t'assure, tout va bien.

Incrédule, Valérie quitte la pièce. Comment décider Jean à se soigner ? Le médecin lui a conseillé d'aller faire un bilan complet dans un hôpital spécialisé de Lille, le vieil artisan n'en a pas encore trouvé le temps.

« Il va falloir que je me décide ! » murmure-t-il quand Valérie a refermé la porte. Depuis quelque temps, il redoute de mourir sans avoir eu le temps de régler ses affaires. Pourquoi n'écrirait-il pas la recette sur une feuille de papier qu'il confierait à Valérie, la seule personne en qui il ait confiance.

Il cherche un carnet, un stylo et se met à réfléchir. Comment noter une suite de gestes répétés machinalement depuis trente ans ? Les mots pour cela n'existent pas ou manquent de précision. Sur une colonne, il note cependant les ingrédients avec le sentiment de se vider de sa propre substance. Ensuite, il veut inscrire les proportions, mais, n'y parvenant pas, il froisse la feuille et la jette dans la poubelle. Pourquoi insister puisqu'il ne va pas mourir ? Cette certitude le rassure : il écrira sa recette plus tard, demain ou à la fin de la semaine et l'enfermera dans son coffre. Il rejoint Valérie à l'appartement, c'est l'heure de *Questions pour un champion*.

— J'ai téléphoné au Dr Mougeaud, dit-elle sans tourner la tête.

— Ah bon ? fait Jean en s'asseyant à côté d'elle.

— Il m'a dit qu'il ne fallait pas trop se faire de bile. Que l'état d'Anaïs n'était pas si grave. Il m'a quand même conseillé de l'emmener chez un psychiatre.

— Et c'est ce que tu vas faire ?

— Oui, répond Valérie sur un ton déterminé. J'en ai appelé un à Valenciennes que Mougeaud connaît bien. Mais il ne peut pas recevoir Anaïs avant le mois de septembre parce qu'il part en vacances du 15 juillet au 15 août… Alors, j'ai pensé que, pour l'empêcher de fréquenter les voyous des Lilas, on pourrait l'envoyer dans un camp de vacances pour jeunes de son âge.

— Elle n'acceptera jamais, objecte Jean, lucide.

Jérémie sort dans la rue, fourre ses mains au fond de ses poches. Ce soir, il s'est disputé avec sa mère qui lui reprochait de ne plus travailler avec son sérieux habituel. Les martinets se poursuivent en poussant des cris stridents. Il n'y a plus un nuage dans le ciel, le soleil couchant colore les feuillages d'un orange apaisant. Jérémie marche sans but. Une question le hante dont il redoute de connaître la réponse. Où est Anaïs ? Avec Karim ?

Il passe devant l'église. Les lueurs du soir donnent un étrange relief aux sculptures du portail. Le jeune homme imagine ceux qui les ont taillées. En regardant de près et sous l'effet de la lumière rasante, il aperçoit les traces du burin. Quelles mains tenaient l'outil et le marteau ? Les mêmes que les siennes, sûrement, et pourtant disparues depuis près de huit cents ans ! Les hommes du Moyen Âge éprouvaient sans doute les mêmes sentiments que lui pour des Anaïs portant hennins et longs voiles légers. Rien n'a vraiment changé.

Il fait demi-tour quand une forme près du mur attire son attention. Il s'approche. L'ombre bouge, se déplie.

— Anaïs ? Qu'est-ce que tu fais là ?

Elle titube, ivre une fois de plus. Son regard se pose sur Jérémie, une grimace enlaidit son visage.

— Rien, tu le vois bien !

Il l'aide à se tenir debout.

— J'ai honte. Je n'ose pas rentrer. Ma grand-mère va encore se faire du souci.

— Mais pourquoi tu bois ? Je voudrais tellement comprendre.

Elle trébuche et tombe à genoux ; Jérémie l'aide à se relever. Elle s'abandonne contre lui un instant, un court instant que le garçon savoure comme la meilleure des récompenses.

— Viens, lui murmure-t-il.

Elle se laisse guider. Ils marchent lentement vers l'église, entrent dans la nef silencieuse et froide. Sur l'autel, tout en haut, une lumière brille, semblable à une étoile tombée là. Il s'assoit à côté d'elle sur un banc et se laisse gagner par la solennité de l'endroit, hors du monde.

La jeune fille claque des dents. Tout à coup, elle dit d'une voix que la nef amplifie :

— Même Dieu ne veut pas de moi !

— Tu ne peux pas dire ça. Moi, je sais que Dieu te tend la main en ce moment même et que tu dois la saisir.

Jérémie rentre chez lui ; ses parents l'attendent pour dîner. Son père est assis à sa place habituelle. Sa mère, debout, surveille les pommes de terre dans une poêle. Souvent ses grands-parents maternels descendent dîner avec eux. Depuis qu'ils ont pris leur retraite, ils habitent l'étage au-dessus. Le jeune homme se sent bien ici et se dit souvent qu'en choisissant le métier de fleuriste il aurait échappé à bien des tracas, mais ne mourrait-il pas d'ennui ?

Chantal Joffroy dévisage son fils, cherchant dans son attitude un détail qui trahirait son état d'esprit. Jérémie est le centre de cette famille, l'enfant unique, adoré. Personne ne l'a jamais grondé tant on le trouve parfait. Gilles, son père, pense qu'il est un peu trop raisonnable pour son âge.

Ce soir, Chantal a vu de sa fenêtre son fils sortir de l'église avec Anaïs. C'est ce qui la pousse à le mettre en garde.

— Mon pauvre garçon, lui reproche-t-elle, tu te tracasses pour quelqu'un qui n'en vaut pas la peine. Elle est complètement folle.

Sans un mot, Jérémie s'assoit à sa place, se sert du potage qu'il se force à avaler. Il voudrait retourner auprès d'Anaïs, il est certain de pouvoir la protéger contre ses démons. Le voilà pris entre deux volontés :

ne pas faire de peine à ceux qui vivent dans cette maison et l'envie de rejoindre celle qui occupe toutes ses pensées.

Le silence autour de la table est pesant à cette heure où, d'ordinaire, Jérémie et son père bavardent de tas de choses et surtout de montagne, une des passions que Gilles voudrait communiquer à son fils. Le bruit des couverts indique que chacun s'est replié sur ses pensées. Gilles lance des regards furtifs à Jérémie, mais comment aborder le sujet qui le tracasse sans le braquer, sans lui donner l'impression de le juger ?

— Écoute, finit par dire le fleuriste, tu es assez grand pour savoir ce que tu dois faire, mais si je peux te donner mon avis, je pense qu'Anaïs traverse un mauvais moment et que tu n'y peux rien.

— Je crois que je peux l'aider et que c'est déjà beaucoup ! réplique le jeune homme.

— Certes, mais tu risques de rater ton examen et de perdre un an !

— Je ne raterai pas mes examens, fait le jeune homme en se levant de table.

Le lendemain, Jérémie se lève à son heure habituelle, prend une douche rapide. Son petit déjeuner est prêt sur la table de la cuisine, il n'a qu'à faire chauffer son bol au micro-ondes. L'appétit lui manque. Il boit son jus d'orange, vide le lait dans l'évier et, pour rassurer sa mère, dispose quelques miettes sur la nappe puis enveloppe les deux tartines beurrées dans du papier avec l'intention de s'en débarrasser dans une poubelle de la rue.

À la boutique, Chantal et l'employée sont en train de préparer des commandes. Jérémie les embrasse puis passe dans la serre où son père l'attend.

— Je file, lui dit le jeune homme, je vais être en retard en cours. J'ai raté le train, je prends ma moto.

— Surtout sois prudent !

Jérémie coiffe son casque et quitte le village en direction de Lille, mais il ne se rend pas à la faculté. Il s'arrête devant le commissariat central de police, monte les marches et se présente à l'accueil.

— Je voudrais parler à M. le commissaire Antoine Melino.

Le policier s'étonne que ce garçon connaisse Melino et demande :

— C'est pour quoi ?

— Une affaire très importante. Dites-lui que c'est à propos de Marie Baltoret, de Saint-Sauveur.

Impassible, le policier décroche son téléphone et demande qu'on avertisse Melino. Quelques instants plus tard, un petit homme rondouillard au visage sanguin de bon vivant se présente à Jérémie.

— Commissaire Melino. Venez dans mon bureau, je vous prie.

Ils montent un escalier vétuste qui grince à chaque marche, arrivent dans une pièce mansardée assez grande avec des rayonnages remplis de dossiers. Le policier demande à son assistante qu'on ne le dérange pas puis ferme la porte, invite Jérémie à s'asseoir et prend place derrière son bureau, modeste table en bois blanc. Une odeur de tabac froid empeste la pièce éclairée par une large lucarne. Le commissaire s'en excuse :

— Si je devais sortir chaque fois que j'ai envie de fumer, je ne ferais plus rien. Ça ne dérange que moi-même. Donc, vous venez de Saint-Sauveur ?

— Oui, je suis Jérémie Joffroy, le fils du fleuriste sur la place.

— Vous étiez encore un tout petit enfant quand j'allais là-bas. La disparition de Marie Baltoret, c'est la grande affaire de ma carrière. On a retourné toute la France et les pays voisins, passé au peigne fin ses relations, les appels téléphoniques et on n'a rien trouvé. Rien, je vous dis ! Je vais bientôt prendre ma retraite, et je ne sais pas ce qui s'est passé.

Jérémie se sent immédiatement en confiance. Le commissaire principal a un regard franc, un sourire engageant. Il évoque d'autres affaires de disparition, précise qu'il faut beaucoup de chance pour retrouver les disparus, surtout quand il s'agit de personnes majeures.

— Marie avait dix-huit ans passés, elle était donc libre de quitter ses parents. On n'a peut-être pas cherché avec autant d'obstination que si ç'avait été un enfant.

Sur le bureau, entre deux piles de dossiers, Jérémie remarque la photo d'une fillette qui semble sourire au commissaire.

— Je dois me résigner, je vais bientôt quitter mes fonctions avec ce poids sur la conscience, déclare-t-il tout à coup.

Il darde sur le jeune homme ses yeux très noirs que les rides aux coins des paupières rendent sympathiques. Jérémie inspire profondément et annonce :

— Anaïs, la fille de Marie, a reçu d'un mystérieux correspondant des nouvelles de sa mère !

— Comment ?

Le petit homme s'est redressé d'un coup. Les poings potelés posés sur le maroquin, il se penche vers Jérémie.

— Ce n'est pas possible ! conclut-il en se rasseyant.

— Si, et Anaïs en est bouleversée. Elle a sombré dans l'alcool tellement elle en est choquée.

— Ça, je comprends, la pauvre gamine. Ressusciter un mort n'est jamais bon pour les vivants.

— Son grand-père, M. Baltoret, pense que c'est un maître chanteur qui se sert de la jeune fille pour lui extorquer le secret des dorés !

— C'est probable. Pourtant, il ne faudrait pas laisser filer une piste, même si on ne doit pas trop y croire. Supposez que le maître chanteur sache des choses sur la disparition de Marie. On pourrait le faire parler.

Il se voit, un court instant ramenant Marie à Saint-Sauveur. Quelle belle conclusion pour une carrière au service de la justice ! Partir la tête haute, sans laisser la moindre ombre derrière lui ! Puis il se renfrogne : une telle aubaine n'est pas possible, le temps a tout effacé.

— Je vous remercie de m'avoir averti, dit-il en se levant de nouveau et pensant à la plainte contre X déposée par François Baltoret.

Ce que vient de lui annoncer le jeune Jérémie Joffroy confirme que quelqu'un cherche à faire pression sur Jean en menaçant ses héritiers naturels. Cette enquête ne conduira pas Melino jusqu'à Marie, c'est une évidence, mais il doit trouver les auteurs de cet ignoble chantage.

— Ce n'est pas tout, précise Jérémie, bien décidé à aller au bout de sa démarche. J'ai pu voir l'homme qui apporte des nouvelles de sa mère à Anaïs.

Le commissaire principal recule son siège à roulettes et se rassoit, comme pour mieux observer le jeune homme aux cheveux en broussaille. Son étonnement se traduit sur son visage poupin.

— Comment tu as fait ? demande-t-il.

— Anaïs est une amie d'enfance. Je ne supporte pas de la voir souffrir et gâcher sa vie. Alors je l'ai suivie et j'ai vu l'homme qui lui avait donné rendez-vous dans une maison isolée. Je me suis caché derrière la clôture et je l'ai nettement vu.

— Tu le reconnaîtrais ?

Jérémie sort son portable.

— Je l'ai photographié et je sais où il loge à Valenciennes.

— Toi, alors…

Jérémie sourit, pose son portable sur le bureau. Son amour pour Anaïs l'a bien inspiré.

— Bon, fait le commissaire tout à coup enthousiaste. Tu vas envoyer la photo au numéro que je vais t'indiquer. Nos informaticiens vont la faire parler. Tu dis que tu sais où il habite ?

— Je l'ai suivi et j'ai vu l'immeuble où il est entré, à côté de la pâtisserie de Bernard Staffin à Valenciennes.

— Cela ne veut pas dire qu'il y habite ! tranche le commissaire.

— Quelque temps plus tard, je suis entré dans l'immeuble et j'ai sonné à toutes les portes sous prétexte de faire une quête pour les sans-abri. Il m'a ouvert et j'ai lu le nom sous la sonnette : Martial Sauteret.

— Toi, alors ! répète le commissaire toujours sur le mode du tutoiement. Sauteret, tu dis ? Je crois qu'il a déjà eu affaire avec nos services. On va aller le chercher et lui poser quelques questions.

Puis il se ravise.

— Non. Certains sentent le policier à des kilomètres. On va agir autrement, en douceur.

Il se lève de nouveau et se dirige vers la porte. L'entretien est terminé. Il a hâte de se mettre au travail, de relancer une affaire qui ne conduira probablement qu'à l'arrestation de petits minables, mais il veut apporter cette satisfaction à Jean et Valérie Baltoret qui lui en ont sûrement beaucoup voulu de ne pas avoir retrouvé leur fille.

— Repasse me voir ce soir, vers dix-neuf heures, dit le commissaire en serrant la main de Jérémie qui comprend que le tutoiement est la marque d'une complicité. Il se peut que j'aie un petit service à te demander.

Jérémie se rend en cours, mais sa tête est ailleurs. La bonhomie du commissaire Melino l'a rassuré. Il se sent moins seul pour aider Anaïs. Ceux qui ne cessent de la harceler seront punis et c'est déjà beaucoup.

Le soir, Jérémie retourne au commissariat. Avant d'entrer dans le bel immeuble rénové, il appelle sa mère pour l'avertir qu'il rentrera en retard et la rassurer. Le policier de l'accueil a reçu l'ordre de le laisser passer. Cette familiarité donne au jeune homme l'impression de faire un peu partie de la maison. Il frappe à la porte du commissaire principal Melino.

— Assieds-toi, dit l'officier de police sur un ton plus distant que le matin. On a quelques nouvelles, mais ça ne devrait pas nous conduire très loin. Martial Sauteret est né à Roubaix le 12 août 1970. Formation artistique, les Beaux-Arts à Paris. Il se fait remarquer une première fois en tentant de fourguer un faux Picasso qu'il a peint. Pas si mal d'après des spécialistes. Un peu plus tard, notre gars se fait pincer lors du casse d'une maison à Lille où se trouvaient plusieurs toiles de maître. Il ouvre une galerie à Lille où il écoule sous le manteau des tableaux volés. C'est un excellent peintre, un très bon faussaire, et surtout un grand connaisseur, un fouineur capable de dénicher un trésor parmi des croûtes. Pour l'instant, il vit à Valenciennes ; petits boulots, RSA et visite à toutes les brocantes de la région pour acheter ce qui peut avoir un peu de valeur.

— Je ne vois pas pourquoi un spécialiste de peinture serait à l'origine du chantage ?

— Tu as raison. Dans cette affaire, Sauteret n'est qu'un intermédiaire. L'immeuble où il habite appartient à Bernard Staffin, le pâtissier bien connu de Valenciennes.

— Je suis entré dans l'immeuble par une porte située à côté de la pâtisserie.

— On a mis le téléphone de Sauteret sur écoute et on va le surveiller discrètement un moment, poursuit le commissaire principal. Quand on le cueillera, il aura sûrement des tas de choses intéressantes à nous dire. Tu as mon numéro de portable. Si tu as du nouveau, n'hésite pas à m'appeler à n'importe quelle heure.

Jérémie retourne à Saint-Sauveur un peu déçu. Alors qu'il s'apprête à entrer dans la cour par le portail que son père a laissé ouvert, quelqu'un qui était dissimulé derrière un panneau publicitaire fait irruption devant lui.

— Anaïs ?

La jeune fille repousse la capuche qui lui cachait le visage et darde sur lui un regard plein de lumière.

— Je rentre de cours, dit-il pour se donner une contenance. Et toi ?

Elle n'a pas bu. Son regard exprime une détermination que Jérémie ne lui connaissait pas. Cela l'intrigue, il demande :

— Tu m'attendais ?

— Oui, j'ai besoin de toi. Tu as toujours envie de m'aider ?

— Quelle question, bien sûr !

— Alors, c'est le moment. Viens, on s'en va tout de suite.

— Mais où ? Mes parents m'attendent !

— Tu veux m'aider, oui ou non ?

Anaïs s'éloigne d'un pas rapide. Jérémie la rattrape devant la boulangerie.

— Dis-moi ce qui se passe. Je viens avec toi, c'est juré !

— Je ne peux rien te dire. Je dois partir et je voudrais que tu m'accompagnes parce que tu es le seul en qui j'ai confiance.

— Mais où vas-tu ?

— Personne ne doit le savoir. Donne-moi ton portable.

Sans se méfier, Jérémie tend son portable à Anaïs. Jamais il n'a vu la jeune fille aussi décidée et il se doute que quelque chose de grave se prépare mais, naturellement, il ne la laissera pas tomber.

— Je dois avertir mes parents !

— Non, tu n'avertis personne.

Anaïs sort son téléphone de son sac et jette les deux appareils dans la poubelle voisine.

— Maintenant, on y va.

— Mais qu'est-ce que tu fais ? Vas-tu me répondre ?

— Si tu as l'intention de te dégonfler, il est encore temps, je me débrouillerai seule !

Jérémie comprend qu'Anaïs est une fois de plus manipulée. L'abandonner à cet instant pourrait être lourd de conséquences. Tant pis, ses parents comprendront.

— On y va avec ma moto ?

— Oui, avec ta moto.

Anaïs récupère son casque accroché sur son scooter, monte derrière Jérémie et entoure ses bras autour de sa taille.

— Roule, ordonne-t-elle.

— Où va-t-on ?

Le silence d'Anaïs inquiète Jérémie.

— Tu vas me répondre ?

— On va voir ma mère !

Jérémie accuse le coup et ne formule pas la question qui lui vient naturellement à l'esprit. Il soupçonne un piège manigancé par Sauteret ou ses complices pour kidnapper Anaïs et pousser son grand-père à céder. Sa place est donc près d'elle, sans la moindre hésitation.

— Prends la direction de Lille.

— Ta mère serait-elle à Lille ?

— Ne pose pas de questions.

Jérémie regrette de ne pas avoir récupéré son portable. Le commissaire aurait pu le retrouver facilement, mais il se débrouillera. Pour l'instant, la priorité, c'est de protéger Anaïs contre elle-même. Il pense à son père qui n'a pas fermé le portail pour lui permettre de rentrer sa moto dans la cour.

Anaïs lui ordonne de s'engager sur l'autoroute en direction de Lille. Jérémie roule assez vite. Les bras de la jeune fille enserrent sa taille, il en ressent un bonheur étrange, mêlé d'angoisse et d'espoir. Ne l'attendait-elle pas ? Voilà bien la preuve qu'elle lui garde une certaine estime ! Pourquoi ne s'est-elle pas adressée à Karim ? Le bruit du moteur, le vent, les casques les isolent l'un de l'autre tout en les réunissant sur cette moto qui file entre des champs de betteraves.

Au péage, le jeune homme s'arrête sur le côté.

— Ça ne te semble pas bizarre que ta mère habite Lille et qu'elle n'ait pas donné de signes de vie pendant si longtemps ? demande-t-il en soulevant son casque.

— Qui t'a dit qu'elle habitait Lille ?

— Ah bon ? On va où ?

— À la gare ! dit-elle d'un ton décidé.

Ils entrent dans la grande ville très animée à cette heure. Près de la gare, Jérémie laisse sa moto dans le vaste parking toujours plein. Anaïs saute à terre, défait son casque. Jérémie demande :

— Et maintenant, qu'est-ce qu'on fait ?

— On va à Marseille !

— À Marseille ? Tu n'y penses pas ?

— Si. Ma mère m'attend là-bas.

La nuit tombe lentement, très légère sur les toits. Les trottoirs sont encore envahis de promeneurs paisibles. Au bout d'un long silence, Jérémie s'emporte :

— Réfléchis deux secondes. Un mystérieux correspondant te dit que ta mère t'attend à Marseille et tu y vas sans discuter. Tu sais, celui qui t'a donné les photos, dans la maison, je sais qui c'est. Il s'appelle Martial Sauteret, c'est un spécialiste en peinture et en trafic de tableaux de maître. Je suis certain qu'il t'attire dans un piège pour faire payer tes grands-parents.

Anaïs se plante devant Jérémie, le regard dur, les lèvres serrées.

— Mais qu'est-ce que tu racontes ? Si je ne me retenais pas, je te giflerais.

— Vas-y, gifle-moi.

— Quelqu'un m'a dit, en effet, que je pourrais voir ma mère. C'est plus fort que moi, il faut que j'y aille. J'aimerais que tu m'accompagnes, alors, qu'est-ce que tu fais ?

— Je viens, naturellement !

Ils se dirigent vers le guichet des grandes lignes, achètent leurs billets pour Marseille et s'engagent dans le couloir souterrain qui conduit aux quais. Jérémie hésite. Que doit-il faire ? Téléphoner au commissaire pour lui demander de les faire surveiller ? Finalement, il renonce : Anaïs lui fait confiance, il doit partager son sort et c'est peut-être une occasion inespérée de la conquérir. Il avertirait bien ses parents, mais ce serait le meilleur moyen de mettre tout le monde au courant. Chantal et Gilles vont beaucoup s'inquiéter, tant pis.

Jérémie et Anaïs s'assoient sur un banc. Le TGV arrive à quai, Anaïs prend la main de Jérémie.

— Tu peux encore te dégonfler, lui souffle-t-elle.

Sans répondre, le jeune homme monte dans le train derrière la jeune fille. Les portes se ferment, les dés sont jetés.

Le TGV traverse la France du nord au sud dans cette nuit lumineuse de début d'été. Anaïs a posé sa tête sur l'épaule de Jérémie et fait semblant de dormir. Le jeune homme, le front contre la vitre, regarde défiler les champs, la masse sombre des forêts, les villes éclairées. Il y a dans cette campagne à peine visible des êtres qui vivent, heureux ou tristes, de jeunes garçons qui courent à des rendez-vous amoureux, des filles espiègles, tendres ou révoltées, mais aucune Anaïs. La seule, la véritable, est près de lui, emportée à vive allure vers un destin qu'il va partager. Il a le sentiment d'éclore, de devenir vraiment adulte, de quitter la coquille de son enfance. Une liberté dont il mesure les risques, mais, pour l'instant, c'est bien.

Le train arrive à Marseille-Saint-Charles vers une heure du matin. Jérémie et Anaïs descendent, bousculés par les voyageurs pressés. Il fait chaud, une chaleur lourde.

— Et maintenant, qu'est-ce qu'on fait ? demande Jérémie.

— On va dans la salle d'attente.

Ils s'y rendent et cherchent deux places pour s'asseoir parmi les voyageurs. Certains sont allongés sur les banquettes, d'autres somnolent, la tête posée sur leurs valises.

— Je vais aux toilettes, dit Anaïs en s'éloignant.

Jérémie s'assoit, guettant le retour d'Anaïs quand quelqu'un lui touche l'épaule.

— Tu viens bien de Lille ? lui demande un jeune homme très brun portant un épais collier de barbe.

— Oui, pourquoi ?

— Il faut que je te parle.

— Eh bien, parle-moi.

— Pas ici, suis-moi.

Jérémie hésite. Pourquoi cet inconnu l'a-t-il abordé ? Pour lui faire les poches ? Il ne bouge pas de son siège et fait semblant de s'absorber dans la lecture du Point.

— Suis-moi, je te dis.

— Je ne te connais pas. Laisse-moi tranquille.

— Comme tu veux. Tu le regretteras. C'est à propos d'une affaire qui te concerne.

— Tu ne sais rien de moi, s'emporte Jérémie en baissant les yeux sur son magazine. Si tu insistes, j'appelle…

— Tu le regretteras, fait le jeune homme en s'éloignant.

Anaïs revient et s'assoit près de Jérémie qui juge bon de ne pas lui parler de son altercation avec le barbu. Les heures passent. Le va-et-vient des voyageurs est incessant. Jérémie lutte contre le sommeil qui alourdit ses paupières. Il va acheter deux sandwichs et, à son retour, trouve Anaïs en compagnie d'un homme d'une quarantaine d'années. Jérémie s'approche. Le barbu, qui se tenait en retrait, fait irruption et le menace :

— Maintenant, tu me suis.

Il lui prend le bras. Jérémie tente de se dégager, mais l'autre lui montre discrètement sous sa veste la lame d'un couteau. Ils sortent tous les quatre de la gare, empruntent l'escalier menant à un parking souterrain.

— Tout le monde en voiture ! dit celui qui se tenait près d'Anaïs en ouvrant la portière d'un 4×4 noir.

Il pousse la jeune fille et Jérémie à l'arrière du véhicule, s'assoit au volant ; le barbu prend place à côté de lui.

Jérémie ne s'était pas trompé : Anaïs a été attirée dans un piège qui se referme sur eux, mais il ne regrette rien : sa place est là, près de celle qu'il sent si fragile et si facile à manœuvrer dès lors qu'on lui parle de sa mère.

La voiture s'engage dans les rues de Marseille encombrées malgré l'heure tardive. Consciente de s'être fait berner, Anaïs serre la main de Jérémie dans la sienne et demande avec une pointe d'agressivité dans la voix :

— Et ma mère, je la vois quand ?

— Cesse de dire des bêtises. Tu sais bien que ta mère a disparu depuis longtemps ! réplique l'homme au volant.

— Ah ? s'étonne la jeune fille. Et les photos, alors ?

À l'avant, les deux hommes éclatent de rire.

— Ce sont les photos de quelqu'un qui lui ressemble, rien de plus.

Anaïs se tait. Jérémie lui tapote la main pour l'inciter à se taire.

— Si vous dites que c'est quelqu'un qui lui ressemble, ça signifie que vous la connaissiez ?

De nouveau, ils éclatent d'un rire sonore.

— On a fait les photos de quelqu'un qui te ressemblait à toi, et comme on dit que tu ressembles à ta mère…

— Je ne vous crois pas !

— Tu as peut-être raison ! dit le conducteur. On ne sait jamais !

Anaïs pousse un cri strident et se met à marteler la tête du barbu devant elle.

— Vous êtes des monstres !

Elle hurle, en proie à une crise de nerfs qu'elle avait retenue jusqu'alors. La jeune fille a voulu croire au retour de sa mère, à ses remords, elle était prête à l'accueillir à bras ouverts. Mais voilà, on lui a menti, on l'a trompée une fois de plus. Un espoir de plus s'effondre.

— Calme-toi, lui murmure Jérémie.

Elle se tait, s'affale sur la banquette et pleure en silence. Jérémie l'attire contre lui. La voiture quitte Marseille et prend l'autoroute en direction d'Aix-en-Provence. Anaïs sanglote, la tête posée sur les genoux de Jérémie qui lui caresse la joue.

— Maintenant, on ne rigole plus ! fait le barbu.

La voiture s'arrête sur une aire de stationnement déserte. Jérémie est rapidement débarqué par les deux hommes qui lui attachent les mains et nouent un bandeau sur ses yeux avant de le pousser de nouveau à l'intérieur du véhicule. Ils repartent dans la nuit sombre.

Ce matin, Chantal et Gilles Joffroy se lèvent la tête lourde, après une très mauvaise nuit : leur fils n'est pas rentré et n'a pas téléphoné, ce qui n'est pas dans ses habitudes. Gilles a beau tenter de se faire une raison, se dire que Jérémie n'est plus un enfant, que c'est un garçon sérieux, rien n'y fait. Chantal souhaite sincèrement qu'il ait oublié ses parents dans les bras d'une belle étudiante. La réalité, c'est que lorsque Jérémie ne rentre pas de la nuit, il téléphone toujours pour prévenir.

Six heures du matin. Les parents ont appelé sur son portable à maintes reprises. Ils attendent la sonnerie qui va les délivrer de leur angoisse. Chantal fait chauffer le café sans entrain, sert son mari. Le silence est pesant, plein des questions qu'ils n'osent pas formuler. Chantal regarde Gilles qui se tient debout, appuyé contre un meuble. C'est un homme bien charpenté, le corps épais. Sa grosse main au dos couvert de poils tient la minuscule tasse. Il évite de lever les yeux pour ne pas voir sa propre anxiété dans le regard de sa femme.

Il pose sa tasse sur la table et sort sans un mot, traverse la cour en direction de la serre où il entrepose les plantes délicates. Chantal passe dans le magasin plein des odeurs mêlées de toutes ces fleurs différentes et fait l'inventaire, avant de rejoindre son mari.

— Je vais avertir le commandant Régonne, lui annonce-t-elle. Je n'en peux plus.

Gilles hésite : ils se font probablement du souci pour rien. La réalité est souvent plus simple qu'on ne l'imagine. Jérémie n'a probablement pas pu appeler parce que la batterie de son téléphone était à plat ! Il se raccroche à cette éventualité rassurante.

— S'il avait eu un accident, on le saurait, dit-il pour se convaincre lui-même. Donc il a été retenu et nous appellera dans la matinée.

— Je sens qu'il s'est passé quelque chose de grave, insiste Chantal. Je te le dis : il lui est arrivé quelque chose de grave !

Elle retourne à la boutique, fait le ménage, range les plantes, jette les fleurs fanées et remonte à son appartement où elle prend une douche, s'habille, mais elle n'a pas la patience de se coiffer et de se farder légèrement comme tous les matins. Elle descend au magasin, remonte la grille en actionnant une manivelle qui fait grincer l'engrenage. La lumière du jour inonde la pièce. Chantal se sent moins seule.

Elle dispose les plantes sur les présentoirs devant la boutique, puis, n'y tenant plus, compose le numéro de la gendarmerie et demande à parler au commandant Régonne. L'homme jovial la salue, prend de ses nouvelles et lui demande la raison de son appel.

— C'est pour Jérémie. Il n'est pas rentré de la nuit et cela m'inquiète.

Le gendarme se fait rassurant :

— À son âge, c'est normal. Il a passé la nuit avec des copains ou avec une copine. Faut pas vous en faire, il va vous appeler.

— Justement, commandant, il nous appelle toujours lorsqu'il ne rentre pas et il ne l'a pas fait. Nous sommes très inquiets. Espérons que c'est sans raison.

— Je vais avertir mes gars, mais on ne peut pas grand-chose pour l'instant. Rappelez-moi ce soir si vous n'avez pas de nouvelles…

Chantal commence à préparer les commandes que Gilles livrera dans la matinée, mais elle n'a pas la tête à son travail. Vers neuf heures, quand l'employée arrive, elle prétexte une course et sort. Il fait déjà chaud, un temps lourd qui annonce l'orage. La fleuriste traverse la place et s'arrête en face de la boulangerie. Le mal vient de là, de cette infernale gamine à qui les grands-parents ont passé tous ses caprices. Est-elle rentrée ? Chantal hésite à aller parler à Valérie Baltoret, pensant, comme le commandant Régonne, qu'il n'est pas utile d'alerter tout le monde. Elle compose pour la centième fois le numéro de son fils. Une sonnerie retentit dans la poubelle voisine. Incrédule, Chantal s'approche et trouve deux portables, dont celui de Jérémie. Cette fois, le doute n'est plus possible : quelque chose de grave est arrivé. Elle court vers la gendarmerie où le commandant Régonne la reçoit avec l'intention de la rassurer. Tout le monde sait à Saint-Sauveur que Chantal Joffroy est de nature anxieuse.

— Je viens de trouver le portable de Jérémie dans une poubelle. Venez, je n'y ai pas touché.

Régonne récupère les portables, tous deux allumés. L'un d'eux est bien celui de Jérémie, l'autre ne tarde pas à dévoiler sa propriétaire : Anaïs.

— Bon, dit le gendarme avec un sourire complice. Ils sont partis passer la nuit quelque part et n'ont pas envie qu'on les dérange.

— Non, proteste Chantal. Anaïs et Jérémie sont seulement amis. Et depuis qu'elle fréquente les petits voyous des Lilas, mon fils sait qu'il n'a plus rien à espérer.

— C'est ce que vous dites, fait le commandant, qui a surpris plusieurs fois la jeune fille en état d'ébriété. Mais les parents sont toujours les derniers informés.

Ils traversent la place sous les regards étonnés des passants. Quel événement inattendu réunit Régonne et la fleuriste ? Et pourquoi entrent-ils dans la boulangerie ? Anaïs aurait-elle encore fait une bêtise ?

Valérie sourit à Régonne qui vient chercher son pain chaque jour à cette heure.

— Comme d'habitude ? demande-t-elle avant de s'apercevoir de la présence de Chantal Joffroy.

— On vient de retrouver les portables de votre petite-fille et de Jérémie dans une poubelle.

Valérie fronce les sourcils et demande :

— Vous pensez qu'ils sont partis ensemble…

— Peut-être, mais je ne comprends pas pourquoi ces portables étaient dans la poubelle, répond le gendarme. Ça m'inquiète. Je vais lancer des recherches.

Deux heures plus tard, averti par le commandant Régonne, le commissaire principal Antoine Melino arrive à la gendarmerie de Saint-Sauveur. Engoncé dans un costume sombre, le petit homme salue le gendarme qui le dépasse de deux têtes.

— Donc, Jérémie aurait disparu avec Anaïs ? fait-il en s'adressant à Régonne. J'ai vu Jérémie hier après-midi, il m'a dit beaucoup de choses. Je vais mettre plusieurs gars sur le coup.

Il sourit ; les rides de chaque côté de son menton s'étirent, plus nettes.

— Vous croyez que la disparition des deux jeunes est liée à Marie Baltoret ? demande le commandant assis derrière son bureau.

— Je vous dirais que je n'y crois pas beaucoup, mais on ne sait jamais. Pour l'instant, les menaces qui pèsent sur M. Baltoret, celles qu'a reçues son fils, le chantage fait auprès d'Anaïs, tout cela me fait croire à une banale affaire destinée à extorquer le secret de fabrication des dorés. Mais je ne comprends pas ce que Jérémie vient faire là-dedans !

— C'est vrai, s'étonne le gendarme. Il n'y est pour rien, alors…

— Ce garçon a la tête sur les épaules, poursuit le commissaire. J'ai grande confiance en lui et je sais qu'il n'a pas oublié notre conversation. Il est le meilleur allié qu'on puisse espérer dans cette affaire ! Il nous fera signe le moment venu, j'en suis certain.

— Peut-être, mais s'il ramasse un mauvais coup…

En homme pragmatique, Antoine Melino juge bon de ne pas répondre à cette question qui le préoccupe lui aussi. Son portable sonne.

— On a eu du pot, lui annonce l'inspecteur Philon. Comme tu nous l'as demandé, on est allés chez Sauteret. Il se préparait à partir en voyage. On l'a cueilli alors que le taxi l'attendait à côté de la pâtisserie. Qu'est-ce qu'on en fait ?

— Amenez-le ici, à la gendarmerie de Saint-Sauveur. On va l'interroger et si on obtient quelque chose d'utile, on le conduira chez nous, à Lille.

Un quart d'heure plus tard, deux inspecteurs arrêtent leur voiture banalisée sur la place et conduisent Sauteret dans le bureau que Régonne vient de mettre à la disposition du commissaire principal.

— Que me voulez-vous ? proteste l'homme. Ces deux-là m'ont fait rater mon train !

— Monsieur Sauteret, je ne vous garderai pas très longtemps si vous répondez à mes questions. Que faisiez-vous dans la maison sur la route de Cambrai avec la jeune Anaïs Baltoret ?

— Je ne connais pas cette fille.

— Ah bon ?

Le commissaire sort le tirage papier de la photo prise par Jérémie.

— La photo n'est pas très nette, mais c'est indéniablement vous, n'est-ce pas ?

— Peut-être.

— Vous êtes sur le perron de cette fameuse maison où la jeune Anaïs Baltoret vous a rejoint. De quoi avez-vous parlé avec elle ?

Il se tait, baisse la tête, conscient qu'un mot de trop peut le trahir.

— Vous refusez de répondre. Alors, je vais vous le dire : vous avez parlé de la mère d'Anaïs, Marie Baltoret, disparue depuis dix-huit ans. Vous lui avez même donné des photos.

Il secoue la tête.

— Je suis étranger à tout cela !

— Très bien, fait Melino en s'adressant à ses hommes : emmenez-le à Lille et mettez-le au frais jusqu'à ce qu'il se décide à parler. Je l'interrogerai de nouveau dans la soirée.

Melino recommande la plus grande discrétion à Régonne dont il connaît la verve.

— S'il vous plaît, pas un mot. Si vous avez du nouveau, appelez-moi directement, mais, attention, il ne faut aucune fuite, surtout pas à la presse.

Puis il se rend à la boulangerie où Valérie lui offre un doré qu'il mange sans s'asseoir mais en s'extasiant sur son goût particulier, inimitable et merveilleux.

— Il faut que je voie M. Baltoret, dit-il en époussetant de la main gauche les miettes tombées sur son veston.

— Il doit être dans son bureau, c'est l'heure des commandes et il téléphone à ses fournisseurs.

Micheline le conduit vers les bureaux. Hélène Grossot lui lance un regard étonné et poursuit son travail de classement des factures. Jean Baltoret vient l'accueillir et lui serre la main.

— Il y aurait du nouveau ? demande-t-il.

— Pas vraiment. Avez-vous vu les photos que Sauteret a remises à Anaïs ?

— Elles sont là. Nous les avons trouvées dans sa chambre. Elle n'a pas pris la peine de les dissimuler.

Jean étale trois photos grand format devant le commissaire. La première montre la silhouette assez floue d'une femme élégante marchant sur un trottoir. La deuxième, plus précise, met nettement en valeur les traits du visage. Sur la troisième, la jeune femme est au volant d'une voiture décapotable. Le commissaire regarde attentivement les trois clichés, puis lève les yeux vers Jean.

— Qu'est-ce que vous en pensez ?

Jean prend la première photo, ajuste ses lunettes.

— Cette personne ressemble à Marie ou à Anaïs, mais de là à croire que ma fille est soudainement ressuscitée, il y a du chemin...

— Je vais vous les emprunter, l'interrompt le commissaire. C'est sans doute un montage Photoshop. Je suis presque certain que c'est une escroquerie.

— Moi aussi, admet Jean. Ces gens-là n'ont aucun scrupule à jouer sur ce qui nous est le plus douloureux, à ma femme et à moi. Le but, je pense que vous le connaissez...

— Les dorés, évidemment ! Mais rassurez-vous, nous avons déjà mis votre fils et Pauline sous protection. Reste à retrouver Anaïs et Jérémie, puis ceux qui se cachent derrière ce chantage.

Jean Baltoret hésite à accuser l'homme auquel il pense. C'est pourtant l'occasion de porter le coup fatal à son ennemi. Mais s'il se trompe, le boomerang lui reviendra en pleine figure. Le commissaire Melino le prend de court.

— N'est-il pas bizarre que Sauteret habite dans l'immeuble de Bernard Staffin ? Je crois savoir que votre ancien ami ne vous a jamais pardonné de ne pas avoir partagé avec lui le secret des dorés !

Jean répond qu'il est bien de cet avis, mais reste sur ses gardes. Il ne parle pas de sa visite au pâtissier de Valenciennes, car il ne veut pas donner l'impression de prendre parti. De son côté, Melino se souvient qu'après la disparition de Marie il a interrogé Bernard Staffin, comme tous les habitants du village. À l'époque, il n'avait pas eu de soupçons particuliers, mais n'a-t-il pas accordé trop facilement sa confiance à cet homme jovial et imposant, au beau visage souriant et sympathique ?

— Faut voir, dit Melino. On ne peut pas accuser quelqu'un sans preuves. Je l'entendrai prochainement, mais, auparavant, je dois vérifier certaines choses.

Il sort sans rien ajouter, traverse de nouveau la place et monte dans sa voiture garée devant la gendarmerie.

Au commissariat, Alexandre Lepaul, adjoint de Melino, les inspecteurs Lejeune et Philon poursuivent l'interrogatoire de Sauteret qui, assis sur sa chaise, la tête basse, refuse de parler.

— Impossible d'en tirer le moindre mot, s'emporte Lepaul. Je crois que je vais m'énerver et le secouer un peu.

— Surtout pas, intervient Melino.

Il a une autre arme à sa disposition.

— Si tu refuses de collaborer pour cette affaire, où je suis certain que tu n'es qu'un petit intermédiaire, je ressors les dossiers qui te concernent. Tu n'es pas une oie blanche et je peux fouiller ton passé, histoire de te mettre en préventive.

Sauteret lève la tête vers le commissaire. C'est un beau garçon au visage fin, au regard clair, aux abondants cheveux très noirs qui contrastent avec sa peau blanche.

— Je ne vais quand même pas inventer des trucs pour vous faire plaisir !

— Dis-moi juste où tu as trouvé ces photos, et si c'est toi qui les as bidouillées sur ton ordinateur.

Sauteret secoue la tête.

— Je n'ai jamais vu ces photos.

— Comme tu voudras. Mettez-le au frais. S'il n'a rien dit avant la fin de sa garde à vue, on trouvera le moyen de le mettre en préventive.

Melino bluffe pour impressionner le prévenu, mais sait très bien qu'il ne pourra rien faire. Les gardes à vue sont très encadrées et Sauteret va demander un avocat qui s'arrangera pour le faire libérer. Quand Sauteret est sorti, le commissaire ajoute à l'intention de ses collaborateurs :

— On va l'interroger encore une fois, puis on le relâchera, mais on le pistera, c'est la seule manière d'arriver à son commanditaire dont j'ai une vague idée de l'identité…

Ensuite, il passe dans les locaux de la police scientifique. La provenance des photos le tracasse. Si elles ont été fabriquées de toutes pièces, il veut savoir avec quel appareil et quel logiciel. C'est une voie à explorer.

L'informaticien regarde les clichés et s'installe devant son écran. Le scanner se met en marche.

— Bon, dès que tu as quelque chose, tu m'appelles, dit Melino en sortant.

Il revient dans son bureau, ferme la porte et réfléchit longuement. Il a demandé qu'on ressorte les dossiers concernant Marie Baltoret, les multiples fausses pistes et peut-être celles qui n'ont pas été suffisamment explorées. Cela faisait longtemps que Melino souhaitait relire les documents relatifs à l'unique échec professionnel de sa longue carrière. Quelques mois avant la retraite, il voulait se replonger dans l'atmosphère très particulière de l'année 1994, et surtout s'assurer d'avoir bien fait son travail. Les menaces qui pèsent sur les dorés pourraient relancer l'affaire, mais il ne doit pas se monter la tête. Le temps a effacé toutes les traces et comment espérer retrouver le moindre indice dix-huit ans plus tard ?

Il consulte longuement les dossiers, ses conclusions de l'époque, cherche dans une masse de rapports disparates le détail qui lui aurait échappé. Son téléphone sonne.

— Melino ? C'est Grathien de la scientifique. J'ai passé tes photos au détecteur de mensonge, enfin, au logiciel qui décèle les bricolages…

— Oui et alors ? Tu as trouvé la supercherie, je suppose ?

— Pas du tout ! Ces photos sont authentiques. Elles n'ont pas été retouchées.

Melino reste un moment sans voix. Comment cela se peut-il ? Marie serait en vie et quelqu'un saurait où elle se trouve ! Marie vivante n'aurait donc donné aucun signe à ses parents ? Ce n'est pas possible !

— Tu es vraiment sûr de ce que tu dis ?

— Certain. Mais attention, c'est peut-être pas la femme que tu recherches. Elle a peut-être un sosie !

— Ouais.

Melino reste sceptique. Une chose est sûre : celui qui a pris le cliché connaissait Marie. Ce constat ne disculpe pas Sauteret qui habitait déjà Valenciennes au moment des faits et a pu rencontrer la jeune femme. Bernard Staffin la connaissait aussi, mais Melino n'arrive pas à se faire à l'idée que le pâtissier avec sa bonne tête d'artisan honnête puisse faire un coup pareil. « C'est curieux, pense-t-il, mais mon instinct me tromperait-il sur cette affaire depuis le début ? »

— Appelle Bernard Staffin, meilleur ouvrier de France et célèbre pâtissier de Valenciennes, ordonne-t-il à Lepaul. Dis-lui que je l'attends. J'ai quelques questions à lui poser. Mais sois discret. Personne dans son entourage ne doit soupçonner qu'il vient au commissariat.

Quand Lepaul est sorti, Melino cherche dans l'imposante quantité de documents liés à la disparition de Marie le compte rendu rédigé à l'époque par un certain Jurack qui avait interrogé le pâtissier. Relisant les questions et les réponses, il ne trouve là rien de particulier, pourtant il a la certitude qu'aucun des points de l'interrogatoire n'a été assez approfondi. On soupçonnait à l'époque un certain Juste Ballart, délinquant sexuel qui se trouvait dans le coin et n'avait pas d'alibi pour la journée de la disparition. Cela avait conduit les policiers à passer assez vite sur les interrogatoires des voisins ou des connaissances.

— Ce qui m'étonne toujours, dit Melino à haute voix en regardant une gravure sur le mur représentant le port de Dunkerque, c'est que Marie ait été enlevée un soir de juin, quand la nuit tombe très tard, et que personne n'ait rien vu. De deux choses l'une : ou elle a suivi quelqu'un qu'elle connaissait et cela n'a frappé personne, ou alors elle a quitté Saint-Sauveur de son plein gré pour rejoindre son kidnappeur dans une autre localité.

Dix-huit ans plus tôt, cette même réflexion ne l'avait conduit nulle part, alors à quoi bon la reprendre ? Il contemple la photo de sa petite-fille posée sur son bureau et son visage s'éclaire.

— Ah, ma Julie, si tu savais comme les hommes sont retors ! murmure-t-il avec un sourire tendre.

Le commissaire Lepaul annonce Bernard Staffin qui proteste. Que lui veut-on encore ? Il paie ses impôts et ne doit rien à personne ! Melino prend le temps de l'observer. Le pâtissier n'a pas beaucoup changé, le temps a peu d'emprise sur ce fils de mineur à la belle tête de lutteur. Sa silhouette est à peine un peu plus épaisse, son visage s'est élargi, ses moustaches ont blanchi comme ses cheveux, mais cela lui confère une autorité sympathique.

Melino lui indique un siège. Staffin s'emporte :

— Que signifie cette convocation. Est-ce l'autre qui est venu vous raconter ses âneries ? J'ai bien compris quand il m'a rendu visite qu'il cherchait quelque chose.

— De qui voulez-vous parler ?

— Du seul qui veuille ma mort, Jean Baltoret.

— Non, monsieur Staffin. Personne n'est venu me parler de vous. Considérez que votre présence ici doit contribuer à aider la police dans son travail et que nous n'avons aucune charge contre vous. Vous ignorez probablement que la petite-fille de Jean Baltoret et le fils Joffroy ont disparu.

Bernard ouvre de grands yeux étonnés. En quoi ces disparitions le concernent-elles ?

— Nous avons de fortes raisons de penser que ces disparitions sont liées à celle de Marie. Je voudrais revenir sur la journée du 5 juin 1994. Je n'ai trouvé que des choses très imprécises dans les rapports d'enquête.

— Comment voulez-vous que je m'en souvienne ? Et puis, votre question me laisse croire que vous me placez parmi les suspects ! Sachez que je hais Jean Baltoret et je ne m'en suis jamais caché, mais je suis un homme honnête.

— Certes. Vous avez déclaré à l'époque que la journée du 5 juin, vous étiez à un endroit que vous ne pouviez pas rendre public.

Bernard baisse la tête, ses sourcils restés noirs s'abaissent.

— Ça n'a pas été mentionné à ma demande. J'avais une maîtresse. Ce n'est pas ce que j'ai fait de mieux, mais je l'ai dit à votre collègue qui m'a assuré de n'en parler à personne et de ne pas le faire figurer sur le rapport.

Melino sait cela et le confirme :

— Mme Joëlle Lagarde, qui était votre amie à cette époque a confirmé que vous étiez avec elle. Nous sommes retournés la voir ce matin, mais elle n'en est plus sûre. Elle pense même que vous aviez rompu au mois de mai 1994, donc un mois avant la disparition !

— Qu'est-ce que vous voulez que je vous dise ? Ça fait presque vingt ans, il y a prescription.

— Non, contredit le policier, les enlèvements ne sont pas prescriptibles. Vous avez dit en arrivant que Jean Baltoret vous a rendu visite…

— Oui, le vieil escroc m'a fait une proposition de collaboration. Mais j'ai compris son stratagème : je lui fais de l'ombre, il veut m'éliminer !

— Au fait, poursuit le policier sans lever les yeux de son dossier, vous avez un locataire du nom de Sauteret.

— Un bon à rien, celui-là ! précise Staffin. Il a un poil dans la main et ne paie pas son loyer. Je lui ai signifié sa mise en demeure de payer ou de foutre le camp.

— Vous le connaissez depuis longtemps ?

— Depuis le jour où il est venu frapper à ma porte. Il cherchait un logement. J'en avais un vacant et il avait une bonne tête, mais c'est un artiste ! C'est à coups de pied dans le cul que je vais le mettre dehors.

Melino fait signe à son adjoint que l'entretien est terminé. Avant de sortir, Bernard Staffin s'approche du commissaire.

— Dites, vous n'allez pas croire que j'aurais pu enlever Marie et maintenant ces deux gosses ?

— Je ne crois rien, je cherche. Vous pouvez rentrer chez vous.

Bernard Staffin sort du commissariat en proie à une violente colère. Il est certain que Jean Baltoret est venu baver dans ce bureau. Non content d'avoir gardé pour lui un secret élaboré à deux, il salit son ancien ami, mais le pâtissier de Valenciennes ne se laissera pas faire !

De son côté, Melino a son idée :

— Le fait que Sauteret loge chez Staffin ne peut pas être anodin. On voudrait mouiller l'ancien ami de Baltoret qu'on ne s'y prendrait pas autrement. C'est un caractère entier. Il ne faudrait pas qu'il fasse une bêtise qui pourrait le conduire en prison. Faites-le surveiller pendant quelque temps.

Il fait revenir Sauteret dans son bureau.

— Écoute, dit le commissaire, j'ai maintenant de quoi te mettre en cabane si tu ne réponds pas à mes questions. D'où viennent les photos que tu as données à Anaïs Baltoret ?

— Je ne lui ai jamais rien remis. Je ne connais pas cette fille.

— Arrête ! On a la preuve que tu l'as vue, la preuve que tu lui as vendu des photos en lui précisant qu'elles représentaient sa mère. Si tu veux qu'on te mette sur le dos la disparition de Marie Baltoret, tu n'as qu'à continuer. En me parlant, tu ne peux qu'alléger les charges qui pèsent contre toi !

— Je ne sais rien. Je n'ai même jamais rencontré Marie Baltoret.

— À ce propos, tu étais bien dans le coin quand elle a disparu ?

Sauteret réfléchit. Son front se ride, son visage semble plus vieux.

— Qui a oublié cette tragédie dans le pays ? fait-il en levant un regard faussement affecté vers le commissaire. C'était le 5 juin 1994. Et je vais vous dire pourquoi je me souviens de cette date avec autant de précision : à cette époque, comprenant que je ne serais jamais un artiste peintre reconnu, j'ai voulu devenir militaire. Je suis entré le 4 juin dans une caserne de Lille pour une semaine d'exercices qui m'ont définitivement fait comprendre que je n'étais pas fait pour ce métier.

Melino échange un regard avec Lepaul qui demande à l'inspecteur Philon resté à la porte de vérifier cette information. Puis il fait signe aux policiers d'emmener Sauteret.

— Tu vas le relâcher, souffle-t-il à Philon. Mais ne le perds pas de vue !

La voiture s'arrête dans un chemin caillouteux. Une portière s'ouvre du côté d'Anaïs. Jérémie glisse sur la banquette pour sortir, le barbu l'arrête.

— Pas toi. Seulement la fille.

Le jeune homme constate que le bandeau sur ses yeux est assez lâche et qu'il voit un peu à travers la trame du tissu. La voiture s'est arrêtée dans une zone montagneuse. En contrebas, les ruines d'une forteresse dominent la vallée.

— Je veux rester avec Anaïs ! s'insurge-t-il.

— Sûrement pas ! Maintenant, on ne joue plus.

Anaïs pousse des cris stridents. Un des hommes lui noue un bâillon serré sur la bouche. Jérémie se démène pour tenter de se libérer, mais il est solidement attaché. Il regarde à travers le tissu pour capter les détails du paysage et se faire une idée de l'endroit où il se trouve. La route minuscule serpente sur une colline rocheuse nue. Les ruines se dressent entre des buis et des épineux. Il remarque une construction circulaire qui pourrait être un donjon dont il ne reste que les fondations, des tas de grosses pierres couvertes de ronces et une entrée sur la droite, une sorte d'arche restée debout et mangée par le lierre.

Quelques instants plus tard, les deux hommes qui ont emmené Anaïs reviennent seuls et le véhicule repart dans une descente très accidentée. Jérémie aperçoit des panneaux mais ne parvient pas à lire les indications. Il doit donc se souvenir du parcours, compter les tournants, les changements de direction.

Tout en roulant, les deux hommes bavardent sans retenue. Jérémie ne perd rien de leur conversation. Ils évoquent d'abord des orages qui ont éclaté en début de semaine, puis reviennent à leur affaire :

— Notre associé tient toutes les ficelles dans sa main. Il ne faudrait pas qu'il s'aventure à jouer cavalier seul.

— Impossible, c'est nous qui avons la fille et c'est nous qui avons photographié la mère à Forcalquier.

— La mère ? En es-tu bien sûr ? Enfin, la ressemblance était suffisante puisque le chantage a marché. Et ce fou de Maréchal y croit dur comme fer !

— On parle trop ! dit le chauffeur en désignant Jérémie d'un mouvement de la tête.

— Bah, quand il pourra raconter ce qu'il a entendu, nous, on sera loin ! Tout est prêt ; les billets d'avion, les visas… Nos comptes sont déjà crédités à Jersey pour une partie de la somme, le reste va arriver…

Le chauffeur consulte sa montre.

— Tu penses que le vieux va céder ?

— Quand il aura reçu un doigt de sa petite-fille, il comprendra qu'on ne rigole pas. Je suis certain qu'il n'est pas aussi coriace qu'on le dit.

— Faut quand même se méfier des portables.

— Mais non, ce sont des portables volés qui ne conduisent qu'à leurs propriétaires, pas à nous !

Au bout de quelques kilomètres, la voiture s'arrête au bas de la colline. Les portières s'ouvrent, une poigne ferme oblige Jérémie à sortir. Le jeune homme aperçoit un torrent au fond d'un ravin et, tout près, les restes de ce qui devait être un moulin à eau.

— Suis-nous.

Jérémie ne proteste pas, conscient que sa docilité peut le servir. Témoin gênant, il doit tout faire pour endormir la méfiance de ses geôliers.

Un des ravisseurs le pousse dans le sentier qui descend vers le moulin. Jérémie bute sur des pierres qui roulent, manque tomber puis comprend qu'ils contournent le bâtiment. À travers la trame du tissu, il voit un pignon de pierres ocre et une porte délabrée.

— Ici, tu peux crier autant que tu veux, personne ne t'entendra jamais ! dit l'un d'eux en le poussant dans une cave.

— Tu ne crois pas que c'est risqué de le laisser là ? demande celui qui est resté en retrait.

— Aucun risque. Quand on le trouvera, il y aura belle lurette qu'on aura décampé.

Le barbu attache Jérémie à une solide poutre, puis sort, referme la porte devant laquelle il fait rouler un gros rocher. Les ravisseurs s'éloignent dans la pente. Le bruit du torrent couvre les accélérations de leur véhicule qui fait demi-tour. Le jeune homme n'a plus peur. Une seule pensée occupe son esprit : retrouver Anaïs et la sauver.

En frottant sa joue contre la poutre, il parvient à faire glisser le bandeau qui lui cachait la vue. Il regarde autour de lui, satisfait de cette première victoire qui lui redonne espoir. Un peu de lumière filtre entre les planches mal jointes de la porte. Le jeune homme devine les voûtes sombres où pendent d'énormes toiles d'araignée. Le sol est jonché de gravats et de poutres pourrissantes.

Il se déplace autour de son attache et tente, en forçant sur ses poignets de faire glisser le nœud. Les hommes qui l'ont amené là n'imaginaient sûrement pas que ce blanc-bec chercherait à se libérer. D'ailleurs, pour aller où ? Ici, dans la montagne de Lure, il pourrait parcourir des dizaines de kilomètres sans rencontrer âme qui vive.

À force de contorsions, Jérémie parvient à libérer une de ses mains. La corde râpeuse a égratigné son poignet qui saigne. Il grimace, mais ne perd pas de temps : Anaïs a besoin de lui et les ravisseurs peuvent revenir d'un instant à l'autre.

Comment déplacer le rocher qui bloque la porte ? Le garçon cherche autour de lui un morceau de bois assez solide pour faire levier, puis, n'en trouvant pas, donne de grands coups de pied sur les planches qui, quoique pourries, résistent.

Il aperçoit alors un escalier de pierre qui longe le mur jusqu'à un palier visible dans la pénombre. Les marches bancales vont-elles résister à son poids ? Avec précaution, il pose un pied sur la première, puis, rassuré, continue sa progression et arrive dans une salle encombrée de planches, de poutres et de tuiles tombées de la toiture. Conscient du risque d'éboulement, il redescend à la cave et s'acharne à coups d'épaule. Il réussit à déclouer une latte de bois sombre. Par cette minuscule ouverture, il parvient peu à peu à pousser le rocher qui roule sur la terre meuble et à ouvrir la barrière suffisamment pour pouvoir se faufiler entre le bois pourrissant et les pierres rugueuses. Il a déchiré son pull, accroché son pantalon, mais le voilà libre.

Le soleil se couche ; Jérémie a faim et soif. Le silence de la montagne l'angoisse. Il se faufile entre les rochers ocre qui dépassent des épineux. Il trempe ses mains réunies en coupe dans l'eau rugissante du torrent, boit longuement. Tant pis si cette eau n'est pas potable !

Revigoré, il grimpe le raidillon jusqu'à un chemin de pierres. La voiture a dû s'arrêter là, mais n'a laissé aucune trace. La nuit ne va pas tarder. Le ciel clair est balayé par un vent fort et, à la chaleur torride de la journée, succède une fraîcheur saisissante. Jérémie tente de se situer : le voyage depuis Marseille lui a paru durer un peu plus de deux heures. Et s'il se souvient de sa géographie, il se trouve sans doute dans les Alpes de Haute-Provence.

Il atteint une route goudronnée mal entretenue, pleine de trous creusés par le gel des hivers rigoureux. Sur sa droite, à mi-pente, un énorme nid-de-poule aurait obligé la voiture à faire un écart dont il ne se souvient pas. Elle est donc arrivée par la gauche. C'est dans cette direction qu'il a une chance de retrouver les ruines où les ravisseurs ont enfermé Anaïs. La faim qui lui mord l'estomac brouille ses pensées. Il marche pour vaincre le froid qui s'infiltre sous ses vêtements trop légers.

La lune s'est levée, énorme dans un vaste ciel de montagne où les étoiles s'allument. La pénombre se peuple de bruits inconnus, frôlements, cris d'animaux, roulements imprécis. Le froid saisit

Jérémie qui marche d'un pas moins assuré. Il commence à avoir mal aux jambes, mais la pensée d'Anaïs lui donne la force de continuer. Sur sa droite, surplombant la route, la longue bande blanche d'une falaise crayeuse barre l'horizon. Il remarque un renfoncement dans la roche, une sorte de grotte à l'abri du vent, un endroit idéal pour se reposer un peu. Il grimpe sur les rochers, entre dans la cavité où règne une douceur agréable et décide de s'asseoir pour souffler.

Sa tête roule sur son épaule et il s'endort profondément…

Chantal Joffroy ne vit plus. Incapable de servir les clientes, elle a confié la boutique à son employée. Dans la serre, Gilles n'a pas le courage de se mettre au travail. Voilà deux longues journées que Jérémie a disparu et la police ne semble pas mettre beaucoup de zèle pour le retrouver.

Ce matin, n'y tenant plus, il se rend à la gendarmerie où le commandant Régonne le reçoit sans cacher son agacement :

— Nous faisons notre possible, mais nous n'avons aucune piste !

Gilles Joffroy retient sa colère, alors Régonne ajoute avec un demi-sourire :

— Votre fils est majeur. Il peut aller où bon lui semble sans en rendre compte à personne. Vous ne devez pas l'oublier.

Gilles quitte les lieux en pestant : les gendarmes se retranchent derrière la majorité de Jérémie pour masquer leur incompétence.

À la boulangerie-pâtisserie Baltoret, l'angoisse est tout aussi palpable. Jean a préparé la pâte des dorés l'esprit ailleurs. Valérie a servi les premiers clients, puis s'est retirée chez elle. Ce n'est pas la première fois qu'Anaïs s'absente ainsi, mais la disparition simultanée de la jeune fille et de Jérémie laisse supposer que quelque chose de très grave s'est produit. S'ils avaient voulu passer quelques jours en amoureux, ils n'auraient pas jeté leurs portables avant de partir !

Jean a téléphoné à François parce qu'il se faisait du souci pour Pauline. De ce côté-là, tout va bien : les policiers de Lille exercent une surveillance constante ; le grand-père est rassuré.

Vers midi, Chantal se présente à la boulangerie et demande à voir Valérie et Jean.

— Je n'en peux plus, dit-elle. Il faut faire quelque chose nous-mêmes, car les gendarmes ne nous sont d'aucun secours.

— Que vous voulez-vous qu'on fasse ? demande Valérie. Les policiers de Lille ne disent rien aux gendarmes d'ici, mais je suis certaine qu'ils avancent !

— Dieu vous entende ! Jérémie n'est pour rien dans vos histoires. On dit que c'est à cause des dorés, alors vous comprenez que…

Chantal sort sans terminer sa phrase. En traversant la place, elle aperçoit le commandant Régonne et l'interpelle. Le gendarme lui répond vivement.

— Rentrez chez vous, madame Joffroy. Croyez-moi, nous faisons tout notre possible pour retrouver Jérémie !

— Tout votre possible ? Vous avez aussi fait tout votre possible pour Marie Baltoret et nous connaissons le résultat.

Chantal éclate en sanglots. Le commandant qui est un bon bougre la raccompagne jusqu'à sa boutique.

À la boulangerie, la fleuriste a révélé une réalité qui restait encore floue dans l'esprit de Valérie et de Jean : Anaïs a été enlevée et Jérémie en voulant la protéger a été enlevé avec elle.

— Ça ne peut pas continuer comme ça. On a passé l'âge de se battre ! s'écrie Valérie.

D'ordinaire, la boulangère est pugnace, elle fait volontiers la leçon à Jean dans ce domaine, mais la voilà prise d'un profond découragement. Elle s'effondre dans un fauteuil et se met à sangloter.

— Chantal a raison. Il faut que cette histoire se termine. Même si on réussit à retrouver les petits, ça recommencera et ce sera pire. Tu vas voir qu'ils vont réussir à kidnapper aussi notre petite Pauline. La vérité, c'est qu'ils ont eu Marie, maintenant Anaïs, ce pauvre Jérémie qui n'y est pour rien, et bientôt Pauline ! Tu crois que les dorés valent autant de malheur ?

— Je crois surtout que je connais le salopard qui se cache là-dessous ! tranche Jean, tout à coup déterminé.

Valérie tourne un regard curieux vers le vieil homme resté debout au milieu de la pièce.

— Ah bon ? fait-elle d'une petite voix incrédule.

— C'est Bernard Staffin. Il agit dans l'ombre et trompe tout le monde avec sa belle gueule de brave gars !

Jean va dans son bureau, s'enferme car il ne veut surtout pas qu'Hélène Grossot vienne l'importuner. Il a le sentiment que les gens lui en veulent et finiront par donner raison aux ravisseurs. À les écouter, le véritable coupable, c'est lui parce qu'il refuse de livrer son secret. Le maire le lui a encore rappelé ce matin : « Tu as soixante-dix ans, qu'est-ce que tu espères ? Durer encore quelques années ? Et si tu tombes d'un coup, une crise cardiaque, hein ? Personne ne te le souhaite, mais ça peut arriver ! Tu emporteras ta fameuse recette avec toi et ça t'avancera à quoi ? »

Paul Maqueray a raison, mais Jean n'aime pas qu'on lui force la main. Les dorés lui appartiennent, il en fera ce qu'il voudra.

Son portable sonne, il hésite puis prend la communication.

— Tu as jusqu'à ce soir six heures pour écrire la formule et l'apporter à un endroit que je t'indiquerai plus tard. Pas un mot à la police si tu tiens à revoir vivants ta petite-fille et son copain.

La voix a été déformée, pourtant Jean croit reconnaître celle de Bernard Staffin. La colère monte en lui, énorme, meurtrière. Puisque c'est ainsi, il va régler lui-même son différend avec le maître chanteur.

Il ouvre le tiroir de son bureau, prend son pistolet caché sous une pile de dossiers. Il possède cette arme depuis que des cambrioleurs l'ont séquestré dans son bureau pour lui voler la recette, cela le rassure, même s'il n'a jamais eu l'intention de s'en servir.

Il range le pistolet dans son porte-documents et sort. Hélène Grossot le trouve particulièrement pâle, les lèvres pincées ; les sourcils froncés il semble en proie à une grosse colère. Elle n'ose pas l'interpeller et veut avertir Valérie, mais c'est trop tard : la voiture du patron quitte déjà la cour en direction de Valenciennes.

Une place est libre devant la pâtisserie de Staffin. Jean entre dans la boutique sans se préoccuper des clients qui attendent et demande à parler à Bernard. La vendeuse qui le reconnaît lui fait signe de passer dans l'arrière-boutique.

— Il doit être dans son bureau…

Confiante, elle le laisse monter seul l'escalier. Elle les a vus ensemble l'autre soir et ils semblaient bons amis. Jean grimpe les marches, l'esprit vide, une lueur rouge devant ses yeux. Sur le palier, il pousse vivement la porte. Surpris, Staffin hésite entre un sourire d'accueil et la colère.

— Jean, qu'est-ce que tu fais là ?

Baltoret serre sous son bras le lourd porte-documents.

— C'est toi qui as tué Marie, c'est toi qui as fait disparaître Anaïs et le petit Jérémie ! C'est toi qui m'as demandé la formule des dorés tout à l'heure.

— Mais qu'est-ce que tu racontes ? Tu as perdu la tête ou quoi ?

— J'ai reconnu ta voix au téléphone. Tu veux t'emparer de ma recette par tous les moyens, la voilà, la vérité !

Le pâtissier de Valenciennes est connu pour son impétuosité. « Il a la tête près du bonnet », disent ses collaborateurs. D'un bond, il se plante devant Baltoret, le domine de sa haute stature, de ses larges épaules et surtout avec ce calme qu'il sait afficher en toutes circonstances.

— Sors d'ici et vite avant que je te foute dehors moi-même.

— Parce que tu crois pouvoir me foutre dehors comme ça ? aboie Jean, ivre de rage.

Il recule d'un pas et s'empare de son arme.

— Je vais te tuer !

Mais son geste n'est pas assuré. D'un revers de la main, Bernard écarte le pistolet et maîtrise Baltoret. Le coup part, une vitre vole en éclats.

— Appelle la police, crie Staffin à sa femme qui accourt dans l'escalier.

Dix minutes plus tard, les policiers emmènent un Jean abattu, conscient de ce qu'il a failli faire. Sa colère tombée, la honte l'écrase. Il trébuche à chaque pas. Un malaise serait le bienvenu pour échapper à l'interrogatoire.

— Je ne sais pas ce qui m'a pris.

Le commissaire Régny, de Valenciennes, avertit aussitôt Antoine Melino qui lui a demandé de le tenir au courant de tout ce qui se passait autour de la pâtisserie Staffin.

— J'arrive. Je veux interroger Baltoret moi-même.

Atterré, Jean s'assoit sur la chaise qu'on lui présente, n'osant pas lever les yeux. Que fait-il ici tel un délinquant, un malotru, un voleur, lui l'inventeur des dorés ? Valérie arrive, affolée.

— Jean, qu'est-ce qui t'a pris ?

Il ne répond pas. Valérie s'assoit à côté de lui et attend, solidaire de son mari, même si elle désapprouve ce qu'il vient de faire.

Melino entre enfin, salue Jean Baltoret qui n'ose pas le regarder en face.

— Je ne sais pas ce qui m'a pris ! répète-t-il devant cet homme en qui il a confiance.

— On vous comprend, admet le commissaire en l'invitant à le suivre dans un bureau. Rien ne sera retenu contre vous. Bernard Staffin ne porte pas plainte.

— Je suis certain que c'était sa voix au téléphone !

— Pourquoi ? Quelqu'un vous a appelé ?

— Au point où j'en suis, je peux tout vous dire, fait Baltoret qui n'a qu'une hâte : quitter ce lieu sordide. J'ai gardé le silence trop longtemps. Oui, j'ai reçu un coup de téléphone. Un homme, qui avait la même voix que Staffin, m'a demandé d'écrire la recette des dorés et qu'il me dirait dans la soirée où la lui porter. C'était sa condition pour qu'on revoie vivants Anaïs et Jérémie.

Le regard du commissaire s'éclaire. Enfin une piste ! Il se frotte le menton et dit :

— Vous allez faire ce que cet homme vous demande. Deux de mes gars vous suivront de loin et on le prendra la main dans le sac. Dès que vous avez du nouveau, vous m'avertissez sur mon portable.

Jean Baltoret sort du bureau et, sans un mot à Valérie, ils regagnent leurs voitures respectives, pressés de rentrer chez eux. En arrivant près de son véhicule, Jean remarque une feuille glissée sous son essuie-glace. Encore une pub rouspète-t-il en l'arrachant. Le prospectus est plié en deux, et, à l'intérieur, écrit au crayon, le vieil homme lit : *Note la recette sur ce papier que tu replaceras sous l'essuie-glace là où tu l'as trouvé. À 18 h 30, tu te gareras place Gambetta et tu iras faire un tour. Et pas un mot à quiconque !*

Il décide d'obéir au mystérieux correspondant. Melino qui ne lui fait pas confiance a chargé deux inspecteurs de le suivre dans une voiture banalisée. Jean arrive chez lui, le véhicule des policiers s'arrête sur la place, en face de la boulangerie. Jean monte à l'appartement où Valérie, qui vient d'arriver, l'attend.

—Mais enfin qu'est-ce qui t'a pris ? demande-t-elle.

—Rien, je sais que c'est lui et je le coincerai.

Micheline a fort à faire : la boutique ne désemplit pas. Sous prétexte d'acheter des dorés, les curieux viennent aux nouvelles. Melino avait demandé la plus grande discrétion aux policiers et aux gendarmes, résultat : de Saint-Sauveur à Valenciennes tout le monde est au courant du coup de folie de Baltoret.

—C'est tout juste si on ne t'accuse pas d'avoir fait enlever Jérémie ! rouspète Valérie.

Jean s'assoit sur le canapé, réfléchit un instant, puis se décide :

—Voilà, il veut la recette. Regarde.

Il montre le prospectus à Valérie.

—Qu'est-ce que tu vas faire ?

—Je ne veux pas mettre en danger la vie des enfants. Je vais obéir.

—Quoi ? s'indigne la boulangère. Je ne suis pas d'accord.

—Rassure-toi, je ne vais pas donner la recette. Je vais remettre le prospectus sous l'essuie-glace et aller faire un tour comme on me le demande. Mais toi, tu seras là, tout près, tu feras une photo avec ton portable. Comme ça, on pourra confondre ce salopard !

Valérie sourit. Ce que propose Jean lui plaît : ils ont toujours su se débrouiller sans l'aide de personne.

—Et tu crois que ça suffira pour qu'ils libèrent les enfants ?

—Une fois qu'on le tiendra, il ne pourra plus faire grand-chose !

Cette décision les rassure. Ils ont l'impression de reprendre en main leur destinée, de ne plus subir la volonté d'un inconnu et de policiers incompétents.

En passant par le local des expéditions, Jean bavarde un instant avec Angélique, responsable du service. L'été, les commandes augmentent et les filles ont du mal à tenir les délais. Le maire a raison : l'affaire ne demande qu'à grandir !

Il s'enferme dans son bureau. Le temps passe lentement, trop lentement. Dix-sept heures quarante-cinq. Le soleil de juin illumine les toits. Il fait chaud et les gens prennent le temps de flâner. Jean ne va pas tarder à sortir. Tout à coup, il a l'impression que son fauteuil se dérobe sous lui. Il s'affale et se reprend vivement. De ce côté aussi, la menace se précise.

Pour tuer le temps, il sort le prospectus de sa poche et se met à rédiger une formule fantaisiste. Il sourit en se disant que ce serait un comble pour un boulanger-pâtissier de se laisser rouler dans la farine. Puis il pense à Anaïs et Jérémie : n'est-il pas en train de rédiger leur condamnation à mort ?

C'est l'heure de partir. Valérie l'attend au magasin.

— On y va, dit-il.

Tous deux se rendent à Valenciennes par des chemins différents. Le ciel a changé et il pèse sur les deux terrils, seuls reliefs dans ce paysage monotone. Valérie est partie devant son mari pour avoir le temps de se garer discrètement non loin de la rue Gambetta. Jean se dirige vers le lieu de rendez-vous, puis glisse le prospectus sous l'essuie-glace et s'éloigne. Les deux inspecteurs de Melino le suivent à une bonne distance, il ne les a pas remarqués.

En retrait, Valérie, qui fait semblant de regarder les chaussures exposées dans une devanture, surveille la rue, son téléphone à la main, prête à photographier celui qui va venir récupérer le petit papier. Elle n'attend pas longtemps : un inconnu vêtu d'un blouson de cuir noir s'arrête devant la voiture de Jean, regarde autour de lui, puis s'empare du prospectus. Valérie le photographie, puis reprend la contemplation des vitrines en attendant le retour de son mari qui ne tarde pas et qu'elle accueille avec un sourire de triomphe.

— Bon, maintenant, on va tout raconter à Melino, décide-t-il.

Ils arrivent à Lille en moins d'une demi-heure. Le commissaire s'étonne de les voir tous les deux. Jean lui explique ce qui s'est passé. Melino jette un regard mécontent aux deux inspecteurs qui, en suivant le boulanger, ont manqué le maître chanteur.

— On a sa photo, dit Valérie triomphante.

Elle fait défiler les clichés sur l'écran de son portable. Le visage n'est pas très net, mais Melino reconnaît l'homme et ordonne :

— Ramenez-moi Sauteret. Il doit être chez lui en train de transmettre la fausse formule à son commanditaire.

L'inspecteur Géraud entre dans le bureau en brandissant une feuille de papier.

— On a fait ce que vous avez demandé. Voici la liste des appels de Sauteret. Il a téléphoné à sa mère, puis à sa sœur dans l'Aveyron. Ensuite, il a eu en ligne deux personnes qu'on n'a pas pu identifier parce qu'elles avaient des portables volés. Reste que ces communications ont été reçues dans la région d'Aix-en-Provence où il a appelé aussi un certain Robert Maréchal.

Melino sourit ; son regard s'arrête sur la photo de sa petite-fille bien en évidence dans son cadre doré entre deux piles de dossiers.

— Cette fois…, murmure-t-il.

Il remercie Jean et Valérie pour leur collaboration et les invite à rentrer chez eux. Il les tiendra au courant : Sauteret n'est probablement qu'un petit intermédiaire, mais avec lui il va remonter aux otages.

Deux heures plus tard, Sauteret est de nouveau dans le bureau du commissaire qui l'observe un instant. Malgré sa volonté de paraître impassible, l'homme trahit sa nervosité : un léger rictus contracte le coin de ses lèvres et il évite le regard de Melino.

— Monsieur Sauteret, commence ce dernier, je vais aller droit au but. Nous avons vérifié votre alibi pour le 5 juin 1994. Vous n'êtes pour rien dans la disparition de Marie.

— Je ne suis pas un ravisseur de jeunes filles ! répond le suspect en s'efforçant de sourire.

Pourtant, Melino a l'intime conviction que Sauteret sait beaucoup de choses sur ce drame, que les photos vendues à Anaïs le rattachent à la disparition de Marie. Il demande encore, adoptant le tutoiement, plus direct :

— Tu vas nous expliquer quelles sont tes relations avec un certain Robert Maréchal que tu as appelé plusieurs fois hier et aujourd'hui.

— Rien de plus simple. Vous savez que je suis expert en œuvres d'art et que j'ai des clients dans toute la France. Robert Maréchal est un passionné de peinture. Il se trouve que j'ai peut-être une bonne affaire pour lui.

— Ah bon ?

— Oui, un tableau de maître totalement inconnu, sorti du fond d'un grenier.

Melino se gratte le menton. Il ne connaît rien à la peinture, mais une remarque s'impose à son esprit :

— On dit aussi que tu es un excellent faussaire.

— M. Maréchal est un grand spécialiste de ce peintre, il n'achèterait pas un faux.

— Tu as fait d'autres affaires avec lui ?

— Oui. Maréchal est très riche et son amour pour la peinture n'a pas de limites !

Melino fait un signe à son adjoint, Alexandre Lepaul, qui s'éloigne rapidement : le patron veut tout savoir sur ce Maréchal.

— Maintenant, passons aux choses sérieuses, poursuit le policier. Martial Sauteret, je t'arrête pour avoir voulu t'emparer de la recette des dorés par le chantage. Tu seras également poursuivi pour avoir pris part à l'enlèvement et à la séquestration d'Anaïs Baltoret et de Jérémie Joffroy…

— Qu'est-ce que vous racontez ? s'emporte Sauteret en se levant de sa chaise.

Deux policiers l'obligent à se rasseoir.

— Voici déjà une preuve, tranche Melino en tournant vers Sauteret l'écran de son ordinateur portable.

Le suspect regarde la photo de Valérie le montrant sans aucun doute possible en train de prendre un prospectus sur le pare-brise de la voiture de Jean Baltoret. Après un temps de réflexion, il réplique :

— C'était une publicité pour le musée de Lens. J'ai voulu voir comment elle était faite.

— Et, comme par hasard, il y avait à l'intérieur la recette des dorés, et, comme par hasard, c'était justement la recette que quelqu'un t'avait demandé d'obtenir. Tu ne trouves pas que ça fait beaucoup de hasards ?

— Je ne sais pas de quoi vous parlez.

— Tu vas me dire où sont séquestrés Anaïs et Jérémie.

— Je n'en sais rien.

Melino fait signe à ses hommes de poursuivre l'interrogatoire. Les charges qui pèsent contre Sauteret sont suffisantes pour passer de la garde à vue à la prison préventive.

— Nous, on a autre chose à faire, dit-il à son adjoint qui arrive dans le bureau.

Le froid intense de la nuit réveille Jérémie qui se redresse, secoue les bras, fait quelques pas. Le jour se lève, un vent glacé court au ras du sol. Le jeune homme a mal partout. Pour se réchauffer, il plonge ses mains au fond des poches de son pantalon et reprend sa marche sur la petite route qui serpente dans un dédale de rochers et d'arbustes secs. Retrouver Anaïs avant que les ravisseurs reviennent la chercher reste sa priorité absolue.

La route grimpe entre les ajoncs. Le mistral lui fouette le visage. Un tapis de brume cache le fond de la vallée sous une lumière rasante qui éclaire à mi-pente une lande où le jeune homme remarque des bâtiments isolés, probablement des fermes abandonnées, mais pas les ruines d'un château fort.

Au-dessus de lui, de grands oiseaux de proie tournent en poussant des sifflements aigus. Le soleil qui monte réchauffe enfin le jeune homme. Malgré ses crampes d'estomac, il continue à marcher le long de cette route dont il ne sait pas où elle le conduit. La brume se dissipe lentement, dégageant une forêt de résineux rabougris et plusieurs pics rocheux couverts de végétation. L'un d'eux pourrait bien être le fameux donjon aperçu à travers le bandeau qui lui cachait les yeux. Il poursuit sa route en priant le ciel de le conduire auprès d'Anaïs.

Au fond de la vallée, un torrent écume entre les rochers. Pour tromper sa faim, Jérémie boit longuement, puis franchit un antique pont de pierre et s'enfonce dans une forêt de pins étrangement silencieuse à cette heure matinale. Sur un promontoire se dressent les restes d'une bâtisse rongée par le lierre et les ronces. N'est-ce pas ce qu'il a pris pour un donjon ? Il s'en approche et remarque, à l'opposé, un chemin qui rejoint la route. Au milieu de l'épais mur lézardé, il distingue une ouverture condamnée par d'épaisses planches sombres. La végétation piétinée, une grosse pierre visiblement déplacée indiquent que quelqu'un s'est récemment approché de ces ruines.

Il réussit à dégager l'ouverture et pénètre dans une cave humide. Pas un bruit. Il avance avec prudence dans une nuit totale. Son pied bute contre une pierre.

— Anaïs ?

Il a nettement entendu des gémissements. Un peu de lumière filtre à travers les fissures de la voûte. Il marche sans faire de bruit.

— Anaïs ?

Cette fois, le jeune homme entend un froissement sur sa droite. Il s'approche et distingue une forme tapie dans un coin, immobile.

— C'est toi ?

La jeune fille est attachée à une poutre. Jérémie arrache le bandeau qui la bâillonne ; elle le regarde, étonnée, comme si elle ne le reconnaissait pas.

— Anaïs, c'est moi, Jérémie. Ne t'en fais pas, je vais te libérer.

Elle pousse de petits cris d'animal blessé. Jérémie la prend par les épaules et l'aide à se relever, puis la détache.

— Viens, le soleil brille dehors.

Elle se laisse conduire sans un mot. Une fois sortie de ce tombeau, Anaïs lance autour d'elle des regards effarés. Puis elle se serre contre le jeune homme.

— J'ai cru que j'allais mourir !

— C'est fini. On va se cacher, on leur échappera !

— Des rats marchaient sur moi, des araignées…

— Comment tu les as vus ?

— Je les sentais et ça me suffisait, réplique Anaïs. Ils étaient énormes.

Jérémie veut la serrer contre lui, elle recule :

— Ne me touche pas, je pue, je suis horriblement sale !

— Cela n'a pas d'importance. Viens, on va trouver une solution, mais il faut qu'on s'éloigne d'ici. Les deux types ne vont sûrement pas tarder à venir te chercher.

Jérémie l'entraîne dans le sentier. Ils grimpent le raidillon et, une fois sur la route, le jeune homme hésite.

— Il faudrait trouver un village, mais où ?

— J'ai faim, murmure Anaïs, je suis malade, je tremble. Je ne vais pas pouvoir marcher longtemps.

— Écoute, fait Jérémie, quand ils m'ont emmené dans le moulin après t'avoir laissée là, les deux hommes ont parlé, et j'ai tout entendu, je t'expliquerai. Mais avant, il faut qu'on regagne un village, qu'on trouve à manger.

— Et me laver, ajoute Anaïs.

— L'ennui, précise Jérémie, c'est que les deux hommes m'ont fouillé et m'ont pris mon portefeuille avec mes papiers, ma carte de crédit et mon argent. Je n'ai rien.

— Moi aussi, ils m'ont tout pris, seulement ils ont oublié la petite poche de mon jean. J'ai cent euros !

Jérémie sourit en voyant les deux billets que la jeune fille tient dans sa main.

— Je te propose qu'on aille dans cette direction, ajoute-t-il. Avec un peu de chance on trouvera un croisement avec des panneaux.

Le vent s'est calmé. Un soleil brûlant s'élève au-dessus des collines. Ils marchent d'un bon pas en se donnant la main. Anaïs reste silencieuse. Jérémie se force à ne pas grimacer à chaque coup de lance de son estomac. Une voiture monte de la vallée. Le bruit du moteur se rapproche. Jérémie entraîne la jeune fille hors de la route.

— Ce sont peut-être nos ravisseurs. Cachons-nous.

Ils dévalent la pente, se dissimulent derrière un monticule de gros rochers. La voiture passe et poursuit sa route. Bientôt son bruit se perd dans le crissement des cigales que la chaleur a réveillées.

— C'était peut-être aussi quelqu'un qui aurait pu nous conduire dans un village ! ose Anaïs.

— J'y ai pensé comme toi, mais on ne pouvait pas prendre ce risque.

À un croisement, des panneaux indiquent plusieurs localités : Banon, Saint-Étienne-les-Orgues, Forcalquier. Ce dernier lieu rappelle à Jérémie ce qu'il a entendu dans la voiture. Il décide :

— On est à trois kilomètres de Forcalquier. On y sera avant une heure, on trouvera à manger et tu pourras te laver. C'est la fin de nos soucis !

— Pourquoi ?

— Notre disparition a dû être signalée dans les journaux. On ira à la gendarmerie et on leur dira qui on est.

Anaïs réfléchit un instant.

— Je refuse.

— Ah bon ? Et pourquoi ?

— Parce que plus jamais je ne retournerai à Saint-Sauveur.

Jérémie se plante devant la jeune fille qui le regarde fixement.

— Tu ne peux pas comprendre, toi, lui explique-t-elle. Tu as ta mère, ton père, tu es gâté. On t'aime, toi !

— Et tu crois que tes grands-parents ne t'aiment pas ?

— C'est pas pareil. Ils ont été obligés de me garder, ils ne l'ont pas choisi. Moi, je veux disparaître, comme ma mère !

Anaïs reprend sa marche forcée.

— Écoute, Anaïs, tu ne peux pas…

Elle se tourne, se plante devant le jeune homme. Son visage est crispé. Le vent soulève ses cheveux décoiffés. Son regard a repris cette expression que Jérémie déteste, celle d'un chat prêt à griffer.

— Je croyais qu'on pouvait s'entendre, lui lance-t-elle. C'est pour ça que je t'ai demandé de me suivre. Mais si tu ne veux pas rester avec moi tu es libre de rentrer à Saint-Sauveur.

— Anaïs, je te promets que…

— Ne me promets rien ! Moi, je ne veux pas rentrer, un point c'est tout !

Elle s'éloigne d'un pas décidé. Jérémie la rattrape. Une lumière intense les éblouit. Jérémie pense à ses parents qui doivent être très inquiets. Il aimerait les rassurer et, en même temps, il n'est pas fâché que l'escapade dure encore un peu. Pourquoi toujours rendre des comptes ?

— Bon, c'est d'accord, on ne dit rien à personne.

Anaïs lui adresse un regard satisfait.

— Allez, viens, fait-elle en lui prenant la main.

Ils reprennent leur marche. Au bout d'un moment, Anaïs annonce :

— Tu sais ce qu'ils m'ont dit ceux des Lilas ? Que ma mère était une pute !

— Et tu les crois ? Tu désespères tes grands-parents pour les conneries de ces minables ! Si on est là, au milieu de nulle part, c'est pour quoi à ton avis ?

Il a élevé la voix. C'est la première fois qu'Anaïs voit Jérémie en colère. Et ce qui devrait la contrarier lui fait beaucoup de bien. Elle a envie de se jeter dans ses bras.

— Tu ne penses qu'à toi, s'emporte-t-il encore. Je n'en peux plus. Voilà trois semaines que je sèche les cours pour t'empêcher de faire tes conneries, que tes grands-parents ne dorment plus à cause de toi ! Et puis je crève la dalle parce que je suis assez con pour t'avoir suivie dans tes lubies !

Le silence retombe. Jérémie est à bout d'arguments, à bout de forces. Sa colère s'évanouit dans la douleur de son jeune corps affaibli. Son instinct de survie lui souffle qu'il a mieux à faire qu'à user ce qui lui reste d'énergie en paroles stériles. Anaïs recule d'un pas ; le regard qu'elle lance au jeune homme est nouveau. Elle dit sur un ton décidé en sachant qu'elle ne risque rien :

— Si tu ne peux plus me supporter, pars, je me débrouillerai !

— Et tu crois que je pourrais rentrer à Saint-Sauveur en t'ayant abandonnée ? Tu crois que je pourrais aller voir ton grand-père et lui dire que je t'ai laissée te débrouiller seule ? Mais pour qui tu me prends ?

— Qu'est-ce que ça peut te foutre ? insiste Anaïs avec un sourire espiègle.

— Ça peut me foutre que ceux qui ont monté ce coup et qui t'ont amenée ici n'ont pas l'intention de te laisser te promener. Ils sont prêts à tout.

Anaïs reprend sa marche sans un mot. La tête basse, comme si elle réfléchissait. Enfin, elle tourne vers Jérémie un regard triste.

— Je ne sais pas comment te l'expliquer, mais il fallait que je vienne, que je me rapproche de ma mère.

— Ta mère… Figure-toi que les deux hommes qui nous ont emmenés en ont parlé.

Elle se tourne vivement, bondit sur Jérémie et lui prend les poignets qu'elle serre très fort.

— Qu'est-ce que tu dis ? Mais qu'est-ce que tu dis ?

— On va aller la voir.

Jérémie lui prend la tête dans les mains et l'oblige à le regarder.

— J'ai peur, murmure-t-elle.

— Arrête tes bêtises. On va commencer par manger. On verra ensuite.

— Il faut que je me lave. J'ai l'impression que des vers mangent ma peau.

Ce matin, le commissaire Antoine Melino arrive en retard à son bureau. Sa fille a confié la petite Julie à ses grands-parents pour quelques jours. Du bonheur pour Melino qui, avec cette gamine de six ans, retrouve une naïveté naturelle dont son métier l'éloigne. S'il souhaite prendre sa retraite, c'est pour consacrer beaucoup de temps à sa petite-fille.

Il a réfléchi une partie de la nuit, cherchant à raccrocher la disparition de Marie à celle de Jérémie et Anaïs. Peut-être se trompe-t-il encore une fois, mais son sentiment du devoir le pousse à explorer de nouvelles voies, tant pis si elles le conduisent à un nouvel échec. C'est la première fois qu'il voit des photos de Marie ou de son sosie. La mère et la fille ne se ressemblent que dans l'imagination des gens. L'une a les yeux clairs et l'autre très noirs…

Il fait venir Lepaul dans son bureau et lui demande où il en est avec Sauteret, pièce maîtresse du puzzle.

— Toujours au même point. Il refuse de parler, de dire d'où viennent les photos. Il n'est au courant de rien.

Melino soupire, fouille dans la poche de sa veste et en sort un bonbon. Depuis qu'il ne fume presque plus, il ne cesse de sucer des sucreries et a pris douze kilos. L'adjoint le regarde tirer méticuleusement sur les deux bouts de papier et porter la friandise à ses lèvres d'un geste rapide, comme s'il en avait honte.

— Et pour le reste ?

— Un détail insignifiant. J'ai bien regardé les photos qui ont été vendues à Anaïs et j'ai été frappé par ce qui se trouve derrière le visage de sa prétendue mère.

— Ah ? fait Melino qui sait combien Lepaul est perspicace.

— Oui, tu n'as pas remarqué ces maisons aux toitures plates couvertes de tuiles romaines ?

— Non, mais maintenant que tu le dis…, avoue le commissaire en jetant un œil au clichés.

— Donc, reprend Lepaul, ces photos ont été faites dans le Midi, et le Midi, cela ne te dit rien ?

— Non, répond Melino avec une pointe d'agacement car Lepaul a sans doute fait une découverte essentielle qui lui a échappé.

— Sauteret a téléphoné plusieurs fois à un certain Maréchal qui habite Aix-en-Provence. Je me demande si…

Melino mesure la pertinence de la remarque. Une piste enfin ! En tout cas, peut-être ! Machinalement, il feuillette un journal qui titre en une sur la disparition des deux adolescents.

L'inspecteur Philon entre dans le bureau sans frapper, la mine réjouie.

— Une très bonne nouvelle, annonce-t-il.

Il brandit une feuille de papier devant le commissaire principal.

— D'abord, il faudra remercier ce guichetier à la gare de Lille… Quand il a appris la disparition des deux gamins, il s'est souvenu d'avoir vendu deux billets, l'un à Anaïs Baltoret – ce nom l'a marqué à cause des dorés – et l'autre à Jérémie Joffroy.

Melino se lève si violemment qu'il renverse son fauteuil, et dans le même geste arrache la feuille des mains de Philon.

— Ils ont pris le TGV pour Marseille avant-hier à vingt et une heure trente-huit. Le guichetier en est certain : ils ont montré leurs cartes d'identité et leurs cartes d'étudiant pour bénéficier d'une réduction.

Toujours la piste du Midi ! Melino baisse la tête et prend son menton dans sa main gauche, marque chez lui d'une intense réflexion. Lepaul et Philon échangent un regard amusé.

— Bon, fait le commissaire. Cette fois, on a une piste. On y va !

Deux heures plus tard, Melino et Lepaul font les cent pas sur un quai de la gare de Lille. Melino s'est peut-être emballé un peu vite, mais il ne veut rien laisser au hasard. Avant de partir, il a fait une recherche sur Robert Maréchal. Médecin, grosse fortune. Pas de casier judiciaire, aucune condamnation. Melino se souvient alors de ce que répétait souvent un instructeur lorsqu'il est entré dans la police : « Les gens sans casier sont des délinquants qui ne se sont jamais fait prendre ! »

En montant dans le train, le commissaire principal de la PJ de Lille pense aussi à sa petite-fille qu'il n'ira pas attendre à la sortie de l'école. Solène, sa femme, lui expliquera que son grand-père est parti pour son travail. Julie sera triste et Melino en est fortement contrarié. Il s'en prend à son adjoint qui cherche à joindre son épouse pour lui annoncer qu'il ne rentrera pas ce soir.

Dans le TGV, Melino téléphone à son collègue Arguet, d'Aix-en-Provence. Les deux hommes se connaissent un peu. Arguet qui, comme Melino, va prendre sa retraite prochainement, n'a pas oublié la disparition de Marie dont tous les journaux ont parlé à l'époque.

Ils arrivent à Marseille vers dix-huit heures et louent une voiture. Lepaul tente une fois de plus de joindre sa femme qui lui a raccroché au nez. Melino parle de Julie qui va sûrement lui en vouloir. L'un et l'autre ont la certitude d'être partis sur un coup de tête, mais ils ne le regrettent pas.

À Aix-en-Provence, Arguet accueille ses deux collègues du Nord avec sa gouaille méridionale. Arguet et Melino se sont souvent téléphoné tout au long de leur carrière, mais ils ne s'étaient jamais rencontrés et si Arguet n'avait pas imaginé Melino en petit homme replet, Melino s'étonne que la voix au fort accent de son collègue n'aille ni avec sa tête austère, ni avec ses cheveux blancs coupés en brosse, ni avec ses lunettes épaisses.

— Tu vois, dit Melino à Arguet comme si c'était un vieil ami, je crois que je ne pourrai pas me retirer tant que je n'aurai pas trouvé le ravisseur de Marie Baltoret et je suis prêt à faire le tour de la planète pour ça !

— Il te faut d'abord mettre la main sur les jeunes de Saint-Sauveur, rectifie Arguet. C'est bien le plus urgent et la raison de ta visite, non ?

— Les deux affaires sont liées. J'en suis certain !

— On est allés chercher le Dr Maréchal, lance Arguet. Il t'attend au commissariat. Je ne crois pas que tu en tires grand-chose. Il gère une fortune considérable. Divorcé. Participe à l'action de Médecins sans frontières. Sans enfants. Une passion : la peinture.

— Tout ça, je le sais. Tu dis qu'il gère sa fortune, c'est rare à notre époque.

— Cela existe sur la Côte. Sa fortune est récente, elle vient de son grand-père, immigré italien qui avait acheté des terres à chèvres dont personne ne voulait entre le Lavandou et Sainte-Maxime. Son père était promoteur immobilier.

— Tu dis qu'il est divorcé ?

— Oui, depuis plus de vingt ans. Apparemment, il vit seul.

Arguet conduit ses collègues dans une aile de l'immense bâtiment. Maréchal les attend dans le bureau du commissaire. Melino découvre un homme d'une soixantaine d'années, assez corpulent, chauve, vêtu d'un costume sombre et d'une cravate à rayures. Il tourne vers les arrivants un regard de chien battu.

— Docteur Maréchal, bonjour, je suis le commissaire Melino, de la police judiciaire de Lille. J'ai fait le voyage pour vous rencontrer.

L'homme ne bronche pas. Melino se dit qu'il n'a rien d'un caïd, mais qu'il faut se méfier des gens qui ont une apparence banale.

— Je ne sais pas quelle raison vous a poussé à tout ce dérangement, s'étonne Maréchal, je ne comprends rien aux questions que vos collègues m'ont posées.

— Bien, vous allez comprendre, répond Melino qui s'assoit derrière le bureau. Vous gérez votre patrimoine, c'est ça ?

— Je suis promoteur immobilier.

— Connaissez-vous un certain Sauteret ?

— Oui, bien sûr. Depuis plus de vingt ans.

— Il vous a proposé, je crois, un tableau de maître sorti d'un grenier.

— Cet homme a un flair exceptionnel. Il sent les pièces rares au milieu d'un tas de croûtes. Je dois cependant reconnaître qu'il n'est pas d'une moralité à toute épreuve.

— Qu'insinuez-vous ?

— Il a tenté plusieurs fois de m'escroquer avec des faux grossiers.

— Vous êtes donc un grand collectionneur ? demande Melino qui a soudain le sentiment de perdre son temps.

Le visage de Maréchal s'anime, ses yeux prennent de l'éclat, comme si, tout à coup il devenait un autre.

— La peinture, c'est ma vie. Pourquoi ? Je ne saurais vous le dire, mais c'est ainsi depuis mon plus jeune âge. J'ai acquis au long des années un grand nombre de tableaux, et certains chefs-d'œuvre dont la contemplation m'apporte un bonheur total.

— Vous achetez, vous vendez aussi, je suppose ?

— Non, monsieur, je ne suis pas un brocanteur. J'achète des merveilles et, très égoïstement, je les garde pour moi, pour le plaisir de les voir chaque jour.

— Je vous remercie, dit Melino en lui signifiant que l'entretien est terminé.

Robert Maréchal se lève à son tour, prend son chapeau et se dirige vers la porte.

— Je n'ai toujours pas compris pourquoi vous m'avez convoqué, dit-il avant de sortir.

— Nous en reparlerons, docteur Maréchal.

L'homme s'éloigne. Arguet s'étonne que l'entretien ait duré si peu de temps. Lepaul ne comprend pas non plus.

— C'est tout ce que tu voulais savoir ? demande Arguet. Franchement...

— C'est tout, parce que je n'ai rien à lui reprocher. Et s'il sait des choses, je n'ai aucun moyen de le faire parler. On aurait dû le laisser tranquille.

— Que savez-vous sur ce Maréchal ? demande Lepaul à Arguet. Un collectionneur devient vite un receleur. Peut-être a-t-il été mêlé à des affaires de tableaux volés ?

— Nous l'avons fait surveiller quand des casses importants se sont produits sur la Côte. Jamais le moindre écart, objecte le commissaire.

Un portable sonne mais ce n'est pas celui de Lepaul qui attend toujours l'appel de sa femme. Melino porte l'appareil à son oreille et reconnaît la voix de Philon.

— Je ne sais pas si cela peut avoir un rapport avec ce qui nous intéresse, mais en fouillant dans les affaires de Sauteret qui conserve des tas de documents relatifs à ses ventes de tableaux, j'ai retrouvé la trace de Maréchal et j'ai découvert qu'il était dans la région de Valenciennes le 5 juin 1994.

— Le 5 juin, tu dis ? C'est le jour de l'enlèvement de Marie Baltoret ! s'écrie Melino sans quitter du regard son adjoint.

— Exact. Nous avons interrogé Sauteret. Il a confirmé que Maréchal s'était porté acquéreur d'une gravure de Picasso vendue par une certaine Marguerite Chantenet, habitant Valenciennes. Cette gravure faisait partie du patrimoine familial, elle avait été offerte par l'artiste lui-même à son grand-père. Maréchal s'en était porté acquéreur et Sauteret a réalisé la vente le 3 juin 1994, la veille de son départ à la caserne. Nous sommes allés voir Mme Chantenet qui se souvient très bien du Dr Maréchal. Il est venu chercher la gravure le 5 juin au matin, c'est-à-dire le jour de la disparition de Marie.

— Merci, fait Melino.

Il doit surtout prendre le temps de réfléchir. Son désir obsessionnel de trouver le ravisseur de Marie Baltoret lui fait imaginer des suspects un peu partout. Pourtant, ce Maréchal, d'apparence inoffensive qui se trouvait dans le Nord au moment de la disparition, ne serait-il pas l'homme qu'il recherche depuis dix-huit ans ? Son adjoint recadre ses réflexions :

— Tout ceci ne nous dit pas où se trouvent Anaïs et Jérémie. Ils sont quelque part dans la région, mais ensuite ? Qu'est-ce que Maréchal ferait de la recette des dorés ? C'est un amateur de peinture, pas de brioches !

— Tu as raison.

Melino doute une fois de plus. Malgré ce qu'il aimerait croire les deux affaires ne sont pas forcément liées. Pourtant, les photos de Marie auraient tendance à confirmer qu'il est sur la bonne voie. Il raconte ce qu'il vient d'apprendre à Lepaul.

— Qu'est-ce qu'on fait, demande celui-ci, on reconvoque Maréchal ?

— Attends un peu. Laisse-le se prendre dans les mailles du filet. S'il est coupable, notre présence a dû l'affoler et il fera une erreur. Fais-le surveiller et mets tous ses téléphones sur écoute. Maintenant, si on allait casser la croûte ?

Ils se rendent dans une brasserie voisine en compagnie d'Arguet. En traversant la place, les deux policiers de Lille ressentent l'intense chaleur méditerranéenne. Tout à coup, Melino a une inspiration :

— On a eu tort de coffrer Sauteret. C'est le seul lien avec les ravisseurs, donc avec les jeunes disparus. Il aurait fallu le laisser contacter ses complices. Si on le garde à l'abri, on n'avancera jamais.

— Certes, réplique Arguet, mais la première tentative a échoué. Sauteret n'a pas eu le temps de transmettre la recette.

— Ça, on n'en sait rien. Ce que je sais, c'est que ce vieux renard de Baltoret ne l'a pas donnée. Ils vont donc revenir à la charge par un autre moyen puisque Sauteret est hors course.

— Je pense à d'autres affaires semblables, poursuit Arguet. Je redoute qu'ils n'en arrivent à quelque extrémité, du genre couper une oreille de la fille et l'envoyer au grand-père pour le forcer à se décider…

— C'est un risque, admet Melino.

Il se sent très mal à l'aise. Il est venu dans le Sud poussé par une frénésie, la certitude de réussir un coup d'éclat, et le voilà de nouveau bloqué. Cela le rend nerveux et il ne cesse d'appeler ses collaborateurs restés à Lille. Tout en s'agitant, il repense à ce curieux personnage venu le trouver deux jours après la disparition de Marie, en 1994. Un certain Jacques Imbet, radiesthésiste, prétendait avoir localisé Marie quelque part du côté d'Aix-en-Provence. Il n'avait pas négligé la piste et avait fait suivre l'information à ses collègues du Midi. Mais, sans aucune autre indication, les recherches s'étaient vite arrêtées. Son portable sonne. C'est Julie qui veut lui souhaiter bonne nuit.

— Je te fais de gros bisous, répond le commissaire en souriant.

Il range son téléphone quand l'inspecteur Philon l'appelle :

— On surveille discrètement Baltoret. Et j'ai photographié tous les gens qui entrent et sortent du magasin. Pour l'instant RAS.

Le village de Saint-Sauveur vit au ralenti. La disparition de Jérémie et d'Anaïs plombe l'atmosphère. Les gens en oublient de profiter du beau soleil de l'été. Le correspondant local de *Nord Éclair* fait le siège de la gendarmerie mais n'apprend rien de plus que les autres. Des rumeurs circulent. On murmure que le commissaire Melino serait parti pour le Midi car il aurait une piste sérieuse. Le maire ne quitte pas son bureau, espérant des informations confidentielles qui lui permettraient de rassurer les parents et ses administrés.

Chantal Joffroy n'en peut plus. Le visage bouffi, les yeux rouges, elle ne sort plus de son appartement. Gilles va cacher son anxiété dans sa serre. Il sursaute chaque fois que retentit la sonnerie de son téléphone et se montre peu patient avec les clients.

— Avec tous les moyens qu'ils ont, vous n'allez pas me dire qu'ils ne peuvent pas les retrouver ! s'emporte-t-il.

Il a envie de tout casser. Alors, pour se calmer, il s'éloigne du village dans une marche forcée, au hasard des chemins. Il maudit tout le monde et surtout les journaux qui donnent la parole aux escrocs, des marchands de boniments comme ce « voyant » qui a eu un flash et assure que les deux jeunes gens sont libres quelque part dans une zone de collines. Comment imaginer un Jérémie libre qui ne chercherait pas à rassurer ses parents ? Tout le monde a un avis et le commandant de gendarmerie ne cesse de recevoir des appels, des témoignages qu'il s'efforce de vérifier mais qui ne conduisent nulle part.

Jean Baltoret fuit cette frénésie. La honte l'écrase depuis son coup de sang contre Bernard Staffin. Conscient que son impétuosité le pousse à faire des bêtises, il préfère se taire. Depuis qu'Anaïs a disparu, les clients se bousculent dans la boulangerie en quête d'un détail, d'une confidence dont ils pourraient faire des gorges chaudes. Mais Micheline reste muette et Valérie se cache dans l'appartement.

Ce soir, quand deux inconnus entrent dans la boutique, la vendeuse comprend tout de suite qu'ils ne sont pas des clients ordinaires. L'un d'eux porte un épais collier de barbe noire qui ne lui inspire pas confiance, l'autre a quelque chose de trouble dans le regard. Ils demandent à voir Jean Baltoret sous prétexte de lui présenter un nouveau modèle de pétrin particulièrement adapté à sa production. Même s'ils ne lui inspirent pas confiance, Micheline les conduit à la réserve et les laisse avec son patron. Au bout d'un quart d'heure, les hommes ressortent par le local de production. Elle court à l'appartement prévenir Valérie et toutes les deux les regardent partir par la fenêtre donnant sur la rue.

On frappe à la porte. C'est l'inspecteur Philon qui souhaite parler à Valérie.

— On surveille votre magasin depuis ce matin, dit Philon. Il y a un quart d'heure, deux hommes sont entrés. Ils avaient l'air bizarre. Je viens voir si tout va bien.

— Ils sont représentants en matériel de boulangerie, répond Valérie, un peu rassurée. Ils viennent juste de s'en aller. Je m'étonne que Jean ne soit pas revenu.

Valérie et le policier se rendent dans la salle des pétrins et trouvent Jean assis sur un sac.

— Je peux mourir, dit-il.

— Qu'est-ce qu'ils voulaient ces deux ? demande Valérie.

— Ils voulaient la recette et je la leur ai donnée.

— Tu as fait ça ?

Il ne répond pas. Des larmes roulent sur son visage. C'est la première fois que Valérie voit son mari pleurer. Ses sanglots lui font mal, elle s'agenouille à côté de lui.

— Jean, mon Jean…

— J'ai donné la formule, tu entends ? Je suis nu comme un ver. Je peux mourir !

Il a cédé devant les menaces des deux hommes. Si la vie d'Anaïs n'avait pas été en jeu, il n'aurait pas hésité, malgré ses soixante-dix ans à se jeter sur eux, à les frapper et à les pousser dehors, mais il ne pouvait pas prendre de risques, alors il a écrit la recette sur un bout de papier contre la promesse que personne ne ferait de mal à sa petite-fille et qu'il la retrouverait très vite. À présent, il comprend son erreur.

— J'ai donné la formule en pensant à cette pauvre petite qui nous appelle au secours, cette pauvre petite qui n'a jamais eu personne pour elle, pas même une mère. Je l'ai donnée parce que notre Anaïs vaut toutes les recettes du monde. Maintenant, je peux mourir.

— Ne vous en faites pas, réplique Philon. J'étais avec un collègue. Nous avons vu sortir les deux hommes et mon collègue les a pris en filature.

Baltoret n'y croit pas. La peine comprime sa poitrine. Le coup est trop dur pour sa vieille carcasse. Son cœur s'emballe, un vertige brouille sa vue. Sa tête lourde roule sur le côté. Valérie se précipite.

— Jean ? Qu'est-ce qui t'arrive ?

Philon appelle les pompiers. Évanoui, les yeux révulsés, le vieil artisan gît sur ses sacs de farine. En donnant son secret, il a perdu ce qui lui restait de forces.

Valérie secoue son mari toujours inerte. Quelques minutes plus tard, les pompiers arrivent. L'un d'eux prend le pouls de Jean et ordonne aux autres :

— Faites vite. Il faut le transporter à l'hôpital. Le Dr Bonchez est averti, il arrive et vous accompagnera dans le fourgon.

— Je reste avec lui, décide Valérie.

— Non. Laissez-nous, le temps presse !

Aussitôt, le fourgon rouge des pompiers traverse la place à pleine vitesse sans se préoccuper du feu rouge et s'éloigne de Saint-Sauveur.

C'est la stupeur au village. Le coup de grâce. Les gens sortent dans la rue, se rassemblent devant la boulangerie. Tout le monde attend des nouvelles. Certains appellent l'hôpital où ils ont une connaissance, d'autres surveillent les allées et venues à la gendarmerie et s'étonnent du calme qui y règne. Les heures passent, la vie s'est arrêtée…

Legrand n'a pas quitté des yeux les deux hommes qui ont rendu visite à Jean Baltoret. Ils sont montés dans une voiture garée à proximité de la place puis ont pris la direction de Paris. Quand ils sont arrivés à l'entrée de l'autoroute, Legrand a téléphoné à son collègue.

— Ne les lâche pas. J'avertis le patron.

Les deux hommes roulent en direction de Paris en respectant scrupuleusement les limitations de vitesse. Legrand a relevé l'immatriculation de leur véhicule qu'il communique à son collègue. Melino a donné l'ordre qu'on les laisse poursuivre leur route : ils vont aller jusqu'à Paris où les attend sans doute le commanditaire de l'opération. C'est lui qu'il faut pincer.

Mais la voiture quitte l'autoroute en direction de Roissy. Legrand parvient à passer le péage sans la perdre de vue et la suit vers l'aéroport. Melino suit l'opération en direct du commissariat d'Aix-en-Provence. À Roissy-Ouest, la voiture noire entre dans un parking souterrain. Legrand fait de même, certain de ne pas avoir été repéré par les deux hommes qui montent au niveau des départs. Melino donne l'ordre de ne les arrêter qu'au dernier moment, s'ils s'apprêtent à embarquer dans un avion. Legrand rejoint la police de l'aéroport qui lui assure que les deux hommes ne peuvent pas lui échapper.

Les inspecteurs Philon et Lejeune arrivent à leur tour.

— On s'est payé tous les radars depuis Lille, déclare Philon en souriant.

— Nos lascars sont au bar.

— On y va !

L'arrestation se fait sans esclandre. Une dizaine de policiers encerclent la table des deux hommes.

— Vous les emmenez à Lille pour les interroger, ordonne Melino. Vous les fouillez et récupérez la formule des dorés. Celui qui aura le malheur de la lire sera radié sur-le-champ !

— On n'est pas des pâtissiers ! s'exclame Philon. Et vous, vous rentrez quand ?

— Je n'en sais rien. Je suis persuadé que le nœud de l'affaire se trouve ici. Vous allez cuisiner ces deux gaillards pour qu'ils nous indiquent où on peut trouver les gamins. N'hésitez pas à les secouer, ils doivent parler !

Melino est satisfait. Maintenant qu'il a toutes les chances de retrouver Jérémie et Anaïs, il va chercher la jeune femme qui figure sur les photos qu'Anaïs a achetées.

Legrand, Philon et Lejeune arrivent au commissariat de Lille vers vingt-deux heures. Les prévenus sont transférés dans la pièce des interrogatoires. Legrand a récupéré leurs papiers, et surtout la fameuse formule qu'il a enfermée dans un coffre en attendant que son propriétaire vienne la chercher.

L'un, grand, maigre, à l'épaisse barbe noire s'appelle Jérôme Bontemps. Son fort accent du Midi vient de Marseille où il exerce le métier de brocanteur. L'autre, Claude Lemoine, petit et trapu, très brun, est marchand de voitures d'occasion dans la banlieue marseillaise. Legrand commence l'interrogatoire :

— On vous a vus entrer et sortir du magasin de Jean Baltoret. Vous avez réussi à lui soutirer la recette des dorés. C'est donc vous qui séquestrez sa petite-fille Anaïs et probablement le garçon qui l'accompagne.

Ils baissent la tête, murés dans un mutisme qui irrite rapidement les policiers.

— Votre complice, Sauteret, vous a accusés.

Pas un mot, pas un battement de cils, les prévenus immobiles regardent leurs chaussures.

— C'est lui qui vous a dit de persécuter Anaïs. C'est lui qui a montré à la jeune fille des photos de sa pseudo-mère que vous avez prises vous, tout ça pour atteindre le grand-père, l'affaiblir et lui soutirer sa recette. Donc vous allez nous dire qui vous paie. Car je ne pense pas qu'un faussaire et un marchand de voitures d'occasion aient l'intention de se lancer dans la pâtisserie.

L'interrogatoire dure des heures. Les trois inspecteurs se relaient et martèlent toujours les mêmes questions, multipliant les menaces. Sans résultat.

Depuis Aix-en-Provence, Melino et son adjoint ne perdent pas un mot de l'interrogatoire. Philon croit avoir compris que Lemoine est moins solide que son collègue. Melino propose de l'isoler et de lui sortir le grand jeu, ponctué de quelques baffes bien méritées puisqu'il a été pris en flagrant délit.

À bout de forces, Lemoine craque peu après minuit quand Legrand lui souffle :

— On sait que tu t'es laissé entraîner dans cette histoire, mais tu t'en tireras puisque tu n'as jamais été condamné. Par contre, tu crois que ton copain barbu va te faire des cadeaux ? Non, il t'a poussé dans cette aventure pour te charger, pour te faire porter le chapeau, voilà la vérité.

Claude Lemoine bouge enfin, soupire et porte une main devant son visage, autant de signes encourageants pour Legrand qui insiste :

— Si les gamins sont retrouvés morts, tu prendras perpète, par contre si on les récupère en forme, tu t'en tireras facilement puisqu'ils sont partis de chez eux de leur plein gré.

— Je n'y suis pour rien. J'ai été naïf, je me suis laissé entraîner parce que j'avais des difficultés d'argent.

— Qu'est-ce que tu as été te foutre là-dedans, avec des gens aussi peu recommandables ? Ils se sont servis de toi !

— J'ai une grosse dette. J'ai fait un emprunt pour m'installer et les affaires ne marchent pas bien. Alors, la tentation, vous comprenez ? Jérôme Bontemps a profité de mes difficultés pour m'impliquer dans une affaire de voitures volées. On les maquillait dans mon atelier.

— En plus, tu trempes dans un trafic de voitures volées ? s'emporte Legrand. Mais restons-en à ce qui nous intéresse…

— Bontemps était en relation avec Sauteret. C'est lui qui a eu l'idée. Un jour, c'était au tout début du printemps, il est venu à Aix pour voir un homme très riche, grand collectionneur avec qui il était en affaires depuis longtemps. Puis il a vu Bontemps qu'il connaissait. Tout est parti de là. Ils ont imaginé le chantage auprès de la gamine pour faire céder le propriétaire des dorés. Quelqu'un était prêt à payer très cher la recette de Baltoret. Moi, je n'étais que le fournisseur de voitures et c'est moi qui…

— Tu faisais le larbin, c'est ça ?

— C'est moi qui ai indiqué les cachettes pour les gosses. Dans la montagne de Lure. Personne n'y passe jamais !

— Quoi ? hurle Legrand. Tu vas nous dire tout de suite où ils sont !

— Je vais vous le dire, oui, mais il me faut une carte de la région et à boire s'il vous plaît. J'ai la gorge en feu.

Anaïs et Jérémie arrivent enfin à Forcalquier. La route se poursuit entre des maisons basses aux toitures de tuiles semblables à celles des photos supposées représenter Marie Baltoret. Un peu plus loin, en face d'une antique église au clocher carré, sur un monument aux morts se dresse un poilu de bronze prêt à monter au front. Au bout d'une allée de tilleuls, ils découvrent la mairie-école au fronton républicain. Ils longent un parking et, sur leur droite, un petit supermarché encore ouvert.

— Je te parie qu'il n'y a pas d'hôtel dans ce patelin, grogne Anaïs.

— Il faut acheter à manger et boire, c'est le plus urgent.

Jérémie regarde les gens entrer et sortir du magasin en pensant à ce qu'il a entendu dans la voiture.

— Bon, tu y vas, fait la jeune fille. Je vais t'attendre ici. Je ne peux pas entrer dans ce supermarché dans l'état où je suis. Je pue.

Elle lui tend un billet de cinquante euros. Anaïs qui se sent laide, fait les cent pas sur le parking en évitant le regard des gens. Jérémie revient portant un sac et deux baguettes de pain.

— On va s'asseoir sur le banc devant la mairie et on va casser la croûte, dit-il, ragaillardi par la perspective de manger.

— Je préférerais qu'on trouve un hôtel.

Jérémie arrache le quignon d'une baguette et l'enfonce dans sa bouche. Il ne tient plus. Le pain, le paquet de chips qui craquent décuplent sa faim et il se sent capable de tout dévorer.

— Tu ne vas quand même pas aller à l'hôtel avec des baguettes, du Coca et des chips ? Ça fait gamins partis en cavale. Il n'y a pas de meilleur moyen si tu veux que le patron avertisse les gendarmes.

— Bon, alors on mange vite fait !

Ils s'assoient sur un banc. Les gens qui passent les regardent distraitement, mais qui irait imaginer que ce sont les deux adolescents enlevés et gardés prisonniers quelque part en France ? Ici, à Forcalquier, il ne se passe jamais rien !

Jérémie engloutit les chips qu'il attrape à pleines mains. Anaïs s'emporte :

— Tu me fais honte. Un peu de tenue, quand même !

Ils rient tous les deux. C'est la première fois depuis bien longtemps qu'ils expriment ainsi un certain plaisir à être ensemble. Sa faim apaisée, Jérémie repense à ce qu'il a entendu dans la voiture et continue de dévisager les gens qui passent. Il n'arrive pas à se décider à en parler quand Anaïs pose la bouteille de Coca sur le banc à côté d'elle et demande :

— Tu m'as dit que les hommes avaient parlé de ma mère. Tu peux m'expliquer ?

— Cherchons un hôtel. Tu es très sale, il faut te laver. Moi aussi, je pue. Quand on sera propre, on aura les idées claires.

— Et s'ils nous retrouvent ?

— J'y crois guère. Il faudrait vraiment qu'on manque de chance !

Ils repartent. Jérémie se débarrasse de la bouteille vide et du paquet de chips dans une poubelle au coin d'une rue. Le village, plus vaste qu'il n'y paraissait au premier abord, se poursuit sur l'autre versant de la colline avec des maisons récentes. La chaleur est agréable ; les gens prennent le temps de flâner.

L'Hôtel de la Place est vétuste, mais propre. Il n'accueille que des voyageurs de commerce et, l'été, des touristes qui viennent chercher le calme de la Haute-Provence. Jérémie hésite :

— Tu vas y aller seule, décide-t-il. Un jeune couple, ça fait coupable de quelque chose. Tu comprends ?

Oui, elle comprend. Mais que va penser l'hôtelier en découvrant le pantalon déchiré de la jeune fille, son pull couvert de taches de boue. Jérémie la retient :

— Je pense que ce n'est pas une bonne idée. L'hôtel c'est pour des vacanciers ordinaires. Fagotés comme on l'est, ils se méfieraient et avertiraient les gendarmes !

— Mais je ne peux pas rester aussi crade ! s'emporte Anaïs. J'ai mal partout.

— J'ai une idée. Il y a une rivière plus bas. On va acheter de quoi se laver, des serviettes et du shampoing, ce sera moins confortable, mais plus sûr.

Anaïs réfléchit un instant. Sa décision de ne jamais revenir à Saint-Sauveur n'est peut-être pas définitive, mais rien ne presse. Se faire prendre pour une douche serait stupide.

Ils retournent au supermarché où Jérémie achète le nécessaire pour une toilette succincte. Ils sortent du village, s'enfoncent dans un sentier qui conduit au fond d'une petite vallée. Un torrent coule lentement dans des sortes de cuvettes que l'eau bouillonnante a creusées dans le roc. Ils s'assoient à l'ombre des aulnes.

— Tu crois qu'il n'y a personne ? demande Anaïs, hésitant à se déshabiller.

— Je surveille. Lave-toi. L'eau est sûrement un peu froide, mais c'est bon pour la santé.

Après avoir longuement regardé autour d'elle, Anaïs se met torse nu. Jérémie regarde à la dérobée ses magnifiques seins offerts. Ils ont grandi l'un à côté de l'autre, ils se connaissent depuis toujours, et n'ont jamais osé se regarder autrement qu'en copains. Jérémie a bien eu une aventure avec une camarade de la faculté, mais il s'en est caché, comme s'il en avait honte. De son côté, Anaïs a eu deux ou trois petits amis, mais n'en a jamais parlé au garçon. D'une nature assez farouche, elle sort peu et ne connaît pas les tumultes sentimentaux comme son amie Lola.

Jérémie ne peut détacher son regard des épaules de la jeune fille, de la chute de son dos jusqu'à sa taille dénudée, de la rondeur de ses hanches toujours enfermées dans le pantalon. Elle plonge ses cheveux dans l'eau froide, puis se lave le buste avec le gant blanc de savon. Jérémie, tout à ce spectacle, ne pensant plus à ses parents qu'il faudrait rassurer, se donne au bonheur d'être là et souhaite que la cavale dure encore longtemps. Anaïs est enfin à lui, ils sont hors du monde, seuls, et c'est merveilleux.

Elle s'essuie les cheveux, cache sa poitrine dans la serviette humide et avance vers le jeune homme, un sourire espiègle aux lèvres.

— C'est froid, mais ça fait du bien ! dit-elle en s'approchant très près, si près qu'il ne peut se retenir de poser un baiser sur son front mouillé. Le regard qu'elle lui adresse le remplit de bonheur.

À son tour, Jérémie se lave rapidement, puis tente de nettoyer la boue de son pull et de son pantalon déchiré.

— C'est la mode, affirme Anaïs. Tu es très élégant ! Mais il faut retourner au supermarché : maintenant que je suis propre, je veux aller faire mes courses.

— Comme tu veux !

Ils sont de nouveau dans le village. Jérémie ne cesse de se retourner sur les passants, de dévisager les occupants des voitures stationnées au feu. La jeune fille s'en étonne :

— Mais qui cherches-tu ? On dirait que tu attends quelqu'un !

— Je cherche…

Il redoute la réaction d'Anaïs et lui conseille :

— Va faire tes courses. Ensuite, nous trouverons un endroit tranquille pour passer la nuit et je te dirai quelque chose de très important.

Anaïs entre dans le supermarché et en ressort quelques minutes plus tard, portant un sac assez lourd.

— On va dormir où ?

— Près du torrent. J'ai remarqué des petites grottes dans les rochers. On y sera à l'abri des regards et de la fraîcheur de la nuit.

Ils reprennent le sentier parmi les rochers et les épineux, remontent le cours du torrent. Jérémie désigne une petite anfractuosité qui lui semble convenir. La nuit tombe.

— On peut se mettre là, c'est discret et à l'abri du vent.

— Si tu veux.

Ils se glissent dans la fissure et découvrent que l'emplacement est plus grand qu'il n'y paraissait de l'extérieur. Entre des touffes d'herbe sèche, le sol est couvert d'un sable blanc. Anaïs pose ses affaires à côté d'elle et s'assoit.

— J'ai pris une lampe électrique, dit-elle en fouillant dans son sac.

Jérémie s'assoit à son tour, elle lui demande :

— Ce que tu m'as crié l'autre jour, aux Lilas, tu le pensais ?

Il n'a pas oublié ce cri sorti malgré lui du fond de son être et lancé au pied des tours comme un appel au secours.

— Oui, je le pensais. Nous deux, on a grandi ensemble, on a vécu comme si on était de la même famille, et on est restés chacun dans notre coin. Mais je sais que toi, tu n'éprouves aucun sentiment pour moi, alors oublie.

— Idiot ! Qu'est-ce que tu en sais ?

Elle pousse un petit rire et se moque :

— C'est quand même au garçon à faire le premier pas. Toi, je te sens tellement coincé que je me pose des questions. Tiens, si tu mettais la pile dans la lampe, on pourrait avoir de la lumière.

— Qu'est-ce que tu as dans ton sac ? demande Jérémie qui a deviné.

— Du vin blanc ! avoue Anaïs. On va trinquer tous les deux !

— Mais enfin…

— Pourquoi pas ? Ça me fait du bien, ça me rend heureuse, et quand j'aurai bu peut-être que je t'aimerai ?

— Tu te fais du mal, tu comprends ? Beaucoup de mal !

Jérémie ne peut empêcher Anaïs d'ouvrir la bouteille. Elle a tout prévu, un tire-bouchon et des gobelets en plastique et un cutter pour ouvrir les emballages.

— Un petit verre, c'est pas grand-chose. Allez, viens, on va trinquer !

— Anaïs, je t'en supplie, arrête ça !

La jeune fille vide son premier verre d'un trait. Jérémie retient sa colère.

— À toi, maintenant. Quand on sera un peu ivres, il n'y aura plus aucune barrière entre nous !

— Écoute, Anaïs, si on est là, c'est parce que j'ai entendu les hommes qui nous ont kidnappés parler dans la voiture.

— Tu me l'as déjà dit ! fait-elle en remplissant à nouveau son verre.

— C'est ici qu'habite ta mère !

— Quoi ?

Elle paraît soudain perdue et boit directement au goulot. N'y tenant plus, Jérémie s'empare de la bouteille et la jette contre un rocher où elle se brise.

Surprise, Anaïs lui adresse un regard contrarié. C'était peut-être ce qu'elle attendait de lui, ce geste d'autorité qui est aussi un geste d'amour. Mais elle s'emporte :

— Qu'est-ce que tu as fait ? Tu n'avais pas le droit !

Elle se jette sur lui et le martèle de coups de poing. Il lui saisit les poignets et la force à l'écouter.

— Sache que je veux te garder et je te garderai malgré toi parce que je t'aime et je n'envisage pas de vivre sans toi !

Elle se calme, c'est la première fois qu'on lui parle ainsi. Il lui semble qu'elle peut relever la tête, que cet amour de Jérémie la lave de son péché originel, celui de la fille sans parents recueillie par Jean et Valérie Baltoret. Elle pose sa tête sur l'épaule du jeune homme.

— Ils ont dit que la femme photographiée, celle qu'ils t'ont présentée comme étant ta mère habitait ici. On va la chercher.

Anaïs tremble de tous ses membres, claque des dents comme si elle avait froid. Jérémie la serre contre lui et lui caresse la joue.

— Je ne veux pas, dit-elle.

— Il le faut. Sinon tu le regretteras toute ta vie. Tu dois franchir cet obstacle, même s'il te semble insurmontable. Je vais t'aider et tu y arriveras. De l'autre côté, tu trouveras le calme.

— Non. Ma mère n'a pas voulu de moi, alors pourquoi j'irais la chercher, pourquoi je lui parlerais ? Elle me déteste.

— La vérité, c'est qu'elle t'a toujours manqué. Tu te souviens de ce que tu me disais quand tu étais petite ? Tu me disais que ta mère était une princesse, qu'elle vivait dans un grand château et qu'elle n'avait pas le temps de s'occuper de toi, mais que tu la rejoindrais un jour.

— C'est bien là le drame. Je me suis fait tellement d'illusions ! Mes rêves avaient une telle force que je m'y réfugiais chaque fois que quelque chose n'allait pas. Je comptais les jours qui me séparaient d'elle, je l'attendais à chacun de mes anniversaires et, comme elle ne venait pas, je lui trouvais une bonne raison et j'attendais l'année suivante. C'était si fort ! Ce rêve, cette certitude que ma mère m'aimait et qu'elle avait hâte de venir me chercher a duré jusqu'à ce que Karim me parle. Alors, tout s'est écroulé, je n'étais plus qu'une enfant abandonnée.

Les tremblements cessent. Un sanglot soulève les épaules de la jeune fille. Les larmes roulent sur son visage, mouillent la joue de Jérémie qui la tient toujours contre lui.

— Je me dis que je ne mérite pas de vivre.

— Je suis avec toi. Fais-moi confiance.

Sans rien ajouter, elle sort le cutter de son sac et se met à tailler machinalement un morceau de bois en fins copeaux.

— Quand j'étais petite, avec grand-pa, on allait à la pêche à l'étang et il m'avait appris à faire des sifflets. Mais j'ai oublié…

Elle range le cutter dans son sac et se pelotonne contre lui, le serre dans une étreinte désespérée, celle de quelqu'un qui s'accroche au bord de la falaise afin de ne pas glisser dans l'abîme.

— Tu sais, si tu n'étais pas venu avec moi, je ne suis pas sûre que j'aurais eu le courage…

— N'en parlons plus.

Aux soins intensifs de l'hôpital de Valenciennes, Jean Baltoret revient lentement à lui. Il a frôlé la mort ; les médecins ont réussi à relancer son cœur. Le vieil homme est usé, pourtant, après une nuit éprouvante, il se remet lentement. Valérie est enfin autorisée à lui tenir compagnie. Elle s'approche du lit et découvre un visage blême, comme amaigri depuis la veille. Elle n'ose pas l'embrasser.

— Il nous a fait très peur, mais soyez rassurée, il sera sur pied dans quelques jours, dit l'infirmière en quittant la pièce.

Valérie observe longuement son époux. Cet homme robuste n'est pas à sa place ici. Il semble à Valérie qu'il peut mourir d'un instant à l'autre, qu'elle le voit pour la dernière fois.

Il tourne vers elle ses yeux larmoyants de vieillard épuisé, lui tend une main blanche et froide qu'elle saisit. Enfin, il dit :

— C'est parce que j'ai donné mon secret, dit-il, comme pour justifier sa présence sur ce lit d'hôpital. J'ai plus rien à faire.

— Non, tu n'as rien donné du tout. J'ai eu l'inspecteur Legrand. Avec son collègue, ils ont réussi à capturer les deux hommes. Ils n'ont pas eu le temps de communiquer ta recette. Elle est dans un coffre, bien en sécurité au commissariat de Lille.

Le regard de Jean s'illumine, il bouge la tête, se redresse sur ses coudes. Son visage retrouve un peu de couleurs.

— Tu en es certaine ?

— Oui, il m'a téléphoné ce matin et il m'a demandé de tes nouvelles.

— Alors, je n'ai plus rien à faire ici !

Jean s'assoit sur le lit, brusquement requinqué. Un miracle ! Il se met sur ses pieds et marche d'un pas assuré jusqu'au lavabo. Valérie se demande quelle était la part de comédie dans son malaise.

— Mes habits ? Où sont mes habits ?

— Mais enfin, Jean, tu te rends compte ?

— Je sais ce que j'ai à faire. Ce ne sont pas des médecins qui vont me donner des ordres. Je n'ai plus le temps de mourir, on verra ça plus tard !

Valérie hésite puis sort dans le couloir et appelle à l'aide. Plusieurs personnes accourent et trouvent Jean en train de s'habiller.

— Vous ne pouvez pas partir, lui dit un infirmier en l'obligeant à s'asseoir. Vous êtes gravement malade. Vous pouvez tomber d'un instant à l'autre.

— C'est pas de rester ici qui m'évitera ça. Alors, laissez-moi tranquille.

On appelle le Dr Renaud qui entre en trombe dans la chambre, demande à s'entretenir seul avec le couple. Les autres sortent.

— Monsieur Baltoret, je vous en supplie, réfléchissez un instant, vous ne pouvez pas partir !

— C'est pas vous qui allez m'en empêcher. Jusqu'à nouvel ordre, ma vie m'appartient et j'ai le droit de la mettre en danger si je veux.

— Non, vous n'en avez pas le droit !

— Ah bon ? s'emporte Jean. À l'armée, on ne m'a jamais dit que je n'avais pas le droit de mettre ma vie en danger ! Alors, laissez-moi tranquille. Ce qui m'est interdit, c'est de mourir en laissant certaines choses en plan !

— Je t'en supplie, insiste Valérie. Repose-toi encore un peu. Rien n'est urgent, ta recette est dans le coffre de la police, personne n'y touchera.

Il a réussi à enfiler son pantalon, mais il trébuche. Lui, qui croyait avoir recouvré toutes ses forces, parvient à peine à faire un pas. Ses membres sont gourds, ses pensées se brouillent de nouveau.

— Recouchez-vous, insiste le Dr Renaud. Je vous promets que si tout va bien vous pourrez sortir dans deux ou trois jours.

Jean ne résiste pas quand le médecin l'aide à s'allonger tout habillé. Il a surestimé ses forces, un voile noir s'est formé devant ses yeux. On entend quelqu'un parler dans le couloir, une voix forte, timbrée, habituée à donner des ordres. Jean sursaute, grimace. Valérie sort devant la porte et s'étonne de voir arriver Bernard Staffin.

— Il faut que je lui parle ! insiste l'homme à deux infirmières qui tentent de l'arrêter.

Le Dr Renaud intervient :

— Laissez-le passer, mais, pas plus de trois minutes !

— C'est plus qu'il n'en faut pour ce que j'ai à lui dire, réplique Bernard en entrant dans la chambre.

Le visage de Jean retrouve sa pâleur maladive. Staffin s'approche.

— Il faut que tu saches, Jean, que je ne suis pour rien dans tes malheurs. Je te le jure !

Jean se demande si son ancien ami vient là pour l'achever par une nouvelle trahison ou pour le réconforter, et il ne sait pas quelle attitude adopter.

— Le type qu'ils ont arrêté, je ne savais rien de lui, poursuit Staffin. Je lui ai loué un appartement parce qu'il me l'avait demandé et que le logement était libre. C'est un gars d'ici, mais je ne savais pas qu'il avait été condamné à plusieurs reprises. J'ai bien connu sa mère.

— Bernard, se décide enfin Jean, j'ai des torts envers toi, pardonne-moi.

Staffin prend la main tendue du malade et la serre dans la sienne. Une douce chaleur se répand dans la poitrine de Jean qui mesure combien son ami lui a manqué.

— Comprends-moi, je ne saurais dire pourquoi, mais je ne pouvais partager la recette avec personne. Maintenant que je suis là, au bord du gouffre, je pense autrement.

Malgré sa voix puissante, sa carrure, sa manière assez brutale de parler à ses employés, le pâtissier de Valenciennes est un sensible. Ses yeux se mouillent.

— T'occupe pas de la recette, je ne demande qu'à retrouver ton amitié. On a été frères, il faut qu'on le redevienne ! J'ai compris l'autre jour, quand tu m'as menacé avec ton pistolet, qu'on était des idiots tous les deux ! Alors, si tu veux m'en croire, jette la recette au feu et tout ira mieux.

Le Dr Renaud fait signe au visiteur qu'il doit sortir. Staffin serre énergiquement la main du malade et se dirige vers la porte. Quand il se retrouve seul, Jean se sent tout à coup plus léger, délesté d'un poids qui l'oppressait énormément, sans qu'il en ait eu conscience.

— A-t-on des nouvelles d'Anaïs et de Jérémie ? demande-t-il à Valérie.

— Les recherches se précisent, répond-elle. L'inspecteur Legrand me l'a confirmé. Il m'a dit qu'il avait une piste sérieuse…

— C'est bien.

Une piste sérieuse. C'est du moins ce que croit le commissaire principal Melino. Il s'est levé ce matin très tôt pour partir aux premières heures de l'aube. Il a mal dormi dans cette chambre d'hôtel qui sentait le renfermé et le tabac. Hier, vers minuit, Legrand lui a envoyé par mail un compte rendu succinct de l'interrogatoire des deux suspects arrêtés. Les recherches vont commencer au lever du soleil. Déjà, les hommes se rassemblent dans la cour du commissariat. La gendarmerie locale va donner un coup de main car il va falloir ratisser une région assez étendue, les indications de Lemoine étant imprécises.

Melino trouve Lepaul au bar. L'hôtelier lui apporte un café qu'il boit en silence, préoccupé. Sur la place, les moteurs des véhicules tournent au ralenti.

— On y va, fait Melino en fermant son blouson car il fait frais.

L'aube blanchit le ciel. Les fourgons s'éloignent sur la route escarpée de la montagne de Lure. Un chien policier a été embarqué pour faciliter les recherches dans cette région difficile à quadriller, où les routes sont rares et où les sentiers de mulet se perdent dans des taillis d'épineux souvent impénétrables.

Le cortège se dirige d'abord vers le point le plus proche, celui où serait retenue Anaïs, dans les ruines d'une sorte d'ancienne maison forte. Les fourgons grimpent dans la montagne où souffle un vent gelé. Très vite, la voiture de tête où se trouve Melino ralentit et s'arrête à un croisement. Les indications de Lemoine sont beaucoup trop floues. Se fiant au GPS qui indique un point sur la carte, ils ont l'impression de rouler au hasard.

— Il faut trouver la première cachette, marmonne Melino. On sait que la seconde sera sur la même route à quelques kilomètres, en contrebas, dans un ancien moulin.

— Ici, c'est le bout du monde, répond Arguet. Il n'y a plus personne. Les villages sont abandonnés, seuls les bergers fréquentent ces montagnes en été. Trop loin de tout et surtout trop aride.

Ils parcourent plusieurs routes étroites, défoncées par le gel, font demi-tour, cherchent avec des jumelles ce qui pourrait ressembler à des ruines.

— On va s'arrêter au prochain croisement et on va appeler Legrand. Tant pis s'il est encore au lit. Il ira trouver Lemoine qui nous indiquera le chemin à suivre.

Sans attendre, Melino appelle l'inspecteur Legrand qui, après avoir interrogé les suspects jusqu'à une heure avancée de la nuit, est effectivement au lit. Réveillé en sursaut, il fait aussitôt venir Lemoine et le somme d'être précis dans ses explications.

— Prends ce téléphone et guide-les. Gare à toi si tu les conduis dans une impasse ! grogne Legrand.

Les policiers découvrent enfin les ruines, difficiles à remarquer depuis la route principale. Le chien flaire aussitôt une piste. Melino qui peine à marcher sur le sol escarpé, attend en retrait. Le commandant de gendarmerie lui crie :

— Il n'y a personne. La fille est partie. Elle a sûrement séjourné ici, mais les ravisseurs l'ont emmenée.

Melino pousse un juron et trépigne de colère. Il téléphone de nouveau à Legrand qui se trouve toujours auprès de Lemoine.

— Dis-lui que la fille n'est plus là et qu'il se dépêche de lâcher ce qu'il sait, sinon…

— Sinon quoi ?

— Tu lui casses la gueule, tu le réduis en miettes ! J'en ai marre de me faire trimballer d'un endroit à un autre.

Lemoine n'en démord pas : Anaïs a été attachée dans la cave, Jérémie se trouve un peu plus loin dans la montagne. Il ne sait pas si son complice avait averti quelqu'un d'autre. Il n'est au courant de rien.

— Bon, hurle Melino, on va fouiller le moulin.

Une dizaine de minutes plus tard, les fourgons de gendarmerie s'arrêtent sur le sentier qui grimpe à flanc de colline. En contrebas, le vieux moulin, bien dissimulé par la végétation est à peine visible de la route principale. Les gendarmes dévalent la pente et constatent aussi que l'endroit est désert. Melino n'en peut plus et s'en prend à tout le monde.

— On rentre ! fait-il, tel un surveillant face à des élèves indisciplinés.

Anaïs s'est endormie blottie contre Jérémie qui n'ose plus bouger. Le garçon reste ainsi de longues heures, heureux de sentir le corps chaud de la jeune fille, de s'enivrer de sa présence, de l'odeur de shampoing dans ses cheveux. Il pose ses lèvres sur sa joue. Le temps s'arrête, il aimerait rester ainsi une éternité. Anaïs est encore une petite fille par bien des aspects. Sa dérive n'est qu'un faux pas. Jérémie saura lui montrer le chemin, c'est la seule manière de gagner son amour.

Il fait froid, et, dans son sommeil, Anaïs se love un peu plus contre son camarade qui resserre l'étreinte de ses bras. Dans cette nuit immobile, bercé par le léger roulement du torrent, le jeune homme entend des voix lui murmurer des choses simples pressenties depuis longtemps et jamais formulées. Il se dit que sa place est peut-être auprès de ses parents avec Anaïs, parmi les fleurs qu'il a appris à connaître sans effort.

Anaïs remue dans son sommeil, chuchote quelque chose. Jérémie lui caresse les cheveux pour la rassurer. Jamais il ne s'est senti aussi heureux. Il n'a connu qu'une fille à la fac et s'invente parfois des aventures pour ne pas être en reste auprès de ses camarades, mais Jérémie est un timide qui n'ose pas aller vers les autres et puis, les amours sans lendemain ne l'intéressent pas. Avec Anaïs abandonnée près de lui il se dit qu'il a eu raison.

Le ciel s'éclaircit. Les oiseaux font un tel raffut qu'Anaïs se réveille. Elle bouge, déplace sa tête, ouvre des yeux étonnés. Elle tourne son visage clair vers Jérémie qui voit ses lèvres dessinées par une poudre de lumière.

— As-tu bien dormi ?

Elle se lève sans répondre, fait quelques pas sur la berge. Le torrent reflète des flaques de lumière qui bougent et se brisent en éclats froids. Anaïs revient vers Jérémie, s'assoit près de lui.

— J'ai fait un rêve étrange, dit-elle. On marchait tous les deux dans un chemin tout droit qui montait au flanc d'une montagne. Des grondements venaient de la terre. Quand on arrivait en haut, il y avait un grand bruit, un coup de tonnerre et la montagne se mettait à cracher du feu. On était entourés d'étincelles, de braises, et pourtant on ne se brûlait pas !

Il l'attire près de lui. Elle pose la tête sur son épaule. Le cœur de Jérémie bat si fort qu'il peine à parler.

— Moi, je t'ai écoutée dormir, j'ai senti ton souffle régulier sur ma joue, et dans mes mains tes doigts se contractaient parfois. Il ne pouvait rien t'arriver parce que j'étais là.

Elle a l'impression de naître. L'amour de Jérémie la rendrait-il belle ? Le jeune homme approche son visage du sien, ses lèvres des siennes. C'est elle qui se serre contre lui. Un bref baiser, puis elle se libère :

— C'est curieux, dit-elle. On se connaît depuis toujours, alors certaines choses paraissent difficiles, comme interdites.

— Mais elles ne le sont pas. Et si tu as pu penser que je te surveillais quand tu allais aux Lilas, que je te collais, c'était surtout pour te protéger, pas pour t'enfermer.

Est-ce l'évocation de la cité des Lilas qui la replonge dans sa sordide réalité ? Le charme est rompu d'un coup. Elle redevient Anaïs la torturée et déclare d'une voix qui n'est plus celle de l'instant d'avant :

— J'ai pas envie de rester ici. Je sais pas pourquoi, mais je sens un danger proche, comme si un serpent guettait pour se jeter sur moi à la première occasion.

— Je suis là, je tuerai tous les serpents qui t'approcheront.

Ils marchent le long du torrent qui cascade jusqu'à la retenue naturelle où ils se sont lavés la veille. Anaïs cherche dans le sac du supermarché la crème pour le visage et son peigne. Jérémie passe la main sur son menton râpeux d'une barbe de trois jours. Il n'a pas pensé à acheter un rasoir, cela n'a pas d'importance. Il s'accroupit sur la berge et s'asperge le visage d'eau froide. Anaïs lui tend sa serviette.

Le soleil illumine les collines. Ils reviennent en ville. Les premiers touristes sont arrivés et les têtes inconnues attirent moins l'attention des autochtones. Ils entrent dans un café et commandent un petit déjeuner, café, croissants et pain grillé. Jérémie mange avec appétit, Anaïs grignote. Le gros titre d'un journal posé sur la table voisine attire l'attention de la jeune fille : « Qui a enlevé Anaïs et Jérémie ? » Jérémie cesse de manger.

— On y va ! dit-il.

La jeune fille règle les consommations sans oser lever les yeux sur le barman. Dans la rue, les deux jeunes gens marchent très vite, redoutant d'être remarqués par les passants. Ils arrivent à une sorte de promenade avec des bancs sous des tilleuls qui embaument.

— Je me demande si on a eu raison de ne pas téléphoner, remarque Jérémie. Maintenant, nous voilà traqués comme des chiens errants.

Comme elle ne répond pas, il lui demande :

— Tu veux toujours disparaître ? Ne jamais revenir à Saint-Sauveur ? On est majeurs tous les deux, on peut aller à Marseille et prendre l'avion pour le Canada.

Après avoir vu le volcan en éruption dans son rêve, Anaïs a aperçu une femme qui hante ses pensées depuis toujours, et cette femme lui souriait.

— Ma mère a peut-être été réellement enlevée par un fou.

— Non, ta mère est dans ce village. Le barbu en a parlé dans la voiture. C'est pas très grand, on devrait la retrouver facilement.

Retrouver sa mère ! Anaïs en a rêvé toute son enfance et quand Karim lui a dit qu'elle était vivante, le beau roman bâti au fil des années s'est écroulé sur lui-même. La certitude que sa mère avait fui Saint-Sauveur pour ne plus la voir s'est imposée dans sa cruelle évidence. Elle frissonne, prend la main de Jérémie, et ils marchent en silence dans l'allée. Ils arrivent dans une rue commerçante où les passants sont déjà nombreux. Anaïs serre plus fort la main de son compagnon.

— J'ai peur, lui souffle-t-elle. Depuis que nous sommes arrivés ici, j'ai peur. Je sens un danger. Savoir qu'elle est là, qu'elle respire le même air que moi me terrorise. Si on partait ?

— Courage, je suis là !

— Elle est tellement belle, tu comprends ?

— Arrête, je te dis.

Ils déambulent au hasard des rues. Leur photo a été publiée dans les journaux et sur Internet, mais personne ne fait attention à eux. La disparition de deux jeunes du Nord ne concerne pas les gens d'ici : les drames se passent ailleurs, à Toulon, à Marseille, dans les grandes villes. Il y a toujours un écran de télévision entre les événements hors du commun et la vie locale.

Tout à coup, Anaïs serre la main de Jérémie à l'écraser. Elle se met à trembler, trébuche. En face d'eux, sur le même trottoir, une femme avance, brune, les cheveux mi-longs, un beau visage éclairé par un regard clair. Vêtue d'un tailleur rouge, elle est très élégante, ses talons aiguilles lui donnent une démarche légère et distinguée. C'est la femme de la photo, à n'en pas douter, et quelle ressemblance avec Anaïs !

— Viens, fait la jeune fille en tirant Jérémie dans une ruelle voisine.

Elle marche très vite. Si Jérémie ne la retenait pas, elle se mettrait à courir pour fuir cette vision qui la mord au plus sensible de sa personne. La ruelle donne sur une sorte de terrain vague couvert d'herbes où les cigales chantent. Anaïs, à bout de souffle, s'assoit sur une souche, cache sa tête dans ses bras. Jérémie la prend par les épaules.

— Laisse-moi, crie-t-elle. Tu vois bien que j'avais raison.

Elle gémit comme un animal blessé que le chasseur tarde à achever. Jérémie la serre très fort contre lui. Parler ne servirait à rien. Il est lui-même empli de doutes, pourtant il n'a pas le droit de craquer.

— Anaïs, je t'en supplie, écoute-moi.

— Qu'est-ce que tu veux me dire ? hurle la jeune fille. À côté d'elle, je ne suis qu'un avorton !

— Pour moi, tu es la plus belle !

— Tu ne m'as jamais regardée ? Je suis tellement moche, je comprends pourquoi ma mère a voulu me jeter !

— Je t'en prie, Anaïs, réplique Jérémie à bout d'arguments.

— Comment veux-tu que j'ose me montrer devant cette femme ? Tu as vu ses grands yeux ? Tu as vu son élégance ?

Elle s'échappe, court dans le sentier. Jérémie ne peut pas comprendre. Il n'a jamais dû essuyer le regard des autres, les moqueries, les remarques qui sont autant de rejets. La prévenance excessive de Valérie et de Jean a toujours révolté Anaïs. Rebut depuis sa naissance, la jeune fille s'est réfugiée dans ses rêves, mais la réalité vient de lui infliger un terrible désaveu : sa mère est encore plus belle que dans son imagination. La confrontation est impossible. Elle est venue ici poussée par un espoir stupide, une dernière tentative de survie et la voilà reléguée sur un tas d'immondices.

Elle lève les yeux vers le ciel éblouissant. Tout est beauté dans la lumière aveuglante. Autrefois, les Spartiates jetaient du haut d'une falaise les nourrissons malformés ou non désirés. C'est ce que sa mère aurait dû faire : Anaïs n'est que le résultat d'une erreur de jeunesse, d'une soirée probablement arrosée, d'un moment de plaisir, certainement pas d'amour…

Elle plonge la main dans la poche de son jean. Le geste est brutal, irréfléchi. La petite lame du cutter brille au soleil, tranche la peau du poignet offert. Le sang gicle de l'entaille.

Le geste a été si rapide qu'elle n'a ressenti aucune douleur. Elle regarde avec horreur le flot rouge qui bouillonne à son poignet, roule sur la paume de la main, s'échappe au bout de ses doigts en gros filets. « Je vais mourir » pense-t-elle, effarée. Puis elle cède à la panique, court droit devant elle, appelle Jérémie, mais le son de sa voix se perd dans le vacarme des cigales. Elle fuit en poussant des cris. « Au secours, je ne veux pas mourir ! » Dans sa panique, elle s'éloigne du sentier de chèvres, s'enfonce dans les taillis, perd l'équilibre et tombe sur un rocher brûlant.

Vidé de ses forces, Jérémie s'assoit sur un tertre d'herbes sèches. La chaleur, la fatigue, le bruit des cigales l'étourdissent. Il reste un long moment indécis, puis se redresse. Il a vaguement entendu un cri dans le crissement des insectes. Où est Anaïs ? Pourquoi l'a-t-il laissée filer ? Il court à travers les touffes d'herbe qui le freinent, arrive au bout du terrain vague. Un sentier s'enfonce sous un taillis d'oliviers sauvages et se perd dans les épineux au flanc d'une colline grillée par le soleil. Il croit encore percevoir comme un bruit étouffé, quelque chose d'indéfini qui pourrait aussi bien venir d'un animal que d'une branche frottant contre une autre branche. Il se dirige vers un taillis de genévriers et découvre Anaïs étendue sur un rocher en plein soleil. Ses vêtements sont couverts de sang. Jérémie la soulève et constate la blessure au poignet.

— Anaïs, hurle Jérémie. Qu'est-ce que tu as fait ?

— Je veux pas mourir, gémit-elle.

Elle tente de relever la tête mais n'en a pas la force. Le soleil lui brûle la face. Que faire sans portable, sans aucun moyen pour appeler au secours ?

— Vite ! fait Jérémie en regardant vivement autour de lui.

Il hurle en courant vers le village, glisse sur l'herbe sèche, tombe dans un fourré de ronces, se relève sans prêter attention à la vive douleur de ses mains et de ses jambes griffées, reprend sa course en direction du village.

Enfin quelqu'un l'entend. Un groupe de randonneurs qui passait tout près lui fait signe. Il explique que son amie est gravement blessée, qu'il faut appeler le SAMU. Un homme court jusqu'à la jeune fille, déchire sa chemise pour faire un garrot.

Cinq minutes plus tard, un fourgon de pompiers s'arrête à la hauteur d'Anaïs qui a perdu connaissance. Ses vêtements sont imprégnés de sang séché. On la dépose dans le véhicule qui part à toute vitesse vers l'hôpital d'Aix-en-Provence. Jérémie est retenu par les policiers qui aimeraient avoir quelques explications sur le déroulement du drame.

Vers seize heures, le village semble dormir sous un ciel gris et une chaleur qui annonce l'orage. Saint-Sauveur, entièrement tourné vers son passé, se cherche désespérément un avenir que beaucoup voient dans la production des dorés. Mais comment oublier le bruit incessant de l'énorme roue qui tournait au sommet du chevalement, la poussière de charbon qui s'insinuait jusque sur les draps de lit ? Ici, les fleurs étaient grises et personne ne s'en plaignait. Autour du puits 34, les bistrots aujourd'hui transformés en habitations, ne désemplissaient pas. En attendant l'heure de descendre, les hommes buvaient de la bière, remplacés après leur départ par ceux qui étaient remontés. Les jours de paie, c'était la fête. Des bagarres éclataient entre les mineurs locaux et les Polonais accusés de travailler pour une bouchée de pain. Ces jours-là, dans le coron, les enfants se tenaient à l'écart…

Après la curiosité des premiers jours, les gens ne s'attardent plus sur les trottoirs ou sur la place entre la mairie et l'église. Ils se barricadent chez eux, écoutent la radio, guettent la rue à l'affût de la moindre information. Le maire passe ses journées dans son bureau attendant un coup de téléphone, et n'en sort que pour se rendre à la gendarmerie où le commandant lui signifie qu'il n'a rien de nouveau.

Depuis que Jean Baltoret est parti à l'hôpital, la fabrique des dorés a fermé ses portes. Sans le patron pour faire les mélanges, les employés ne peuvent plus travailler. Valérie les a rassurés : les journées perdues seront intégralement payées. Seule la boulangerie reste ouverte : le boulanger et le pâtissier sont autonomes, Micheline continue de servir les clients, mais le pain n'a pas sa saveur habituelle ; personne ne s'en plaint.

La nouvelle arrive en début d'après-midi et fait l'effet d'une bombe. Une clameur monte dans la rue principale. Toutes les radios l'annoncent en même temps : on a retrouvé Anaïs et Jérémie. Les gens se rassemblent devant la gendarmerie pour commenter l'heureux événement. Chantal, en l'apprenant, s'écroule derrière son comptoir. Gilles a pu parler avec Lepaul qui l'a assuré que Jérémie est en bonne santé quelque part à Aix-en-Provence. Mais que fait-il là-bas ? Le commissaire Melino qui a demandé qu'aucune information sur le voyage à Marseille d'Anaïs et Jérémie ne soit divulguée a été obéi à la lettre. Les commentaires vont bon train, c'est une manière d'exprimer sa joie et le soulagement général.

À l'hôpital de Valenciennes, ce matin, à l'heure des visites, François vient voir son père. Le vieil homme l'embrasse en retenant une grimace : son fils a encore abusé de sa lotion après-rasage dont il n'aime pas l'odeur. La petite Pauline saute sur le lit et commence à parler à l'oreille de son grand-père. François les prend en photo.

— On dirait que tu vas bien ! fait François. Je suppose que tu ne vas pas tarder à sortir.

— Le plus vite possible, répond le vieil homme irascible qui n'a jamais supporté aucune contrainte. Si ta mère ne me retenait pas, il y a longtemps que je serais dehors !

Ils pensent tous les deux à Anaïs qu'on a enfin retrouvée. Depuis la disparition de la jeune fille, François n'a pas quitté Pauline des yeux craignant qu'elle soit la prochaine victime.

— Si j'ai un conseil à te donner, insiste ce dernier, défais-toi des dorés. Ce n'est plus de ton âge. Cette alerte devrait te faire comprendre que tu n'es plus très fort. Prends donc le temps de vivre un peu !

Jean qui a retrouvé sa vitalité s'emporte :

— Et tu crois que je vais céder devant des bandits ?

La certitude que Bernard Staffin n'est pour rien dans l'enlèvement de Marie et d'Anaïs le conforte dans sa détermination.

— Jamais, tu m'entends, jamais je ne céderai ! Ce serait faire la part belle aux crapules !

— Ah bon ? Tu préfères te tuer au travail ? Je ne sais pas, moi, mais après tant d'années, ça ne te ferait pas plaisir de ne plus avoir à te lever à quatre heures du matin, de prendre le temps d'aller à la pêche, de vivre en paix ?

— La retraite n'est pas faite pour moi.

— Écoute, poursuit François, les dorés ont gâté la vie de toute la famille. Sans eux, toi et moi, on aurait pu avoir des projets communs. Si tu prenais ta retraite, on pourrait se voir plus souvent. Maman et toi, vous manquez à Pauline, mais vous n'avez jamais le temps de vous occuper d'elle ! Pense un peu aux autres !

François a su toucher le vieil homme à un point sensible. Il a souvent eu envie de se rapprocher de son fils et de sa petite Pauline qu'il ne connaît pas bien, mais comment supporter cette sensation de nudité absolue, de désespoir à la seule pensée que d'autres pourraient fabriquer les dorés à sa place ?

Valérie entre dans la chambre, embrasse son fils et soulève Pauline dans ses bras.

— Qu'est-ce qui se passe ? demande-t-elle en voyant la tête de François. Vous vous êtes encore disputés ?

— Dis-lui, toi, qu'on ne vit plus à cause de ses dorés. Dis-lui qu'on voudrait vous voir plus souvent, qu'on aimerait partir en vacances avec vous.

Partir en vacances, faire des voyages ! Le grand rêve de Valérie. Mais il ne faut rien espérer de Jean, toujours attaché à sa production, toujours occupé. Elle lui avait demandé, voilà plusieurs années, de s'arrêter une semaine, le temps d'aller faire une croisière en Méditerranée. Il n'a pas dit non, mais n'a jamais trouvé le temps.

— On ne refera jamais ton père, soupire-t-elle. Il faut le prendre comme il est.

La résignation de sa mère offusque François qui préfère cependant ne pas insister. Il consulte sa montre : lui aussi est pressé.

Il prend la main de Pauline qui rechigne à s'en aller. Devant la porte, deux policiers en civil les attendent et les suivent discrètement.

— En plus ça coûte une fortune au contribuable ! s'emporte François.

Vers cinq heures de l'après-midi, le Dr Renaud reçoit un appel du commissariat de Lille qui lui révèle ce que la presse a soigneusement tu : Anaïs a été hospitalisée dans un état très grave.

— Il faut avertir ses grands-parents. On espère la sauver, mais elle est très faible. Peut-être devraient-ils venir la voir tant que c'est possible !

Le médecin hésite, puis se décide. Il se rend dans la chambre où Jean est bien déterminé à sortir dans la soirée. Dès qu'elle le voit, Valérie comprend qu'il n'apporte pas une bonne nouvelle.

— Votre petite-fille ne va pas bien, annonce Renaud.

— Qu'est-ce que vous dites ?

— Elle est hospitalisée à Aix-en-Provence. On craint… On craint pour sa vie.

— Que s'est-il passé ? demande Valérie au comble de l'anxiété.

— Je n'en sais rien. Les policiers n'ont rien voulu me dire.

— Alors on part tout de suite ! s'emporte Jean en sautant de son lit avec une énergie étonnante.

— Le commissariat vous propose de prendre le premier TGV. Quelqu'un vous attendra à la gare pour vous conduire à son chevet.

En quelques secondes, Jean s'est habillé et sort sous le regard incrédule du médecin. Le Dr Renaud aurait pu l'empêcher de prendre le risque d'un voyage aussi éprouvant, mais il ne s'en est pas reconnu le droit.

— Si vous sentez un malaise arriver, ajoute-t-il, avalez rapidement un de ces comprimés. Une équipe médicale vous attendra également à la sortie du TGV.

— J'ai pas besoin de tout ça, s'emporte Jean. Laissez-moi tranquille.

Jean et Valérie regagnent le parking, accompagnés par le médecin et les infirmières qui multiplient les recommandations.

— J'ai ma voiture, dit Valérie d'une voix retenue.

— On prend le premier train, ajoute Jean conscient d'être en sursis.

Pendant que Valérie conduit, Jean téléphone à Melino qui reste très prudent :

— Je ne peux rien vous dire. Nous avons retenu deux places dans le TGV de dix-huit heures vingt-deux. Un médecin de Marseille se trouvera dans votre voiture. Il rentre d'un congrès à Bruxelles et a pour mission de s'occuper de vous à la moindre alerte. Legrand, un collègue, vous remettra vos billets sur le quai numéro quatre. À Marseille, vous serez pris en charge par une équipe locale.

Jean coupe la communication en se demandant pourquoi médecins et policiers se préoccupent autant de lui. Son état serait-il plus grave qu'il ne le croit ?

Tout se passe comme prévu malgré un ralentissement à l'entrée de Lille qui fait redouter à Valérie de rater le train. Ils trouvent facilement une place sur le parking de la gare pourtant presque toujours complet. Sur le quai numéro quatre, le policier les attend près de la borne jaune. Ils embarquent pour l'autre bout de la France, la ville de « Plus belle la vie ». Jean a la certitude qu'il ne reverra jamais Saint-Sauveur. À côté de lui, Valérie retient ses sanglots et essuie constamment ses yeux rougis de larmes. Elle ne pense pas. Son esprit reste plongé dans une obscurité où pataugent des monstres. Elle redoute d'affronter le pire, considérant que rien de bon ne lui est jamais arrivé. Et elle maudit une fois de plus l'obstination de Jean à avoir voulu conserver son secret. Valérie envie sa sœur, qui n'a pas autant d'argent qu'elle, mais n'a perdu aucun de ses quatre enfants…

Le TGV arrive en gare de Marseille Saint-Charles à vingt-trois heures trente. Les gens sautent du marchepied et se ruent sur le quai vers la sortie, bousculant les deux vieux qui n'ont pas l'habitude de tant de précipitation. Valérie se rend compte qu'elle n'a rien pour se changer, ni même ses effets de toilette. Pour une nuit, ce n'est pas grave, ensuite, elle se débrouillera.

Le commissaire Melino les attend en personne avec son adjoint et deux infirmiers. Jean retient un mouvement d'humeur et demande :

— Alors ?

— On va tout de suite à l'hôpital, déclare le commissaire principal. Votre petite-fille est dans un état très grave.

— Mais pouvez-vous me dire ce qui s'est passé ? insiste Valérie.

— Un accident. Je ne sais rien de plus.

Ils redoutent d'arriver trop tard. Les infirmiers aident Jean et Valérie à prendre place dans leur ambulance. Les deux policiers partent devant, le gyrophare allumé dans les rues encombrées de Marseille.

Trois quarts d'heure plus tard, ils arrivent à Aix-en-Provence. À l'hôpital, ils montent au pas de course au deuxième étage. Jean souffle et redoute que son cœur ne lui joue un autre mauvais tour. Il sent venir un de ces vertiges qui le prennent avant chaque crise, mais il serre les dents et le malaise se dissipe. À l'étage, une infirmière les conduit à la salle d'attente. Une personne est assise dans un coin, la tête renversée sur son épaule droite. C'est Jérémie qui sursaute. Son visage est empreint d'une grande lassitude.

— Elle vous a réclamés ! dit le jeune homme.

Deux infirmières demandent à Valérie et Jean de les suivre.

— Anaïs est en salle de soins intensifs, précise l'une d'elles. Vous allez devoir mettre des vêtements stériles. Après plusieurs transfusions, l'état d'Anaïs semble stationnaire, mais sa grande faiblesse interdit tout optimisme.

Une fois Valérie et Jean vêtus de leurs combinaisons stériles, une infirmière leur fait traverser deux sas, puis les conduit dans une pièce abondamment éclairée. Plusieurs personnes vêtues comme eux s'activent autour d'un lit cerné de machines. Anaïs est là ; des tubes sortent du masque qui cache en partie son visage, des fils la relient à un gros appareil où clignotent des lumières. Un infirmier fait signe aux grands-parents de s'approcher. Le regard d'Anaïs va de l'un à l'autre. La grand-mère s'enhardit à prendre la main posée sur le drap et la serre. Elle remarque alors le gros pansement au poignet, mais n'en comprend pas la raison. La malade contracte les doigts à son tour.

— Ma chérie, on a eu si peur ! On t'aime tant !

Jean reste en retrait, mais ne perd rien de la scène. Il pense à Dieu, cette force qu'il n'a jamais eu le temps de prier et qu'il a toujours considérée comme inutile. À cet instant, il comprend combien elle pourrait l'aider et répète : « Je jure que si la petite s'en sort, je donnerai le secret des dorés ! »

— Bon, intervient un infirmier, il ne faut pas la fatiguer. Vous l'avez vue. Vous la reverrez demain. Maintenant, il faut la laisser se reposer.

Ils retournent à la salle d'attente où Jérémie lutte contre le sommeil. La présence des grands-parents d'Anaïs lui redonne espoir, car il sait que la jeune fille y a été sensible.

Melino a retenu une chambre dans un hôtel proche du commissariat. Au moment de partir, l'un des infirmiers suggère à Jean de dormir à l'hôpital :

— Ce serait plus raisonnable. On vous a prévu une chambre.

En toute autre occasion, Jean se serait mis en colère, mais ce soir, parce qu'il est exténué, et surtout parce que Anaïs est dans cet établissement, il accepte sans rechigner.

— Mais qu'est-ce qui s'est passé ? demande Valérie. Vous allez enfin nous le dire ?

Melino hésite un court instant puis décide de n'avouer qu'une partie de la vérité :

— En courant dans les rochers, elle est tombée et s'est blessée à la tête.

— Et son poignet ?

— Une pierre tranchante. Ce n'est pas grave.

Séparée de Jean, Valérie ne trouve pas le sommeil. Seule, comme reléguée dans sa chambre d'hôtel impersonnelle à l'odeur bizarre, elle passe une partie de la nuit à prier, multipliant les promesses de don au Secours catholique qu'elle n'a pas toujours aidé à la mesure de ses moyens.

Quand les premières lueurs de l'aube éclairent les toitures aux tuiles rouges, Valérie se lève et fait les cent pas dans la chambre. Le temps ne passe pas. Il est à peine cinq heures, les rues sont encore désertes.

Vers six heures, la sonnerie attendue et redoutée du téléphone la fait sursauter. Va-t-elle apprendre qu'Anaïs est morte ou que Jean a fait une nouvelle attaque ? Elle hésite. La sonnerie insiste, elle prend le combiné.

— C'est Melino. Je vous attends en bas. Nous partons pour l'hôpital.

— Qu'est-ce qui se passe ? Pourquoi si tôt ?

— Parce que nous avons beaucoup à faire aujourd'hui.

Sans demander plus d'explications, Valérie fait succinctement sa toilette et sort en oubliant de fermer à clef la porte de sa chambre.

Melino et son adjoint l'attendent à une table et lui proposent de boire un café avant de partir. Valérie, qui n'en peut plus, demande :

— Vous avez des nouvelles d'Anaïs ?

— Oui. Le docteur retrouve un peu d'optimisme.

Ce n'est pas vraiment une bonne nouvelle mais ça n'en est pas une mauvaise non plus. Elle s'accroche à la certitude que la jeunesse d'Anaïs triomphera et qu'elle s'en tirera. Il n'y a pas de raison que Jean, à soixante-dix ans survive à toutes ses attaques et qu'Anaïs succombe à la première atteinte. Une fois encore, elle pose cette question qui la taraude :

— Mais qu'est-ce qui s'est passé ?

Melino attend d'être dans la voiture pour enfin lui dire :

— Anaïs a été attirée ici par quelqu'un qui voulait s'emparer de la recette des dorés. Jérémie l'a suivie et ils sont tombés dans le piège. Jérémie a réussi à s'évader puis il a retrouvé Anaïs et ils sont allés à Forcalquier. C'est un village dans l'arrière-pays. C'est là qu'Anaïs s'est blessée. Sans Jérémie, elle serait morte.

Valérie pousse un petit cri, comme si elle venait d'être blessée elle-même. Sceptique, elle se demande encore si le commissaire ne lui ment pas pour cacher une vérité beaucoup plus grave.

— Mais qu'est-ce qu'elle est allée faire à Forcalquier ?

— Nous en reparlerons tout à l'heure. Maintenant allons voir votre Anaïs, je pense que vous allez avoir une bonne surprise.

Jean les attend dans le couloir, apparemment en pleine forme. Valérie n'ose pas l'embrasser devant tout le monde.

— Anaïs est sortie des soins intensifs, lui annonce-t-il. Paraît qu'elle est tirée d'affaire !

Alors le visage de Valérie s'éclaire. Elle regarde le ciel bleu par la fenêtre, ce ciel de Provence qui fait tant rêver les gens du Nord. Elle prend le bras de Jean qui se sent aussi très léger, mais évite d'extérioriser sa joie pour ne pas défier le mauvais sort au moment où tout s'arrange.

Ils entrent dans une chambre dont une infirmière vient de leur ouvrir la porte. Très pâle, la jeune fille leur sourit, tend une main à sa grand-mère, puis l'autre à son grand-père.

— Comme tu nous as fait peur ! s'exclame Valérie. Mais tu vas guérir, c'est l'essentiel.

— Où est Jérémie ? demande Anaïs.

— Il viendra te voir dans la journée, répond le commissaire. Je le garde pour l'instant, il va m'aider parce qu'il sait beaucoup de choses !

— On t'aime, murmure Valérie, on voudrait tant que tu sois heureuse !

C'est la première fois que la grand-mère parle ainsi à la jeune fille. Chez les Baltoret, les sentiments ne s'expriment pas par des mots. Anaïs comprend que sa place est avec eux. Elle sourit, puis, pensant à la femme très élégante vêtue d'un tailleur rouge qui marchait dans la rue à Forcalquier, se renfrogne.

— Qu'est-ce qui ne va pas, ma chérie ? demande Valérie en se penchant au-dessus du lit.

— Rien, répond la convalescente, tout va bien.

Melino consulte sa montre. Il est encore un peu tôt pour appeler sa petite Julie qui doit se préparer pour l'école. Puis, considérant qu'il n'aura pas le temps plus tard, il sort dans le couloir et revient peu après, radieux.

— Bon, on nous dit qu'il ne faut pas fatiguer Anaïs, annonce-t-il. Donc allez faire un tour en ville et vous pourrez revenir vers dix heures. Profitez du soleil et des cigales. Nous viendrons vous chercher ici vers onze heures si tout va bien.

Jean pense aux dorés. La salle de production est vide depuis plusieurs jours, ce qu'il ne peut accepter.

Il n'a qu'une hâte : retourner à Saint-Sauveur pour se remettre au travail. S'il l'osait, il laisserait Valérie là et prendrait le premier train pour Lille !

— L'office du tourisme est tout à côté, ajoute le commissaire. Profitez-en.

Il fait un signe à son adjoint et s'éloigne, laissant les grands-parents perdus, ne sachant que faire pour tuer le temps. Les deux policiers repassent à l'hôtel où Jérémie les attend. Le jeune homme a bien dormi et se sent en pleine forme. Il a pu téléphoner à Anaïs et sait que tout va bien.

Il commande un solide petit déjeuner. Les policiers s'assoient en face de lui et le regardent manger avec appétit. Melino reste pensif. Lepaul est satisfait :

— Regarde, Jérémie est ici avec nous, Anaïs revient de loin, mais sera sur pied dans quelques jours et on a coincé ceux qui les avaient kidnappés, tout va bien !

— Oui, mais ça me laisse un goût d'inachevé, grogne Melino.

— Est-ce que je peux passer voir Anaïs ? demande Jérémie.

— Non, on a besoin de toi. Et puis, le médecin veut qu'elle se repose.

— Et M. et Mme Baltoret ?

— Ils font du tourisme, répond Melino en souriant.

Lepaul ajoute :

— Ces deux-là ont passé leur vie dans leur boutique et ne savent pas se distraire autrement qu'en travaillant !

Jérémie se dit que ses parents ont fait la même chose et qu'ils n'en ont pas été malheureux pour autant. Il pense aux Barron, ses voisins, toujours en voyage. Jérémie s'est souvent demandé ce que leur apportait une telle curiosité à l'égard du monde. Finalement, auprès d'Anaïs, il serait très heureux n'importe où sans éprouver le besoin d'aller voir ce qui se cache derrière l'horizon.

Melino consulte sa montre.

— Maintenant, on va à Forcalquier, décide-t-il. Tu viens avec nous. Ensuite tu pourras rendre visite à Anaïs.

Ils sortent. Le commissaire tend son portable au jeune homme.

— Appelle ta mère pour la rassurer. Tu lui dis qu'on a besoin de toi pour l'enquête. Tu pourras rentrer ce soir ou demain matin.

Jérémie compose le numéro de sa mère qui a retrouvé son habituelle bonne humeur. Ils bavardent quelques instants, puis le commissaire lui fait signe qu'il faut y aller.

La voiture banalisée des policiers s'engage dans une campagne accidentée. La lumière intense fait mal aux yeux. Jérémie pense que vivre ici, dans une vallée comme celle du vieux moulin où il a été captif, à ne rien faire, simplement à paresser à l'ombre d'un figuier le lasserait vite. Le Midi, la lumière, les cigales ne conviennent que pour de courtes vacances. Le jeune homme a puisé de nouvelles forces dans l'épreuve et a acquis la certitude que, par sa volonté, il peut se forger un destin. Ses rêves d'enfant deviennent des projets…

La voiture arrive à Forcalquier par la route principale qui traverse le village en direction de Digne-les-Bains. Les rues sont animées ; des touristes venus de l'Europe du Nord sont assis aux terrasses des cafés.

Melino gare sa voiture sur la place centrale et demande à Jérémie :

— Où étiez-vous quand vous avez vu la « mère » d'Anaïs ?

— En face, sur le trottoir. Elle venait de la petite rue à droite.

— Où est-elle allée ?

— Je n'en sais rien. Anaïs est partie en courant, je l'ai suivie…

— Bon, grogne le commissaire, espérons que nous aurons de la chance. On va se promener nous aussi. Si tu la vois, tu nous fais signe.

Ils traversent la place et marchent dans la rue en pente en jetant un regard distrait aux vitrines. Melino se demande ce qu'il pourrait rapporter à sa petite Julie pour se faire pardonner sa trop longue absence.

Ils parcourent les rues du centre-ville. Jérémie dévisage les gens, mais ne reconnaît pas la belle femme au tailleur rouge. Sur une place, près d'une sorte de château, ils lisent les annonces d'une agence immobilière. Melino et Lepaul s'étonnent des prix, les comparent à ceux de Valenciennes.

— Quand tu achètes quelque chose ici, tu achètes aussi le soleil, et c'est très cher, le soleil ! fait remarquer Melino.

— Tout le monde veut vivre dans le Midi, réplique Lepaul. C'est la mode, mais tu sais, ici, dans l'arrière-pays, c'est complètement paumé ! Il n'y a rien !

Jérémie qui s'est approché jette un coup d'œil à l'intérieur. Une femme assise devant un bureau bavarde avec deux personnes âgées.

— C'est elle, souffle-t-il à Melino. J'en suis certain.

— Tu as raison, constate Lepaul, c'est bien la femme de la photo. On attend que les clients soient sortis et on entre pour lui parler.

L'entretien avec les « clients » dure et Melino s'impatiente. Enfin, le vieux couple se lève et sort, accompagné par la femme vêtue d'un tailleur classique beige. Ce qui frappe Melino, c'est sa ressemblance avec Anaïs, plus nette encore que sur les photos. Mais il préfère douter encore : retrouver Marie Baltoret dix-huit ans plus tard, libre, à la tête d'une agence immobilière, manquerait de panache.

Il entre non sans une certaine appréhension. La femme lui adresse un beau sourire. Il lui montre sa carte de police.

— Que puis-je faire pour vous ? demande-t-elle en dévisageant Jérémie.

— Pourriez-vous nous accompagner au commissariat d'Aix-en-Provence ?

— Bien sûr, mais pour quelle raison ?

— Pour qu'on vous pose quelques questions à propos d'une histoire très ancienne. Votre témoignage peut nous aider à avancer dans une enquête qui piétine.

Elle consulte son agenda sur son bureau et explique :

— Je ne suis ici que deux jours par semaine. Le reste du temps, je suis à mon agence d'Aix. J'y retourne en début d'après-midi. Si ce n'est pas urgent, je pourrai passer au commissariat vers quinze heures.

— C'est parfait, je vous attends à quinze heures.

Une fois sur le trottoir, Melino et son adjoint échangent un regard interrogateur. Ni l'un ni l'autre n'ont jamais vu Marie qu'en photo. La ressemblance ne fait aucun doute. Mais pourquoi cette inconnue, si elle est bien Marie, n'a-t-elle donné aucun signe de vie à sa famille ni cherché à revoir sa fille ? Lepaul conclut :

— Elle voulait changer de vie, voilà tout !

Melino en doute.

— Il faut admettre qu'elle a vraiment quitté ses parents et son bébé volontairement ! insiste Lepaul. Et qu'on a été bernés du début à la fin : il n'y a jamais eu d'enlèvement.

— Pour le moment, on n'en sait rien, s'emporte Melino. C'est peut-être un sosie et on se monte la tête.

— Tu as probablement raison.

Ils retournent à leur voiture et passent à l'hôpital d'Aix où ils trouvent Anaïs en compagnie de ses grands-parents.

— Alors, leur demande Melino, vous avez eu le temps de visiter la ville ?

— On n'a pas bougé, avoue Valérie. C'est notre petite-fille qui nous intéresse, pas les monuments.

Jérémie s'approche d'Anaïs qui lui sourit, s'assoit au bord du lit. La jeune fille lui prend la main. Melino constate encore une fois combien Anaïs, malgré ses yeux noirs, ressemble à la personne de l'agence immobilière.

— Laissons-les tous les deux, ils ont des choses à se dire. Je vous invite à boire quelque chose au bar d'en face, propose le commissaire aux grands-parents.

Valérie et Jean quittent la chambre. Jean marche lourdement, ébloui par le soleil ; il pense à son village natal, ce Nord qu'il n'a jamais quitté et qui lui manque. Le voyage, la chaleur, le dépaysement l'ont épuisé. Il pense aussi à ses ouvriers sans travail par sa faute. Ici, il est inutile, inexistant, sans but. Cela le rend sombre et grognon.

À la terrasse du bistrot, Valérie prend des poses, joue les touristes et ajuste sur son nez ses lunettes de soleil qui, en cachant les rides au coin de ses yeux, rajeunissent son visage.

— J'ai besoin que vous veniez au commissariat un peu avant quinze heures. Ensuite, vous serez libres de rentrer chez vous, annonce le commissaire.

Valérie n'est pas pressée. Maintenant qu'elle a retrouvé Anaïs et qu'elle est rassurée sur l'état de santé de sa petite-fille, la commerçante passerait volontiers l'après-midi à faire les magasins ou à visiter la région. Mais Jean ne l'entend pas de cette oreille : il veut rentrer cet après-midi et, si ses forces ne le trahissent pas, il sauvera la journée du lendemain. Mais que lui veut encore Melino ?

— N'oublie pas ce que t'a dit le médecin : tu dois te ménager et cesser de te lever à quatre heures du matin.

— Le médecin me casse les pieds.

Une nouvelle attaque peut l'emporter, ici, loin de chez lui, d'un instant à l'autre, alors pourquoi perdre du temps à paresser dans une ville qui ne l'intéresse pas, à se prélasser sur une terrasse aveuglée de soleil ?

— Bon, on vous laisse, dit Melino en se levant pour payer les consommations. Je vous attends vers quatorze heures trente. Vous me ferez demander.

Melino et son adjoint retournent au commissariat pour aller déjeuner avec le commissaire Arguet qui, de son côté, n'a pas perdu son temps :

— J'ai les renseignements que tu m'as demandés. La dame de l'agence à Forcalquier s'appelle Vicenta Marqué. Elle possède aussi l'agence de la gare à Aix. Elle est franco-espagnole. Française par sa mère, espagnole par son père. Très en vue ici et sans histoires.

— Ah ? fait Melino, déçu.

— Elle mène grand train, ajoute Arguet. Les Aixois l'apprécient beaucoup.

— Bon, je pense que j'ai une fois de plus fait fausse route, mais tant pis, je l'ai convoquée pour quinze heures, je vais quand même la recevoir.

Pendant le déjeuner, Melino se montre peu bavard. Le dernier espoir de résoudre l'affaire de sa carrière s'envole et, pour justifier sa mauvaise humeur, il se plaint de la chaleur. Les trois hommes retournent au commissariat. Le téléphone de Melino sonne. Il pense à Julie et son visage s'éclaire, un léger sourire se dessine sur ses lèvres. Mais ce n'est pas Julie, c'est l'inspecteur Philon.

— On a fini par faire craquer Sauteret. À force de le bassiner, il a lâché plusieurs choses qui peuvent vous intéresser, même si elles ne concernent pas directement l'enlèvement des gamins. Il était en effet en caserne le 5 juin 1994 quand Marie a disparu.

Il a reconnu qu'il connaissait de vue la jeune fille, mais qu'il n'avait jamais eu de relation particulière avec elle. Donc il est hors de cause. En revanche, il a ajouté que le fameux Maréchal savait pas mal de choses à ce sujet.

— Qu'est-ce qu'il aurait à voir avec l'enlèvement ? Maréchal est un amateur de peinture, pas de jeunes filles !

— On n'en sait rien ! On a exploré toutes les pistes imaginables, sans résultat. Pourquoi ne pas creuser celle-là ? Puisque tu es à Aix, cela ne te coûtera pas grand-chose d'interroger une nouvelle fois ce Dr Maréchal.

— Je vais le faire ! marmonne Melino qui n'est pas convaincu et en veut à Philon de le déranger sans doute pour rien.

Vicenta Marqué les attend au commissariat. Elle sourit au commissaire qui l'invite à le suivre dans son bureau où il la prie de s'asseoir et lui propose un café qu'elle refuse.

— Vous êtes donc Vicenta Marqué, commence-t-il. Franco-espagnole, je crois.

— C'est bien ça. Mon père était espagnol, ma mère française.

— Vous employez le passé, serait-ce que…

Le visage de la femme s'assombrit.

— Un accident de voiture. J'ai été la seule survivante. Indemne…

— Vous êtes mariée ?

Un rictus contracte le visage de Vicenta qui lève sur Melino ses grands yeux gris.

— Non.

— Vous vivez seule ? Vous n'avez plus de famille ?

— Je vis seule, oui. Je suis née le 18 avril 1974 à Saïgon au Viêt-Nam où mon père avait une affaire de négoce avec l'Europe. Mes parents sont rentrés en Espagne en 1994. Moi, je suis restée là-bas pour mes études et parce que je n'avais pas envie de quitter ce qui était mon pays. Finalement, je suis rentrée en Europe en 1998. L'accident a eu lieu le 13 septembre 2004. C'est alors que j'ai quitté l'Espagne pour m'installer ici.

— Très bien. Vous avez votre passeport, une pièce d'identité s'il vous plaît ?

Elle fouille dans son sac à main et tend son passeport au commissaire qui l'examine. Tout corrobore les dires de cette femme. Sa troublante ressemblance avec Marie est donc fortuite.

Maintenant, le commissaire hésite. On lui annonce l'arrivée de M. et Mme Baltoret. Doit-il aller au bout de ce qu'il avait envisagé ?

— Suivez-moi, demande-t-il à Vicenta Marqué.

— Commissaire, j'aimerais savoir pourquoi vous me retenez. Je suis un peu pressée et…

— Je vous assure que je n'ai rien contre vous, absolument rien. Accordez-moi encore quelques instants et je vous promets que je ne vous importunerai plus.

Il la fait passer dans la salle des interrogatoires et lui demande de s'asseoir. Il lui propose de nouveau un café qu'elle accepte. Ensuite, il va chercher Jean et Valérie qu'il fait entrer dans la pièce attenante d'où ils peuvent voir Vicenta Marqué à travers une glace sans tain.

Valérie, la première, reste médusée, la bouche ouverte, les yeux rivés sur cette femme qui ne se doute de rien. Jean s'approche, la voit à son tour et murmure :

— Nom de Dieu ! Je rêve !

Le commissaire se dit à cet instant qu'une mère ne peut pas se tromper, mais par quel subterfuge Marie Baltoret, née à Saint-Sauveur, serait-elle devenue Vicenta Marqué, née au Viêt-Nam ? Puis il pense que ce n'est pas possible, qu'il a tort d'infliger une telle douleur à des personnes âgées. Enfin, Valérie s'anime, s'approche de la vitre et dit, incrédule :

— Mon Dieu, soyez béni !

Elle pleure à chaudes larmes. Jean, en retrait, serre les lèvres afin de ne pas céder à l'émotion qui le submerge et redoute une nouvelle attaque. N'est-il pas en train de rêver ? Marie est là, devant lui, et tellement belle ! Il trébuche, s'assoit, reste un moment comme perdu en lui-même. Le vertige s'estompe, il a l'impression d'avoir vaincu la mort.

— Est-ce bien Marie ? demande le commissaire.

— Mais oui, c'est notre Marie répond Valérie. Je veux l'embrasser tout de suite.

Puis elle se reprend :

— Non, je ne peux pas le croire, murmure-t-elle, abattue.

— Venez.

Melino ouvre la porte qui communique avec la pièce. Jean n'a pas la force de bouger. Valérie fait un pas timide vers la jeune femme qui lui sourit.

— Marie ? demande d'une voix faible la mère plus aussi sûre d'elle.

L'étonnement se marque sur le visage de Vicenta qui secoue la tête.

— Pardon ?

Jean ose enfin s'approcher, très près, comme pour trouver un détail, quelque chose qui lui aurait échappé et qui dénoncerait la supercherie.

— Marie, c'est bien toi ?

Vicenta se lève vivement.

— Il faut que je parte, dit-elle au commissaire. Je ne sais pas ce que vous cherchez, mais tout ceci est vraiment grotesque !

Alors Valérie se précipite vers la jeune femme en lui tendant les bras.

— Ne me touchez pas ! s'écrie Vicenta avec horreur et reculant vers le mur.

Valérie s'est immobilisée, les bras tendus.

— On s'en va, décide Jean.

Vicenta sort la première. Jean qui sue à grosses gouttes pousse Valérie vers la porte.

— Ils ont assez joué avec nous, grogne-t-il. On rentre à Saint-Sauveur.

Personne ne cherche à les retenir. Melino regrette son initiative. À vouloir à tout prix régler l'affaire de Marie, il a fait beaucoup de mal à deux êtres fragiles qui ne lui demandaient rien.

Jean et Valérie reprennent le TGV dans la soirée. Melino décide d'attendre le lendemain. Il veut vérifier deux ou trois détails et surtout prendre le temps d'acheter un petit souvenir pour Julie. Le soir, l'inspecteur Arguet invite ses collègues du Nord à dîner dans un bon restaurant de la ville. Ils mangent sur une terrasse ; le jour qui n'en finit pas, la douceur de l'air, tout incite à prendre le temps de vivre. Pour oublier sa mauvaise journée, Melino parle de Julie avec un visage attendri et un peu ridicule. Puis, au fromage, la conversation débridée revient sur l'enquête en cours. Ils s'extasient tous sur la beauté de Vicenta Marqué. Arguet leur fait part d'une étonnante constatation :

— Moi j'étais derrière la vitre, alors j'ai pu l'observer. Chaque fois que quelqu'un s'approchait d'elle, elle avait un geste de recul. À un moment, tu t'es approché, toi, et j'ai nettement vu dans son regard une expression d'horreur !

— Elle doit me détester, et puis je ne suis pas son genre d'homme ! Par contre, ce qui m'étonne, même si cela n'a rien à voir avec notre affaire, c'est que cette Vicenta Marqué soit venue en France après le décès accidentel de ses parents.

— Et surtout qu'elle ait pu acheter les deux agences. Elle mène grand train, c'est une figure à Aix. J'ai demandé à mes gars de fouiller un peu dans ses affaires.

— Bof, réplique Melino, cela ne nous regarde pas. J'ai espéré qu'elle était Marie Baltoret comme quelqu'un qui croit aux contes de fées. J'ai été très naïf ! Cette affaire a pourri ma vie et j'aurais tellement voulu faire un beau cadeau à deux pauvres vieux !

— Pauvres ! Là, tu exagères un peu ! constate Lepaul en souriant.

Avant d'aller se coucher, Arguet emmène ses collègues jusqu'à la propriété de Vicenta. Une superbe villa entourée d'un parc à flanc de colline exposé plein sud.

— C'est une femme sans histoire, très généreuse pour les associations caritatives de la ville. Il se peut qu'un aussi joli tableau cache du linge sale…

— Moi, ce qui m'étonne, c'est qu'elle vive seule. Ce n'est pas normal, commente Lepaul.

— On en saura plus demain, réplique Melino qui vient d'avoir une idée.

Le lendemain, Melino et son adjoint se rendent très tôt au commissariat. Ils ont retenu deux places dans le TGV de midi et demi ce qui leur laisse un peu de temps pour prendre connaissance des derniers renseignements sur Vicenta et surtout d'aller acheter le petit cadeau de Julie. Lepaul remarque que son patron s'est rasé de près et s'est aspergé d'une eau de toilette à forte odeur de lavande.

— Tu as fait un sacré effort de séduction. Serait-ce pour aller rendre visite à la belle Espagnole ?

— Oh que non, mais je n'aime pas quand Julie refuse de m'embrasser parce que mes joues piquent ou que je sens mauvais !

L'adjoint sourit.

— Cette gamine te rend gâteux !

— Je voudrais bien t'y voir, toi. Quand elle tourne vers moi ses yeux pleins de malice, je ne sais rien lui refuser, c'est comme ça ! Elle fait manger le gros ours dans le creux de sa main et le gros ours en est très content.

Arguet est déjà au commissariat. Ce lève-tôt profite de la fraîcheur matinale. Amateur de randonnées en montagne, il passe très peu de temps dans son bureau et si possible à des heures où la chaleur reste supportable.

— Bon, nous avons quelques renseignements sur notre Espagnole. Elle ne t'a rien caché, elle est bien née en Asie. Ses parents sont rentrés en Espagne en 1994. Elle les a rejoints en 1998. Après l'accident qui leur a coûté la vie, elle est venue habiter à Aix pour se rapprocher d'un grand ami de son père (c'est en tout cas ce qu'elle dit). Cet homme est très riche, c'est à lui qu'appartient la belle maison qu'elle habite ; c'est lui aussi qui a acheté les deux agences immobilières qu'elle gère. N'ayant pas de famille lui-même, il la présente comme son héritière.

— Très bien, fait Melino en pensant à sa petite-fille.

— Mais, tiens-toi bien, cet homme, tu le connais. Il est venu ici, tu l'as interrogé, très peu, mais tu l'as quand même interrogé !

Melino sursaute, et cette fois regarde l'inspecteur bien en face :

— Tu veux dire que c'est… ?

—Le Dr Robert Maréchal, collectionneur de tableaux de maître et riche homme d'affaires.

Melino donne un coup de pied dans la corbeille à papier qui se renverse. Il va à la fenêtre, puis revient sur ses pas. Les autres lui lancent un regard interrogateur. Lui pense que cette information doit être approfondie : Maréchal était présent dans la région de Saint-Sauveur quand Marie a disparu.

—Ça ne colle sûrement pas, parce que ça n'est pas possible, déclare Melino comme pour lui-même, pourtant il faut aller au bout, éclaircir tout cela... Par où on commence ?

Il réfléchit un instant.

—Par elle, décide-t-il. Je vais aller la voir, lui dire que je suis tombé amoureux de la région et que j'envisage de prendre ma retraite dans le coin. Toi, Lepaul, tu me suis, mais discret, je vais te dire ce que tu devras faire.

Il demande à Arguet de surveiller Maréchal et surtout de l'empêcher de quitter la ville avant qu'il l'ait interrogé puis, il gagne à pied l'agence afin de profiter du soleil encore supportable. En chemin, il appelle sa femme et c'est Julie qui lui répond. Il bavarde un moment avec la fillette, multipliant les mimiques sous les regards amusés de son collègue. Puis, il reçoit un appel du commissariat où Philon n'a pas perdu son temps : en confrontant les trois suspects, l'inspecteur a pu apprendre comment l'affaire des dorés avait été montée.

—C'est Sauteret qui est à l'origine de tout. Il connaissait la fameuse Vicenta Marqué et sa ressemblance avec Marie. Comment ? je n'en sais rien. Toujours est-il que c'est à partir de là qu'il a pu s'en prendre à Anaïs dans le but de faire céder le grand-père.

— On sait pour qui il travaillait ?

— Il avait vendu la recette à un industriel asiatique. Très, très cher. L'industriel a versé un peu d'argent, mais le plus gros morceau restait à venir. Sauteret devait le rencontrer en Suisse. Voilà ce que nous avons appris et je crois qu'on n'en saura pas beaucoup plus !

— Très bien. On rentre dans l'après-midi. Notre TGV part de Marseille à midi et demi.

Melino raccroche, s'assure que Lepaul le suit et lui fait un signe avant d'entrer dans l'agence où une employée le reçoit avec un sourire engageant. Il demande à voir la patronne.

— Elle n'est pas encore arrivée, répond la jeune femme. Je vous sers un café en attendant ?

Dix minutes plus tard, Vicenta arrive, superbe et s'étonne de trouver le commissaire qu'elle invite à la suivre dans son bureau.

— Si c'est pour me jouer le mauvais tour d'hier, l'arrête-t-elle tout de suite, ne comptez par sur moi !

— Non, je ne vous ai pas joué un mauvais tour. Vous ressemblez beaucoup à la fille disparue de ces deux personnes.

— Ce n'est pas une raison, réplique Vicenta. Cet incident m'a beaucoup affectée.

— Je vous demande pardon. J'ai été vraiment maladroit. Mais oublions cela, je suis un vieux commissaire qui pense à sa retraite. La région me plaît beaucoup.

La jeune femme lui jette un regard soupçonneux. Elle ne croit pas un mot de ce qu'il raconte et reste sur ses gardes. L'horrible odeur de l'eau de toilette du policier lui soulève le cœur.

— Puis-je me permettre de vous inviter à prendre un café dans le bar voisin, demande Melino.

— Nous pouvons le prendre ici.

— Non, je préférerais au bar. Ici, les murs ont des oreilles. Ce que j'ai à vous dire est strictement personnel.

— Comme vous voulez, fait Vicenta. J'ai un rendez-vous à dix heures trente.

Ils sortent sur le trottoir et, au passage piéton, le feu est au vert ; Vicenta s'engage, une voiture arrive. Melino, dans un réflexe, lui pose la main sur l'épaule pour la retenir.

— Ne me touchez pas ! crie-t-elle en s'écartant vivement comme si le contact de cette main l'avait brûlée.

Melino s'excuse, explique que ce n'était que pour lui éviter de se faire renverser, qu'il aurait agi ainsi avec son épouse ou sa petite-fille. Vicenta croit devoir se justifier :

— C'est ainsi depuis l'accident : je ne supporte pas le contact avec les autres, surtout les hommes. J'ai consulté plusieurs psychiatres, pas un n'a pu me guérir.

— Je ne pouvais pas savoir, excusez-moi, répond Melino.

— Cela signifie que je n'ai toujours pas accepté la perte de mes parents, explique Vicenta en s'engageant sur le passage piéton. Selon le Dr Marchetto, que j'ai consulté à Milan, c'est un traumatisme dû au fait que…

Elle hésite un instant avant d'ajouter :

— Au fait qu'on m'a retrouvée dans le coma, serrant contre moi ma mère tuée sur le coup.

— Je comprends, vous avez beaucoup souffert.

Ils s'installent à une table de la terrasse du café. Sur le trottoir, Lepaul fait un signe discret à son patron. Le commissaire commande une bière, Vicenta, un citron pressé.

— Donc vous souhaitez vous retirer dans la région ? demande la jeune femme qui n'a pas perdu le sens des affaires.

— J'en ai assez du ciel gris du Nord. Mais je voudrais surtout vous poser deux ou trois questions tout à fait entre nous.

— Je me doutais bien que votre retraite n'était qu'un prétexte. Alors ne tournons plus autour du pot : que cherchez-vous ?

— M. Robert Maréchal était l'ami proche de votre père.

— Oui. Et c'est pour lui que je suis venue habiter Aix. Il est seul, sans famille. Il m'a tout donné et je l'aime comme un second père.

— Avant de revenir en Espagne rejoindre vos parents, que faisiez-vous en Asie ?

Elle regarde au plafond, porte le verre à ses lèvres, boit une petite gorgée.

— Le choc pendant l'accident a été très violent. Je suis restée plusieurs jours dans le coma bien que je n'aie eu aucune blessure apparente. Je dois vous dire que mes souvenirs antérieurs sont assez flous. Je sais cependant que, en Asie, je faisais des études, mais je ne saurais pas vous dire lesquelles.

— Bon, je ne vais pas vous torturer en vous forçant à évoquer des événements douloureux. Parlons maintenant des maisons et des prix moyens. Vous savez, un commissaire de police n'est pas très riche.

— Si vous me faites confiance, je peux vous trouver une petite propriété dans les environs à un prix très raisonnable, répond Vicenta en souriant, libérée à l'idée de ne plus avoir à répondre à des questions sur sa vie passée.

Il termine sa bière, elle vide son verre, mord dans la tranche de citron sous le regard ravi du commissaire qui n'en attendait pas autant. Ils sortent, elle lui propose de lui montrer plusieurs maisons qui pourraient l'intéresser. Lepaul qui était en retrait fait irruption sur la terrasse, prend le verre de Vicenta. Le serveur proteste.

— Police, répond l'inspecteur en montrant sa carte. Ce verre doit me donner des informations très importantes.

Il enferme l'objet et la tranche de citron dans un sachet en plastique et ajoute :

— Et surtout pas un mot à quiconque.

Lepaul rentre au commissariat où l'attend une nouvelle qui remet tout en question. Arguet l'appelle dans son bureau :

— L'histoire de Vicenta Marqué m'a intrigué parce que je la trouve assez invraisemblable.

— Certes, réplique Lepaul, mais dans notre métier, on constate souvent que la réalité dépasse l'imagination !

— Ouais, mais là c'était un peu trop. Alors, j'ai mis mes gars sur le coup et j'ai demandé qu'on fasse des recherches sur ce fameux accident survenu dans les Pyrénées espagnoles. Les Marqué sont bien rentrés d'Asie à la date indiquée par Vicenta. Ils ont bien été tués dans l'accident, mais voilà, les rapports sont formels : il n'y avait que deux personnes dans la voiture !

— Dans ce cas, Vicenta…

— … n'a jamais eu d'accident de voiture ! Mais ce n'est pas fini, poursuit Arguet. Nous avons découvert que le couple Marqué n'avait jamais eu de fille !

— Alors la belle Vicenta nous monte le coup !

— Oui, mais pourquoi ?

Anaïs retrouve des forces. Jérémie passe ses journées avec elle, ce qui attendrit le personnel. Cet après-midi, pour la première fois, la convalescente est autorisée à sortir se promener dans le parc. Ils s'assoient à l'ombre d'un olivier devant un bassin où fleurissent de superbes nénuphars.

— Tu m'as sauvé la vie, je sais maintenant que tu avais raison, commence-t-elle en lui prenant la main.

— Je n'ai fait qu'obéir à mon sentiment, répond Jérémie. Je sais que tu as beaucoup souffert, mais, je t'en supplie, tire un trait sur le passé et pense que l'avenir peut te donner beaucoup de bonheur.

Elle observe distraitement les poissons rouges qui montent piper l'air entre les larges feuilles des nénuphars. Enfant, elle aurait voulu être un poisson, sans poids dans l'eau, se déplacer sans effort, absente du temps qui emporte tout.

— Mes parents me pressent de rentrer, dit Jérémie. Je leur ai dit que je ne rentrerais pas sans toi. Ils comprennent et l'acceptent.

Elle lui serre la main.

— On a près de soi ce qu'on va chercher très loin, finit par avouer Anaïs. Maintenant, je sais que tu es plus qu'un camarade. Au fond, cette torture qu'on m'a infligée aura servi à quelque chose. Mais on est encore jeunes, il peut se passer tant de choses…

— Pensons au présent, murmure Jérémie. Ce que nous avons vécu nous a fait mûrir. Nous ne sommes plus des enfants…

La jeune fille se colle contre lui et cherche ses lèvres.

— Je t'aime. J'ai compris ça et je voudrais que ça dure toujours.

Jérémie n'a jamais été aussi heureux. Avec l'amour d'Anaïs, rien ne pourra lui résister. Les projets se bousculent dans son esprit.

— Les infirmières m'ont dit que tu pourrais sortir dans deux jours. On remontera ensemble à Saint-Sauveur.

— Tu vois, si cette femme est ma mère, je me dis toujours que rien ne peut me rapprocher d'elle.

— Ne parlons plus de ça. Cette femme n'est pas ta mère. Elle lui ressemble, c'est tout et c'est à cause de cette ressemblance que Sauteret a cherché à te torturer. Le commissaire m'a dit qu'elle était espagnole…

Anaïs a un sourire triste.

— J'ai beaucoup souffert de ne pas être comme les autres. Mais, en même temps, je ne peux pas m'imaginer sans cette souffrance.

La blessure d'Anaïs n'est pas près de se refermer. Jérémie comprend qu'il faudra beaucoup de temps et beaucoup d'amour pour la libérer du poids de sa naissance, mais il a la même patience que son père qui, après avoir semé les graines dans sa serre, sait attendre l'éclosion des fleurs.

— Tes grands-parents sont impatients de te revoir. Tu sais désormais combien ils t'aiment !

Ils rentrent dans le bâtiment parce que le soleil devient plus fort et la grosse chaleur est déconseillée à la jeune fille.

Melino et Lepaul se retrouvent au commissariat. Melino est de mauvaise humeur. Ce que Vicenta lui a raconté, l'accident, le coma, rendait plausible l'amnésie et lui permettait de garder l'espoir que Marie et la belle Espagnole n'étaient qu'une seule et même personne. Tout s'écroule une fois de plus, même si le mensonge de Vicenta doit être clarifié. Il ne retournera pas chez lui avant d'avoir tout compris. Il est onze heures.

— On devrait déjà être en voiture pour Marseille, dit-il à Lepaul. Je vais annuler, j'ai encore à faire ici.

— Tu pourrais tout piloter depuis Lille. Arguet est un homme de confiance…

— Oui, mais je commence à me plaire ici !

— Tu veux vraiment acheter une maison dans les environs ?

— Qu'est-ce que je foutrais ici ? grogne le commissaire principal. Toute ma famille est là-haut et puis le soleil, je m'en fous un peu…

Puis il demande au commissaire Arguet qui vient d'entrer dans le bureau :

— Combien de temps faut-il pour analyser l'ADN du verre de Vicenta Marqué ?

— Je ne sais pas. Faut demander au labo. Comme nous avons celui d'Anaïs, cela peut aller assez vite.

— C'est de cette comparaison d'ADN que dépend la suite, dit-il en se levant de sa chaise, puis, se tournant vers Lepaul, il ajoute : toi, tu peux rentrer. Ta femme ne supporte pas tes absences…

Melino sort sur le perron du commissariat et appelle Solène. Il lui explique que son séjour durera un peu plus longtemps que prévu. En trente-cinq ans de vie commune, Mme Melino s'est habituée aux absences de son mari, mais pas la petite Julie.

— Elle te réclame tous les jours à la sortie de l'école. Elle va être très déçue…

— Je n'y peux rien ! fait le commissaire, dis-lui que je lui rapporterai un très joli cadeau.

Comme il n'a rien d'urgent à faire, il emmène Lepaul à Marseille. De retour vers une heure et demie, il déjeune avec Arguet au restaurant près du commissariat, la « cantine » qui sert les policiers à toute heure. Les deux hommes bavardent, évoquent leurs projets pour leur retraite, leurs familles. Melino se dit séduit par la Provence, mais préfère sa région d'origine :

— Nous, les Ch'tis, on n'est bien que chez nous, avoue-t-il. Les gens d'ici ne connaissent pas les charmes de notre région. Votre soleil cru vous empêche de voir ces détails qui nous sont essentiels !

Après le déjeuner, Melino rentre à l'hôtel et décide de s'offrir une bonne sieste. La chaleur, la torpeur de la nature en ce début d'après-midi l'incitent au repos. Pourtant, une fois allongé dans la pénombre fraîche, l'élégante silhouette de Vicenta ne quitte pas ses pensées. Il s'en veut encore d'avoir perturbé à jamais Valérie et Jean en leur montrant « leur » fille qui les a rejetés.

Il se douche, s'habille rapidement et se dit que si son séjour dure encore quelques jours il devra trouver des vêtements de rechange. Il se rase puis s'asperge de cette eau de toilette à la lavande synthétique censée éviter les odeurs de transpiration. Enfin, il sort, ébloui par l'intense lumière et se rend à l'agence. Vicenta ne cache pas son agacement, puis une vague inquiétude se lit sur son visage. Le commissaire avance un argument frelaté qui fait sourire la jeune femme :

— Vous ne m'avez pas cru, pourtant j'envisage vraiment de venir m'installer ici pour ma retraite.

— Je peux vous faire visiter deux maisons qui pourraient vous convenir. Si vous avez le temps, allons-y.

— D'accord.

Vicenta lui propose de l'emmener dans sa voiture fort heureusement décapotable, ce qui lui évite de supporter l'horrible odeur d'eau de toilette. Ils sortent de la ville.

— D'abord, je vais vous montrer un mas plein de charme, avec une petite rivière au bout d'un parc.

— Certes, répond Melino, mais je ne suis qu'un commissaire de police et je n'ai pas beaucoup de moyens !

Elle éclate de rire. Tout en roulant, Melino l'observe. Vicenta a vraiment beaucoup de charme qu'elle sait mettre en valeur par un très léger fard. Le vent qui rabat ses cheveux dégage son front large et surtout ses magnifiques yeux clairs, différents par la couleur, mais si semblables par la forme à ceux d'Anaïs. Par quel miracle porte-t-elle le nom de deux personnes mortes dans un accident et qu'elle n'a sans doute jamais rencontrées ? Son passeport serait-il un faux ?

Ils visitent la maison, les dépendances, le parc d'un demi-hectare où d'antiques oliviers offrent une ombre accueillante. Une vigne sauvage court sur la clôture.

— Je suppose que le Dr Maréchal vit dans une propriété de ce genre, demande maladroitement le commissaire qui cherche à recentrer la conversation sur ce qui le préoccupe.

— Robert ? Il vit dans un château. Il est vraiment très riche, mais ce n'est pas ça l'important. C'est un homme merveilleux, plein d'attentions, délicat, et tellement sensible. Sans lui, je n'aurais pas survécu à la disparition de mes parents.

— Vous étiez très proche de vos parents et pourtant vous avez vécu seule plusieurs années en Asie avant de les rejoindre.

— Voilà que l'interrogatoire recommence ! Mais que cherchez-vous ?

— Rien de particulier. Je m'intéresse à vous, c'est tout.

— Eh bien, je n'ai rien à vous cacher. Comme je vous l'ai dit, je garde un souvenir assez flou de ma vie avant l'accident. Je crois que je suis restée en Asie pour terminer mes études, je vous l'ai dit aussi, mais je serais incapable de vous décrire l'appartement dans lequel je vivais à Hô Chi Minh-Ville. Autre curiosité, j'ai complètement oublié l'anglais que je parlais couramment.

— Mais le français n'est pas votre langue maternelle, pourtant, et vous le parlez sans accent.

— Ce n'est pas tout à fait exact. Je crois savoir que mon père et ma mère me parlaient français.

Ils remontent en voiture et reprennent leur promenade dans la campagne éblouissante. Melino est séduit par le charme simple de Vicenta ; sa sincérité ne fait aucun doute. Ils visitent une seconde maison, plus modeste que la première et à un prix plus abordable, mais le commissaire ne se voit pas passer le reste de sa vie dans ce désert. Sur la route du retour, il demande :

— Vous ne pouvez pas supporter qu'on vous touche, pourtant vous ne devez pas manquer de prétendants !

Elle sourit et tourne son visage à la peau très blanche vers le commissaire qui sue abondamment.

— C'est vrai, mais ils savent à quoi s'en tenir. Ils ne doivent pas perdre espoir puisque je me soigne. Le Dr Pressin s'occupe de moi. J'ai déjà fait pas mal de progrès.

Ils sont de retour à Aix vers six heures. Melino passe au commissariat et demande si les résultats attendus sont arrivés. On lui explique qu'il ne faut rien espérer avant le lendemain en début d'après-midi. Cela fait beaucoup de temps à passer dans une ville où, finalement, il s'ennuie.

À deux heures et demie, un grand nombre de personnes se rassemblent sur la place près de la boulangerie-pâtisserie de Saint-Sauveur. Au premier rang, Chantal et Gilles Joffroy, puis Valérie et Jean Baltoret. Chantal, qui n'en peut plus d'attendre, trépigne sur place, consulte sa montre, se dit qu'« ils » ont du retard et imagine un empêchement de dernière minute.

— Mais non, la rassure Gilles, ils ont téléphoné il y a un quart d'heure pour prévenir qu'ils partaient de Lille. Sois un peu patiente.

Jean est plutôt sombre, c'est son attitude en public. Ici, tout le monde connaît son caractère de vieil ours. De son côté, Valérie n'a pas sa tête de tous les jours. C'est ainsi, depuis que les Baltoret sont revenus d'Aix, eux, qui devraient être les premiers à manifester leur joie, affichent des mines soucieuses. Ils n'ont fait aucune confidence, et les voisins ne savent pas à quoi s'en tenir. Les langues vont bon train.

Les curieux sont de plus en plus nombreux, heureux du dénouement de cette horrible affaire et curieux de voir comment les jeunes gens ont supporté l'épreuve. Paul Maqueray cherche deux ou trois phrases bien senties pour les accueillir, mais l'avocat si brillant au palais de justice est en panne de formule.

— Ils ont passé la rocade de Valenciennes ! dit quelqu'un en tenant son portable à l'oreille.

Les gens se bousculent. Deux photographes de presse jouent des coudes pour dégager leur champ de vision. Le commandant de gendarmerie et plusieurs de ses hommes sont là aussi, plus en curieux que pour maintenir l'ordre ; ils souhaitent partager ce moment heureux avec ceux qui ont souffert de l'absence d'Anaïs et Jérémie.

Un homme assez corpulent s'approche. À son large visage, ses abondants cheveux blancs, tout le monde reconnaît Bernard Staffin. Sa présence étonne les uns et rassure les autres.

— J'ai failli être en retard ! dit-il à Jean en se plaçant près de lui.

— Merci d'être venu, répond Jean, il va falloir qu'on parle, tous les deux.

— On a le temps, réplique Bernard, profite de ce bel instant.

— Le temps, on croit en avoir et il fait défaut, conclut Jean.

Une voiture de police, gyrophare allumé arrive enfin sur la place. Le maire demande qu'on le laisse passer. Les portières s'ouvrent ; Lepaul, qui était au volant, sort en premier, puis Jérémie et enfin Anaïs apparaissent. Une ovation accueille les jeunes gens. Chantal s'emporte contre ceux qui l'empêchent d'aller serrer son fils dans ses bras. Le maire se place face aux deux arrivants et leur souhaite la bienvenue.

— Tout le village s'est inquiété pour vous. Mais vous êtes là et c'est jour de liesse à Saint-Sauveur. Merci aux policiers qui ont si bien fait leur travail !

Chantal peut enfin embrasser Jérémie. Anaïs se précipite dans les bras de sa grand-mère. Le maire invite tout le monde à la mairie pour un verre de bienvenue. Les gens s'y dirigent en commentant l'événement. Anaïs embrasse son grand-père et se tourne vers Jérémie. Le jeune homme lui prend la main.

À la mairie, Paul Maqueray prononce un petit discours puis lève son verre. Anaïs n'a pas retrouvé ses couleurs habituelles, mais son visage radieux montre qu'elle va bien. Elle garde son poignet gauche serré contre elle pour dissimuler son pansement, témoin de l'acte extrême qu'elle a commis et dont elle a honte.

Tous voient dans la nouvelle complicité des deux jeunes gens une issue heureuse à cette dramatique histoire. Les femmes sèchent discrètement leurs yeux ; les hommes se donnent une contenance en trinquant et parlant d'autre chose. Le maire vient féliciter Jean, une manière de lui rappeler sa proposition, mais l'heure n'est pas aux affaires.

Lola arrive, essoufflée, embrasse Anaïs et lui souffle à l'oreille :

— Tu nous as fait très peur !

— Pardonne-moi d'avoir été injuste et indigne de ton amitié !

Le regard d'Anaïs s'arrête sur un jeune homme qui vient d'entrer et s'approche d'elle.

— Anaïs, comme je suis heureux !

Il veut l'embrasser, elle recule.

— Karim, je t'en prie, laisse-moi tranquille.

— Mais quoi ? Je t'ai attendue. On se verra ce soir ?

— Non, on ne se verra pas ce soir, ni jamais plus. Je n'ai plus rien à faire avec toi.

Elle tourne les talons, rejoint Jérémie et Lola.

Vers cinq heures, tout le monde rentre chez soi. Jérémie embrasse Anaïs et rejoint ses parents. La jeune fille rentre avec Valérie et Jean. Dès qu'ils sont seuls, isolés de la foule, un lourd silence s'installe entre eux. Ils pensent à celle qui ressemble tant à Marie et qui les a éconduits. Anaïs ne peut chasser de son esprit le souvenir de la belle femme qui marchait sur le trottoir à Forcalquier. Lui ressemble-t-elle vraiment ? Elle n'en a pas la certitude, elle se sait encore très laide.

Il est presque huit heures quand Jérémie sonne chez les Baltoret. Ses parents rassurés, il n'a eu qu'une hâte : rejoindre Anaïs. Sa présence détend l'atmosphère, reléguant au second plan le sentiment de frustration de Valérie et Jean. Le jeune homme apporte un peu de bonne humeur et une insouciance qui fait du bien. Pourtant, il sent l'angoisse de Valérie dans le regard qu'elle lui adresse.

— Tu as des nouvelles du commissaire Melino ? demande-t-elle.

— Non, aucune.

Puis, se tournant vers Anaïs, il précise :

— Le mystère de la jeune femme qui ressemble à ta mère reste entier.

— Il n'y a pas de mystère, réplique Valérie. Je suis certaine que c'est Marie et je ne comprends pas pourquoi elle ne nous a pas reconnus, car je suis aussi certaine qu'elle était sincère.

Jérémie attire la jeune fille contre lui et lui caresse la joue.

— C'est l'impression que j'ai eue, intervient Jean, mais, maintenant, je me dis que ça ne peut pas être elle !

Un instant, Anaïs retrouve son visage des mauvais jours. Jérémie qui redoute qu'elle sombre de nouveau dans sa folie désespérée, serre très fort sa main.

— Si nous profitions de cette belle soirée pour faire une promenade ? propose-t-il.

Ils quittent le village. Le jeune homme arrête sa moto près d'un bosquet et ils partent marcher dans le sous-bois. Des moustiques volent dans la lumière du soir ; Anaïs cueille un bouquet de fleurs sauvages puis ils s'assoient sur la mousse au pied d'un chêne. La jeune fille se love contre le garçon et l'embrasse avidement.

— C'est l'avenir qu'il faut regarder, murmure-t-elle. Nous deux, on peut continuer à faire notre chemin ensemble. Je t'aime et je suis à toi.

Ils roulent dans les feuilles, enlacés. Jérémie se sent libéré du carcan qui le maintenait dans le rôle de l'ami, du camarade d'enfance. Et il ose glisser ses mains sous la robe légère de la jeune fille.

— Je suis à toi, répète-t-elle comme pour l'inciter à aller plus loin.

Ils font l'amour pour la première fois, conscients, l'un et l'autre, d'échapper à leur enfance. La nuit tombe. Ils restent longtemps enlacés, insensibles à la fraîcheur humide du soir. Anaïs frissonne, puis arrange ses vêtements et ses cheveux.

— Si c'est ma mère, il faudra que nous retournions la voir. Je veux comprendre, dit-elle, prouvant ainsi que la belle femme de Forcalquier ne quitte pas ses pensées.

Ils retournent en silence jusqu'à la moto dont les chromes luisent dans la pénombre.

Le lendemain, Jean se lève à quatre heures comme il l'a fait chaque jour de sa vie, passe dans la salle de préparation et commence ses mélanges. La production des dorés a repris et les ouvriers ont accepté de faire des journées doubles pour rattraper le retard. Mais, ce matin, plus encore que d'habitude, Jean peine à déplacer les sacs de farine. Cette nuit, il est resté de longues heures les yeux ouverts à côté de Valérie, qui, comme lui, ne trouvait pas le sommeil. Ils ne parviennent pas à s'habituer à l'idée que Marie puisse être vivante, qu'ils l'aient vue et qu'elle n'ait pas voulu les reconnaître. Ils se sentent coupables d'une lourde faute. Pourquoi leur fille se serait-elle enfuie de chez eux et aurait-elle refusé de les revoir pendant dix-huit ans ?

Vers six heures, quand la chaîne de production est lancée, Jean remonte à l'appartement. Valérie lui propose :

— On va retourner à Aix, on va aller la voir, tous les deux, sans les policiers qui écoutent aux portes. On s'expliquera avec elle !

Jean n'est pas de cet avis.

— En dix-huit ans, les gens changent beaucoup. On a cru reconnaître Marie, mais, maintenant, je n'en suis plus certain. Si elle avait été Marie, on aurait vu dans son regard qu'elle nous connaissait.

— Moi je suis sûre que c'est elle.

Pourtant, l'inconnue ne trichait pas et, pour les parents déçus, ce mystère est plus difficile à accepter que l'annonce d'une mort à laquelle ils s'étaient résignés. Ils avaient gardé un petit espoir de la retrouver vivante, mais pas dans ces conditions. Tout s'écroule.

Jean sait que son état de santé ne lui laisse pas un long répit. Après s'être assuré que ses employés sont à leurs postes de travail, il se rend à l'hôpital où le Dr Renaud l'a convoqué à onze heures. Le médecin l'ausculte et le sermonne :

— Vous n'avez plus la force de travailler. Vous devez vous reposer, sinon, la prochaine crise sera fatale !

— Et alors ? s'emporte Jean Baltoret. Ma vie m'appartient et j'en fais ce que je veux !

Au retour, il est tellement fatigué qu'il doit se reposer un long moment. Il va devoir s'organiser autrement, transformer une partie de la réserve en pièce fermée où il préparera ses mélanges à l'abri des regards pendant la journée, mais n'est-ce pas céder à la maladie, accepter les bonnes raisons des autres ?

L'idée qu'Anaïs aille mieux le réconforte un peu, mais peut-il lui faire confiance ? Et puis, une fois son secret livré, il ne sera plus qu'une branche morte devenue encombrante.

Le maire revient à la charge en milieu d'après-midi. Sous prétexte de prendre des nouvelles, il multiplie les allusions et les propositions, et, une fois encore, il parle du passé minier du village, de sa lente agonie en attendant la relève industrielle, mais Jean fait semblant de ne pas comprendre. Il ne veut pas qu'on lui force la main et l'exemple de Manufrance, entreprise florissante au temps d'Étienne Simart, reste pour lui un exemple à ne pas reproduire. Donnée à la ville de Saint-Étienne, « la Grande Dame » n'a pas mis longtemps à sombrer. La même chose se produira avec ses dorés. Une municipalité ne peut pas gérer une entreprise commerciale, c'est ainsi.

Anaïs revient de l'atelier de fabrication où elle donnait un coup de main. Cela fait bien longtemps qu'ils n'ont pas été réunis tous les trois à cette heure de la journée. Valérie lui propose un café au lait.

— Avec des dorés, comme tu aimais tant pour ton goûter quand tu étais petite fille.

Anaïs vient s'asseoir à table près de son grand-père, mord dans une brioche. Jamais les dorés n'ont été aussi bons. À cet instant, elle se sent proche d'eux, sans cette cassure de la génération manquante.

— J'ai décidé de tourner la page, dit-elle. Jérémie et moi, on va reprendre nos études. Ce sera une bonne manière de ne plus regarder derrière nous.

Le Dr Robert Maréchal attend Melino dans le bureau que le commissaire Arguet a mis à la disposition de son collègue. L'homme, les traits tirés, semble mal à l'aise, moins sûr de lui que lors de leur première rencontre. Il se lève lorsque Melino entre, puis s'assoit de nouveau.

— Docteur Maréchal, je voudrais vous parler de votre protégée, Vicenta Marqué.

— Vicenta est une merveille, répond Maréchal sans la moindre hésitation. Un tableau vivant, un chef-d'œuvre. Mais elle a beaucoup souffert.

— C'est donc par amitié pour son père que vous en avez fait votre protégée ?

— Naturellement, monsieur. N'allez pas imaginer autre chose. D'ailleurs, depuis son accident, Vicenta ne supporte plus qu'on pose la main sur elle. Et puis je suis trop esthète pour la souiller de mon contact. Elle n'a jamais été pour moi que la fille de mon ami et elle sera mon héritière parce que je n'ai pas de famille.

Le commissaire ne quitte pas des yeux le visage de Maréchal qui reste impassible. En retrait, Arguet assiste à l'entretien. Lui non plus ne perd pas un détail de son attitude. Melino sait que cet homme ment et il a désormais les moyens de le forcer aux aveux.

— Vous m'avez dit connaître M. Sauteret. Figurez-vous que celui-ci est impliqué dans une nouvelle escroquerie.

— M. Sauteret n'est pas un ange, je le sais, mais il est un grand connaisseur, un fouineur de génie. Nos relations se limitent à la peinture.

— Vous étiez donc dans la région de Valenciennes le 5 juin 1994 ?

— Oui, pour l'achat d'un magnifique dessin de Picasso.

— Vous le savez sûrement, c'est le jour où a été enlevée Marie Baltoret.

Pas la moindre réaction, le moindre battement de cils. Maréchal reste de marbre. Melino se demande s'il doit lui assener immédiatement ce qu'il sait ou lui poser encore quelques questions.

— Vous ignorez peut-être que Sauteret est impliqué dans l'enlèvement des deux jeunes gens de Saint-Sauveur.

— Je lis la presse. Je sais aussi que la jeune Anaïs est la fille de cette Marie Baltoret dont vous me parlez.

— Bien, je suppose que vous ignorez que Sauteret et ses amis ont entrepris une monstrueuse action de destruction psychologique sur la personne d'Anaïs, en lui montrant des photos de sa prétendue mère.

— J'ignorais cela.

— Et que les photos de cette prétendue mère sont celles de Vicenta Marqué.

Cette fois, Maréchal baisse la tête comme pour cacher l'expression de son visage. Il pousse un long soupir, puis lève un regard triste vers le commissaire.

— Je savais que Sauteret était un salopard, mais pas à ce point.

— Expliquez-vous.

— Je veux dire qu'il irait jusque-là pour de vulgaires raisons pécuniaires.

Melino échange un regard entendu avec son collègue : le moment est venu d'abattre la dernière carte et de découvrir la vérité, toute cette vérité qui s'est dérobée à ses investigations pendant dix-huit ans.

— Maintenant, on ne joue plus. Nous avons la preuve formelle que Vicenta Marqué est Marie Baltoret. Une analyse d'ADN nous prouve qu'elle est bien la mère d'Anaïs !

Le silence embarrassé de Maréchal n'échappe à personne. Melino poursuit :

— Nous avons fait des recherches à propos de l'accident qui a coûté la vie au couple Marqué. Figurez-vous qu'ils étaient seuls dans la voiture et que Vicenta n'a jamais connu les Marqué dont elle porte le nom. Comment expliquez-vous cela ?

— Vous allez douter de ce que je vais vous dire, et pourtant c'est l'exacte vérité, commence Maréchal d'une voix monocorde. J'étais bien dans le Nord le jour de la disparition de Marie. Je venais d'acheter ce fameux dessin de Picasso et j'étais vraiment très heureux. Après avoir quitté Valenciennes, je suis passé par Saint-Sauveur. Il faisait presque nuit. Je longeais le parc en bordure du village. Je roulais très doucement parce que je cherchais un restaurant pour dîner avant de rouler toute la nuit jusqu'à Aix. J'ai aperçu une jeune fille sur un banc et, à côté d'elle, des tubes de médicaments. Ça m'a intrigué et je me suis arrêté. Elle m'a regardé d'une curieuse manière. Dans la lumière d'un lampadaire situé de l'autre côté de la rue, j'ai vu sa détresse, mais aussi sa grande beauté, une beauté merveilleuse, comme il ne m'avait jamais été donné de voir dans aucune toile de maître. Cela m'a beaucoup perturbé.

— Alors, comme il n'y avait personne, pas de témoins, vous l'avez obligée à monter dans votre voiture ?

— Je n'ai jamais contraint personne. Je lui ai demandé ce qu'elle faisait avec tous ces médicaments dont certains étaient très dangereux. Je lui ai proposé de la ramener chez elle. Elle m'a dit qu'elle n'avait pas de chez elle, qu'elle voulait mourir. Qu'elle avait décidé de se suicider.

— Qu'est-ce qui nous prouve que vous ne racontez pas cela pour minimiser votre forfait ?

— Croyez ce que vous voudrez, ma faute est réelle, j'en ai bien conscience. Marie est donc montée dans ma voiture en me demandant de l'emmener très loin de Saint-Sauveur. J'ai pris la route du Sud. Voilà, je l'ai enlevée même si elle m'a suivi de son plein gré. Elle était majeure, ce qui pouvait justifier mon acte et je répondais à son désir. Ma véritable faute n'est pas là. Nous sommes arrivés au petit matin à Aix. J'étais ébloui par la beauté de cette jeune femme, véritablement, comme si j'avais là le plus grand de tous les chefs-d'œuvre.

— Que vous a-t-elle dit pendant le voyage, car je suppose que vous avez parlé ?

— Elle m'a dit qu'elle avait été violée par un de ses copains et qu'elle était tombée enceinte et avait accouché d'une petite fille. Je lui ai demandé pourquoi elle n'avait pas avorté, elle m'a répondu que la honte était trop grande, qu'elle avait repoussé le moment et que, quand elle s'était décidée, il était trop tard. Elle a donc caché sa grossesse à ses parents autant qu'elle l'a pu, puis elle a accouché, mais la honte était toujours là et elle voulait mourir.

— Cela n'explique pas qu'elle n'ait pas reconnu ses parents ni cette histoire espagnole, qu'est-ce que ça veut dire ?

— J'y viens. Je ne pouvais pas me détacher de Marie. Sa beauté en faisait le plus beau tableau de ma collection. Quand elle a voulu s'en aller, au bout de quelques jours, je n'ai pas pu me résoudre à la laisser partir. Alors j'ai perdu la tête, je l'ai enfermée dans une pièce de mon château, et je ne l'ai plus laissée sortir. Je lui apportais à manger, elle ne manquait de rien, j'exauçais ses moindres désirs, sauf celui de lui rendre sa liberté. J'étais comme le roi de ce conte pour enfants, vous savez, celui qui a un bel oiseau en cage, qu'il aime au point de tout lui accorder sauf de le laisser partir. Cela a duré trois ans.

— Je suppose que vous en profitiez bien…

Maréchal se lève, offusqué, le regard ferme.

— Monsieur le commissaire ne faites pas de moi ce que je ne suis pas.

— Est-ce que pendant ces trois années elle vous a parlé de sa fille, de sa famille ?

— Non, rarement ou alors pour me dire qu'elle ne retournerait jamais à Saint-Sauveur. On passait de longues heures ensemble à bavarder. Elle n'était pas si mal dans l'appartement que je lui avais fait aménager. Elle ne voyait pas l'extérieur et cela la protégeait de ses fantômes. Elle m'a raconté ce qu'elle n'avait jamais dit à personne. Violée par quelqu'un qu'elle connaissait bien, elle se sentait irrémédiablement perdue.

— Pourquoi n'a-t-elle pas porté plainte ?

— Je vous l'ai dit : elle avait honte de ce qui était arrivé, comme si c'était elle qui en était responsable. Si elle ne supporte pas qu'on la touche, c'est à cause de ce monstrueux traumatisme. Je crois qu'elle ne voulait pas voir sa fille parce qu'elle était le résultat du viol, la preuve de son infamie.

Maréchal demande un verre d'eau qu'un inspecteur lui apporte. Il reprend son récit, comme soulagé de pouvoir se délivrer d'un secret trop lourd à porter.

— Et puis, un jour, Marie a réussi à tromper ma vigilance. Le bel oiseau s'est envolé. Je ne sais pas par quel moyen elle a réussi à me voler la clef et s'est enfuie. Je l'ai cherchée. J'ai parcouru en trombe toutes les routes autour de mon domaine. C'était la nuit, je me souviens exactement de l'endroit où je l'ai trouvée, aux Fontaines, parce que, autrefois, il y avait une source qui permettait d'arroser les cultures d'œillets. Je roulais comme un fou. Dans le tournant, je l'ai vue surgir dans les phares. Je n'ai pas pu l'éviter.

— Vous avez voulu la tuer pour qu'elle ne puisse pas vous dénoncer, c'est bien ça ?

— Le choc a été violent, Marie a été projetée dans un fourré. Il n'y avait personne. Je l'ai installée dans ma voiture et je l'ai ramenée au château. Je l'ai examinée : elle n'avait rien de cassé mais était plongée dans un coma inquiétant. Pourtant, je l'ai gardée chez moi, pour éviter les ennuis et profiter encore un peu de sa présence alors que son état nécessitait une hospitalisation d'urgence. Je l'ai veillée pendant dix jours, surveillant son cœur et sa respiration et priant le ciel de faire un miracle. Quand elle s'est réveillée, elle ne se souvenait de rien.

— Je ne comprends pas, intervient Melino. Vous aviez l'occasion de la faire disparaître et vous avez tout fait pour la sauver ?

— Je souhaitais la garder auprès de moi, pour toujours. Et puis, pendant ma courte carrière médicale, j'ai vu des cas de coma semblables à celui de Vicenta. Il s'ensuit presque toujours une amnésie partielle ou totale que l'on peut combattre en rappelant son passé au malade. L'accident des Marqué que j'ai appris par la presse, survenu presque en même temps que celui de Vicenta m'a donné l'idée de lui inventer une nouvelle identité. Ces choses-là peuvent se faire assez facilement chez les grands traumatisés. Ainsi Marie disparaissait à jamais et Vicenta vivait libre près de moi. Elle s'est vite rétablie, mais elle avait perdu la mémoire et les gestes les plus ordinaires lui manquaient. J'ai passé les deux plus belles années de ma vie à construire sa nouvelle identité. Elle ne savait plus ni lire, ni écrire, je lui ai réappris. Elle a vite retrouvé son niveau d'avant l'accident, mais pas la mémoire. Il faut dire que j'ai pris grand soin de lui inculquer un passé qui empêchait tous les autres souvenirs de remonter à la surface. Ensuite, je lui ai acheté les deux agences immobilières où elle a très vite montré de bonnes dispositions pour le commerce.

— Mais le passeport ?

Marchand a un petit sourire triste.

— Lorsqu'on s'intéresse à la peinture, on s'intéresse aussi aux marchés parallèles et aux faussaires. Les meilleures transactions se font dans l'ombre de ces réseaux souterrains. Avec un peu d'argent, on trouve un faux Picasso, mais aussi un faux passeport plus vrai qu'un authentique.

— Une dernière question : Sauteret connaissait-il la vérité ?

— Oui, et il me faisait chanter. Il m'a extorqué des sommes considérables en échange de son silence. Et je cédais pour me protéger, et éviter à Vicenta de découvrir une réalité qui aurait fait de moi un monstre à ses yeux.

Melino demande aux inspecteurs de conduire Robert Maréchal en cellule. Il est indécis sur la suite à donner à cette affaire, les conséquences pouvant être terribles pour Marie.

— Voilà dix-huit ans que j'attends cet instant, conclut Melino, et la victoire n'est pas à la hauteur de ce que j'espérais. Le plus dur reste à faire : parler à Marie.

Il se dirige vers la porte. Arguet lui propose d'aller boire une bière bien fraîche au bar voisin.

— C'est ça, et après, j'irai voir Vicenta, rétorque Melino. Retarder l'échéance ne sert à rien, même si je me demande comment je vais lui présenter les choses. Je ne voudrais pas commettre l'irréparable.

— Tu ne fais que ton devoir, quant au reste…

Arguet a un geste évasif : les policiers sont payés pour trouver la vérité, pas pour en mesurer les conséquences.

— Peut-on refuser de dénoncer un criminel, si odieux soit-il, sous prétexte qu'on va faire beaucoup de mal à sa victime ?

— Sûrement pas ! tranche Arguet.

Il est environ dix-neuf heures quand Melino entre dans l'agence du Château. La chaleur est redevenue supportable. Le bruit incessant des cigales, les hirondelles, la lumière apaisante du soir donnent envie de flâner, de ne penser à rien.

Une fois encore, Vicenta ne cache pas son agacement en voyant le commissaire. Le personnage lui est assez sympathique, mais elle n'aime pas ses questions, ses allusions ; sa seule présence réveille un passé pénible et fait surgir des monstres informes dans les vastes zones d'ombre de son esprit. La femme sophistiquée cache derrière une silhouette savamment étudiée et entretenue à grands frais une fragilité qui la mine.

— J'ai besoin de vous parler, annonce le commissaire abordant directement le vif du sujet. Et cela risque d'être long.

— Mais ce que vous avez à me dire ne m'intéresse pas, réplique Vicenta en faisant signe à son employée de s'en aller. Je vous demande de me laisser tranquille. J'ai eu beaucoup de mal à retrouver une certaine sérénité après la mort de mes parents, je vous prie de ne pas remettre en cause mes efforts pour tenter de vivre presque normalement.

— Il m'en coûte de vous parler, mais c'est mon devoir. Je ne peux pas reculer.

Cette manière qu'il a de s'adresser à elle inquiète Vicenta. Comme elle ne pourra pas y échapper, elle abaisse la grille de son agence.

— Nous allons sortir par-derrière. Je vous propose de venir chez moi. Je ne suis pas une bonne cuisinière, mais on s'arrangera. Je préfère affronter ce que vous allez me dire dans un cadre apaisant.

— Je vais vous dire la vérité, l'unique, la seule. Et avec cette vérité, vous pourrez mieux vivre que dans le mensonge ou l'ignorance. Il est temps de regarder votre passé en face, parce que ce passé va vous délivrer de vous-même et de celui que vous considérez comme un père, alors qu'il n'a fait que vous séquestrer et vous mentir.

Vicenta sort les clefs de son sac, abaisse la grille sur la rue. Elle a perdu sa superbe. Des souvenirs d'avant l'accident, des bribes de vie qui ne correspondent pas à ce que lui a raconté Maréchal reviennent à son esprit, tellement lourds que son pas en devient hésitant.

— Je vous emmène, dit-elle en montrant sa voiture garée dans la cour.

Finalement, elle préfère apprendre la vérité de cet homme aux cheveux gris et aux rondeurs rassurantes. Il a l'âge d'être son père et un accent du Nord qui trouve en elle des échos profonds dont elle ne saurait expliquer l'origine, mais qui lui plaisent.

Ils entrent dans le parc par un portail électrique en fer forgé. Bano, le dalmatien de la jeune femme, tourne autour du véhicule en aboyant.

— Faites attention, avertit Vicenta, c'est un gros balourd, il exprime sa joie avec brutalité.

Ils entrent dans la maison que les volets mi-clos maintiennent dans une douce obscurité. Il y fait bon, presque frais. Vicenta propose d'aller s'asseoir dans le jardin, sous une épaisse charmille.

— L'endroit est idéal pour respirer l'air du soir. Un petit rosé des sables vous serait-il agréable ?

Elle parle aussi pour chasser l'assaut d'images antérieures à l'accident. Elle éprouve le besoin de bouger, de s'agiter pour ne pas céder à une douleur dont elle redoute de connaître la cause. Melino se sent empesé, lourd, maladroit dans ses gestes et ses mots. Malgré son habitude à diriger les entretiens, le commissaire se demande comment ne pas brusquer la jeune femme et se laisse guider jusque sous la charmille où il s'assoit sur le siège en bois blanc que Vicenta lui présente. Elle lui tend la bouteille et le tire-bouchon avant d'aller chercher les verres. Melino se dit qu'il ne doit pas céder au piège du bien-être, de la douce torpeur qui l'envahit et lui ôte tout courage. Pour se donner une contenance, il ouvre la bouteille.

— Vous savez, commissaire, je ne suis pas aussi naïve que vous semblez le croire, dit-elle d'une voix qui se veut assurée, mais reste tremblante.

Elle cherche encore à échapper à ce qui se précise dans son esprit et la mord au plus sensible de sa personne. Melino comprend cela, mais reste sous le charme de cette femme qui refuse qu'on la touche et fait tout pour plaire, attirer les regards. Pourtant, ce soir, c'est une Vicenta au visage sombre qu'il a devant lui. Il commence à parler, conscient de sa maladresse :

— Nous avons bu un verre ensemble, dans le bar à côté de votre agence. C'était hier matin. Quand nous sommes sortis, mon adjoint qui était dans les parages est allé chercher votre verre et la rondelle de citron. Au labo, nous avons analysé votre ADN !

— Vous avez fait ça sans m'en parler ? C'est grave !

— Et cet ADN correspond à celui d'une jeune fille, Anaïs, votre fille, et la petite-fille des deux personnes que vous avez vues au commissariat, qui sont vos parents, votre véritable père et votre véritable mère.

Vicenta pose son verre, baisse les yeux ; tout son corps est parcouru de frissons. Melino voudrait lui prendre la main pour la rassurer, mais il redoute sa réaction. Alors il poursuit :

— Vous n'êtes pas Vicenta Marqué, mais Marie Baltoret, fille de Jean et Valérie Baltoret, demeurant à Saint-Sauveur dans le nord de la France.

La respiration rapide, la jeune femme ose enfin lever un regard triste vers le commissaire et se verse un second verre de rosé qu'elle avale d'un trait.

— Je savais que cela devait arriver, dit-elle enfin après un long silence. Poursuivez. Dites-moi tout jusqu'au bout. Faites votre travail de fouineur.

— Vous n'êtes pas née le 18 mai 1974 en Asie, mais le 12 avril 1976 à Saint-Sauveur dans le Nord. En 1994, alors que vous étiez en terminale, vous avez accouché d'une petite fille, Anaïs. Une semaine plus tard, vous avez disparu. Toutes les forces de police vous ont cherchée et moi le premier, puisque j'ai été chargé de l'enquête et que j'ai dirigé la brigade qui s'est occupée de cette affaire pendant trois ans, sans résultat. Vous avez été enlevée par le Dr Robert Maréchal qui se trouvait à Valenciennes pour l'achat d'un dessin de Picasso. Il vous a séquestrée pendant trois années…

— Arrêtez ! crie Vicenta en se levant brusquement. Vous allez cesser de dire n'importe quoi ?

— Non, je vous dis la vérité et Maréchal vous la confirmera, puisque je ne fais que répéter ses propres aveux. Ensuite, vous avez réussi à vous échapper. Il vous a cherchée, et il vous a renversée avec sa voiture, le seul accident que vous ayez subi. Il vous a soignée dans son château en prenant le risque de vous laisser mourir. Quand vous êtes sortie du coma, il vous a façonnée à sa manière, en vous inventant une vie qui le disculpait de son forfait !

— Qu'est-ce que vous racontez ? s'indigne Vicenta, mais sa voix a perdu son animosité et semble, au contraire, lasse et triste. Robert n'a jamais levé la main sur moi. Il m'a tout donné sans rien me demander en échange. Mais vous dites que j'ai eu un enfant et que je l'ai abandonné ? Ce n'est pas mon genre !

— Pourtant vous l'avez fait. Vous avez fui parce que vous aviez honte. Votre enfant est née d'un viol. Quelqu'un que vous connaissiez. Je comprends parfaitement votre attitude.

Vicenta pose son front sur la table de bois. Durant ces années un cauchemar l'a hantée nuit après nuit. Un homme dont le visage ne lui était pas étranger l'entraînait dans une chambre. Elle le suivait en toute confiance et, une fois la porte fermée, il se jetait sur elle et la brutalisait. Vicenta criait, mais la maison était déserte. Chaque détail de cette scène lui revient à l'esprit. Et là, son passé s'impose d'un bloc. Le barrage trop longtemps retenu par des artifices cède. D'abord l'horrible sentiment de culpabilité quand elle a su qu'elle était enceinte : comment en parler aux autres, à ses copines, à ses parents ? Elle était allée au bout de son calvaire. Après l'accouchement, elle avait tout rejeté à la fois, son enfant née d'un acte de violence qui lui rappelait son bourreau, sa famille qui ne savait pas trouver les mots pour la consoler et tout le village qui la considérait comme une traînée. Le regard des autres la tuait. Elle avait décidé de mourir quand Robert Maréchal l'avait abordée sur le banc. Au début, la séquestration dans le château lui avait été supportable, puis elle avait voulu s'en aller et Maréchal avait montré son véritable visage…

Elle se lève et va remplir son verre de rosé. Elle ne pleure plus, son regard grave ne quitte pas celui du commissaire.

— Je suis coupable d'avoir abandonné ma fille. Et Robert a volé la moitié de ma vie… Ses largesses ne peuvent compenser ça. Comment lui pardonner ?

— Il répondra de ses crimes devant la justice.

Vicenta secoue légèrement la tête, inspire comme si elle allait parler. La femme sophistiquée a retrouvé une apparence ordinaire. Son visage est redevenu celui d'une femme de quarante ans avec les premières rides au coin des yeux et une gravité simple qui la rendent accessible.

— J'ai envie de vous prendre la main, dit Melino. Comme un père qui retrouve sa fille.

Il n'a jamais su s'exprimer autrement que par des mots usuels et des gestes du quotidien. Cette Marie qu'il a cherchée pendant tant d'années est devant lui. Il mesure la place que son absence avait prise dans sa vie, celle que désormais sa présence comblera. Elle tend sa main aux longs doigts effilés qu'elle pose sur la grosse main du commissaire. Tous les deux restent un long moment ainsi. Ce contact réconcilie celle qui s'appelle désormais Marie avec la vie.

— Je veux voir ma fille. Mais pas à Saint-Sauveur. Je préférerais qu'elle vienne ici.

— Elle sera là demain soir, je m'y engage, fait Melino en se levant.

— Non, laissez-moi quelques jours. Je dois m'habituer.

— Comme vous voulez, admet Melino qui n'est plus à un jour près.

Puis Marie se ravise :

— Non, ce n'est pas une bonne idée. Il faut battre le fer tant qu'il est chaud. Faites-la venir dès demain.

Le commissaire se lève pour prendre congé. La jeune femme l'invite à se rasseoir.

— Où voulez-vous aller à cette heure ? Vous n'avez pas de voiture et j'ai trop bu pour vous raccompagner à l'hôtel. J'ai une chambre d'ami très confortable.

Melino n'insiste pas. Il se sent fatigué, incapable d'exprimer le moindre désir. Marie lui propose de l'accompagner dans la cuisine où elle va préparer un en-cas. Il en profite pour appeler sa femme à qui il annonce que son retour va encore être retardé d'une journée. Solène ne cache pas sa déception. Elle est surtout triste pour Julie qui va repartir chez ses parents sans avoir pu profiter de son grand-père. Melino le regrette aussi, mais conclut :

— Tu comprends, Solène, cette affaire qui m'a occupé si longtemps et empêché de dormir de si nombreuses nuits arrive enfin à son terme. Alors, ce n'est pas le moment de chicaner pour une journée !

Elle est d'accord, Solène. Elle et son mari se querellent quotidiennement pour des futilités, mais ils sont toujours du même avis quand les choses ont de l'importance.

Marie prépare une omelette aux cèpes.

— J'ai encore un paquet de champignons au congélateur. C'est l'époux de mon assistante à Forcalquier qui m'en fournit chaque automne. Ce n'est peut-être pas très léger, mais tant pis, c'est vite fait et très bon.

Elle va et vient dans la cuisine, tellement différente de la patronne maniérée des agences immobilières.

— Je vous assure que lorsque vous m'avez mis en face de M. et Mme Baltoret, enfin, mes parents, je ne les ai pas reconnus. L'insistance de… de ma mère m'a même déplu.

— Et maintenant, demande le commissaire, que ressentez-vous ?

— Je suis très en colère.

Elle sourit en cassant les œufs sur les champignons dont l'odeur embaume la pièce.

— Rendez-vous utile. Apportez les assiettes et les couverts sous la charmille. Nous allons dîner dehors, le chant des cigales à cette heure est très reposant. Je me sens libérée et j'ai hâte de voir ma fille.

Melino consulte sa montre. Dix-neuf heures trente, le TGV de Lille va entrer en gare de Marseille. Il fait les cent pas sur le quai surchauffé. Le Ch'ti ne supporte pas les grosses chaleurs. Sa retraite, il la passera dans sa maison de campagne, près d'Amiens ; il cultivera son grand potager et laissera filer le temps avec la satisfaction du devoir accompli. Et il mangera des dorés à chaque petit déjeuner.

Tout en faisant les cent pas, il téléphone à sa femme. Chaque fois qu'il traverse un moment délicat dans son métier, il éprouve le besoin d'entendre Solène, de lui demander conseil, plus pour se rassurer que pour en tenir compte. Il lui explique :

— J'ai fait venir Anaïs. Je vais la mettre en présence de sa mère. J'ai peur que ça se passe mal.

— Mais non, le rassure Solène. Elles ont sûrement très envie de se retrouver.

— Anaïs est encore très fragile. Les filles ont des raisonnements curieux qui m'échappent, poursuit le commissaire. Le psychiatre qui l'a examinée, m'a dit qu'elle se détestait parce que sa mère l'avait abandonnée. Je redoute qu'elle reporte cette haine rentrée sur Marie.

— Tu verras bien. Quoi qu'il en soit, tu dois les mettre en présence l'une de l'autre.

— M. et Mme Baltoret vont venir aussi. À moins que Marie ne décide de monter dans le Nord. Rien n'est arrêté pour l'instant. Le premier pas, le plus difficile, c'est le rapprochement de Marie et d'Anaïs.

Le train arrive, les freins crissent. Melino n'a pas voulu que la rencontre se fasse sur le quai d'une gare, il se place près de la sortie afin de ne pas rater la jeune fille.

Pendant tout le voyage, Anaïs reste à sa place, cassée, repliée sur son cœur qui bat très fort. Le regard perdu dans le paysage qui défile, elle cherche à ne pas penser à ce qui l'attend pour ne pas avoir peur. Mais à mesure qu'elle approche de Marseille, la douleur devient insupportable. Elle n'aurait pas dû accepter de rencontrer sa mère. Que peut-elle avoir de commun avec cette femme trop élégante ? Comment l'appeler maman ?

Elle regrette d'avoir refusé que Jérémie l'accompagne. Le jeune homme a insisté, mais elle n'a pas cédé par peur d'elle-même et surtout pour qu'il ne voie pas sa laideur à côté d'une Vicenta rayonnante.

Le TGV s'arrête dans un bruit strident de freins. Les voyageurs se pressent dans l'allée. Anaïs ne bouge pas de sa place. Elle a mal partout. Le courage lui manque : elle voudrait rester là et attendre que le train reparte dans l'autre sens.

Le wagon s'est vidé. Une équipe de nettoyage monte à bord. Une femme, balai à la main, dévisage la jeune fille avec curiosité. Anaïs prend son sac posé sur le siège voisin et se dirige vers la sortie sans répondre au bonsoir de la femme qui ne la quitte pas des yeux.

Sur le quai, elle hésite encore, pressée par l'envie de s'enfuir, d'aller se cacher et d'attendre le prochain train pour Lille. Une silhouette qui marche vers elle attire son attention : un homme de petite taille, replet, aux cheveux gris, coupés court, plantés sur son crâne comme des épines. Il est encore temps de s'échapper, Melino l'appelle.

— Anaïs, mais qu'est-ce que tu fais ?

Le commissaire s'approche de la jeune fille, l'embrasse sur les deux joues, comme quelqu'un de sa famille. Anaïs semble perdue.

— J'ai cru que tu avais raté le train ! lui dit-il en souriant. Viens, ma voiture est au parking. On a une bonne heure de route…

Il veut prendre le sac d'Anaïs qui recule.

— Je ne veux pas venir. C'est une erreur. Je veux repartir pour Saint-Sauveur. Je ne veux pas voir ma mère.

— Mais enfin, Anaïs, qu'est-ce qui te prend ? Ta mère t'attend avec impatience. Elle a tellement hâte de te connaître.

— Pas moi. Si elle avait voulu me voir, elle savait où j'étais pendant toutes ces années. Il s'est passé beaucoup de temps avant qu'elle perde la mémoire…

Melino se dit que la rencontre sera plus difficile qu'il ne le craignait. Il doit surtout s'employer à éviter l'irréparable. Il précise :

— Ta mère a été séquestrée. Elle ne pouvait ni sortir, ni téléphoner.

Il ne peut pas lui dire qu'elle est née d'un viol, alors il poursuit son explication :

— Quand ta mère a réussi à s'échapper, elle a été rattrapée par Maréchal.

— Et ensuite, je ne crois pas qu'elle était séquestrée dans ses agences immobilières ! La vérité, c'est qu'elle ne voulait pas s'embarrasser de moi.

— C'est pas aussi simple ! explique Melino. Elle était amnésique et ne se souvenait même pas de son nom ! Je t'en supplie, accepte de venir avec moi. Ensuite, tu feras ce que tu voudras.

Anaïs lui emboîte le pas.

— Je vous préviens : je rencontre cette femme, je lui souris si vous y tenez et, ensuite, je file. J'ai retenu une chambre à Aix. Jérémie va me rejoindre…

Melino sourit à l'évocation de Jérémie qui aura été, tout au long de cette histoire, le bon garçon toujours présent au bon moment. Avec lui, il sait qu'Anaïs ne court aucun danger. Cette conséquence d'un enlèvement et d'une séquestration plaît au commissaire qui n'a pas attendu d'être en fin de carrière pour constater que les pires événements peuvent avoir des effets secondaires bénéfiques pour peu que les intéressés en aient envie.

— Comme tu voudras, dit Melino.

Au parking, il ouvre la portière de sa voiture à la jeune fille qui se pelotonne sur le siège, comme pour étouffer une douleur de ventre qui ne la quitte pas. Le véhicule sort de la ville et prend l'autoroute en direction d'Aix-en-Provence. Melino qui cherche à détendre l'atmosphère parle de la chaleur excessive, puis demande des nouvelles de Jean et Valérie Baltoret. Anaïs ne répond pas. Le soleil descend sur les collines, c'est le soir, le meilleur moment de la journée. L'air redevient respirable et les oiseaux qui se taisent en plein midi chantent de nouveau, couvrant l'incessant grésillement des cigales et des autres insectes.

Ils laissent Aix-en-Provence sur leur droite. Anaïs est pâle, crispée. Quand la voiture franchit le portail ouvert, qu'elle voit le parc, la villa aux tuiles romaines, la belle voiture de sport, elle se met à claquer des dents. Melino ouvre sa portière.

— J'ai peur ! avoue-t-elle.

— Viens, je te dis, ta mère t'attend.

Anaïs ne bouge pas. Le chien se met à aboyer, s'approche, renifle la visiteuse et lui fait la fête, comme s'il la connaissait.

— C'est pas le moment de faire la tête, sermonne Melino en lui prenant la main.

Anaïs se laisse guider. Une fois debout, le commissaire constate qu'elle est un peu plus grande que lui, détail qui lui avait échappé. Le chien aboie en tournant autour d'elle pour lui souhaiter la bienvenue.

Marie est au bout de l'allée, immobile. Melino ne s'attendait pas à la trouver à cet endroit. Elle regarde intensément Anaïs qui baisse la tête, sa main toujours dans celle du commissaire.

Il ne va pas plus loin. Les deux femmes sont à moins de trois mètres l'une de l'autre. Anaïs fixe le gravier de l'allée. Marie la regarde toujours de ses yeux clairs, sans un battement de cils, sans la moindre expression sur le visage. Voilà donc la fille née du pire moment de sa vie ! Elle s'était imaginé un monstre et la découvre magnifique. Elle avait cru que la revoir lui ferait horreur, qu'elle aurait envie de la tuer pour supprimer toute trace de sa honte, mais Anaïs est là, donnant la main au bon commissaire ; seuls ses cheveux bougent légèrement dans la brise du soir. Marie a l'impression de se voir à dix-huit ans, juste avant que commence son calvaire.

Enfin, la mère fait un pas. Un tout petit pas qui lui aura tant coûté. Anaïs retient les tremblements de sa mâchoire et lève lentement les yeux. Leurs regards se croisent, s'accrochent. Marie perçoit l'intense détresse de l'adolescente, Anaïs découvre la solitude de sa mère. Elles ont tout à coup le sentiment d'être très proches.

C'est Marie, la première qui tend les bras vers l'inconnue et Anaïs, dans un élan spontané que seule la jeunesse sait avoir, s'y précipite. Elles s'étreignent, mélangent leurs larmes. Melino est ému. Il ne savait pas que son métier pouvait aussi avoir des côtés aussi poignants.

Enfin, Marie s'écarte d'Anaïs et lui sourit, les mains posées sur ses épaules.

— Laisse-moi te regarder, murmure-t-elle. Tu es tellement belle.

Anaïs ouvre la bouche. Ses lèvres bougent pour murmurer un mot si longtemps banni de son vocabulaire, un « maman » sans haine, mais elle n'en a pas encore la force.

Jaloux, le chien tourne autour d'elles en jappant. Melino s'éloigne de quelques pas pour ne pas montrer l'émotion qui anime son visage. Puis, se reprenant, il dit comme s'il était un habitué de la maison :

— Je vais porter des verres sous la charmille. C'est l'heure de boire un petit rosé des sables bien frais, n'est-ce pas ?

Il s'éloigne pour ne pas entendre les premiers mots que les deux femmes vont échanger. Marie et Anaïs lui emboîtent le pas. Anaïs est toujours silencieuse, mais ne tremble plus.

— Viens, lui dit Marie, je vais te montrer ta chambre. Elle est prête depuis longtemps. Tu sais, après l'accident, j'ignorais que j'avais une fille, mais je savais que cette chambre était destinée à un être cher dont je ne parvenais pas à me rappeler le nom.

Melino apporte les verres et les gâteaux apéritif, débouche la bouteille et remplit les verres.

— On va trinquer à l'été, dit-il, aux cigales, au bonheur d'être vivants. Anaïs, lève ton verre pour ta... ta maman !

Anaïs porte son verre à ses lèvres. Elle grimace.

— Je ne peux plus boire de vin ! Finalement, je préfère le Coca !

Sa dérive vers l'alcool n'aura donc été qu'un accident sans lendemain. Une bonne nouvelle pour Melino qui n'en espérait pas tant quand il a proposé de boire un verre de rosé. Le téléphone de la jeune fille sonne, elle ne bouge pas.

— Voilà que tu es muette ? s'étonne le commissaire.

Anaïs fond en larmes. Sa mère l'attire contre elle, comme un tout petit enfant et lui murmure des mots de réconfort.

La sonnerie insiste. Melino lui prend l'appareil des mains avant qu'elle coupe la communication.

— Anaïs t'attend, Jérémie. Prends le premier TGV, on viendra te chercher à Marseille quelle que soit l'heure.

Ce samedi 13 juillet, on s'active aux cuisines du restaurant Le Beau Rivage à Valenciennes. Un grand repas a été commandé par Jean Baltoret. Une quarantaine de convives, autant qu'à un mariage, et ce n'est pas habituel dans ce restaurant familial dont la cuisine est réputée jusqu'à Lille.

Vers neuf heures, Me Lenoir arrive à la maison des Baltoret. La réunion a lieu dans le bureau du patron et regroupe François, Marie, Anaïs et Valérie, mais aussi le maire, Paul Maqueray et Éric Leblanc, le plus jeune ouvrier qui travaille aux dorés. Les gens se rassemblent sur la place pour commenter l'événement. Tout le monde sait que Jean passe la main, le bruit a circulé qu'il allait donner son secret à sa fille retrouvée, mais alors que font le maire et Éric Leblanc dans cet arrangement familial ?

Le patriarche laisse le notaire s'installer derrière son bureau, allumer un ordinateur portable et déclarer la séance ouverte. Jean se tient debout, en face de lui. Ce qu'il va dire lui coûte beaucoup. Valérie l'a poussé à prendre cette décision qu'il considère comme sage, mais qui le dépouille d'une partie de lui-même.

— Voilà, il est temps pour moi de céder la place. J'ai été sollicité par beaucoup de gens. Et, finalement, ceux qui m'ont fait chanter m'ont rendu l'immense service de me rendre ma fille. François, Marie, votre mère et moi allons prendre notre retraite dans la sérénité, la paix retrouvée. Je suis né ici, à Saint-Sauveur et chaque matin, quand je me lève pour préparer les dorés, je vois le chevalement dressé au bout du village qui me rappelle que je suis fils de mineur. Quand je passe devant les bâtiments vides du puits 34, je ne peux m'empêcher de penser à mon père qui a travaillé là et à toutes les gueules noires qui faisaient la renommée de notre village. Alors, j'ai compris que le secret des dorés je le dois à Saint-Sauveur, à ce qu'il m'a donné si généreusement, mon enfance pauvre mais heureuse, ma vie laborieuse avec Valérie et l'aisance que nous avons acquise au fil des ans.

Il marque une pause. Marie se dit que François a probablement écrit le discours avec des mots qui ne sont pas ceux de leur père et sourit à son frère, imperturbable à côté de Pauline.

— Donc, les dorés vont rester à Saint-Sauveur. Il m'a fallu du temps et tous ces événements pour m'y résoudre, car je souhaitais que le secret ne sorte pas de la famille. Nous allons créer une société où la commune aura un nombre égal de parts avec mes enfants. La préparation des mélanges sera confiée à Éric Leblanc qui, s'il n'est pas de la famille, mérite toute ma confiance. D'ailleurs, même s'il s'en défend, je suis certain qu'à force de me voir travailler, il sait déjà tout. La direction de l'usine qui occupera les locaux de la mine sera confiée à François qui a toutes les qualités pour ça.

François acquiesce. Jean lui lance un coup d'œil entendu et sourit à Pauline qui s'ennuie.

Paul Maqueray prend à son tour la parole, remercie le « génial inventeur » d'avoir entendu la voix de la raison. Saint-Sauveur lui en sera éternellement reconnaissant. Jean pense à sa statue sur la place du village. Il sera le grand homme, l'exemple à suivre à Saint-Sauveur. Une bouffée d'orgueil monte en lui et colore ses joues rasées de près. Mais il est pressé d'en finir avec les formalités administratives qui ne l'ont jamais intéressé et trépigne d'impatience.

Marie est arrivée la veille et a retrouvé son village natal avec beaucoup d'émotion. Elle a pris des nouvelles de ses anciens camarades d'école. Lorsque sa mère lui a parlé d'un certain Paul-Henri Lebettin, son visage s'est assombri, ses traits se sont crispés. En apprenant qu'il est mort voilà deux ans d'un cancer de l'estomac, elle a retrouvé sa sérénité. Désormais plus rien ne s'oppose à ce qu'elle réapprenne à vivre.

Pour aller au restaurant, Marie monte dans la voiture de son frère. Ils se retrouvent avec bonheur. Eux qui ne cessaient de se disputer dans leur jeunesse découvrent qu'ils ont beaucoup de points communs et peuvent s'entendre. Anaïs ne quitte pas sa mère au point que Jérémie se sent un peu délaissé.

Les autres convives attendent la famille Baltoret devant la porte du restaurant. Jean a mis son costume, celui qu'il avait acheté pour le mariage de François. Valérie porte un tailleur bleu. Empruntés dans leurs vêtements de sortie, l'un et l'autre sont heureux d'avoir réuni leurs enfants et leurs proches, mélancoliques aussi, car ce repas de fête marque la fin d'une vie qui leur allait bien. Ils vont rester à Saint-Sauveur, naturellement, ils vont continuer à travailler, mais ce ne sera plus jamais la même chose.

— On va boire le champagne ! fait Jean en passant devant les convives.

Ils sont tous là, Bernard Staffin, sa femme et son fils, le maire de Saint-Sauveur, Jérémie et ses parents, les employés de la fabrique, les fournisseurs devenus des amis. Jean va d'un groupe à l'autre comme s'il cherchait quelqu'un. Il questionne Valérie qui lui répond par un haussement d'épaules. De jeunes apprentis de l'école hôtelière, réquisitionnés pour l'occasion, proposent des coupes et des petits-fours. Enfin, le patron du restaurant dans son habit de chef cuisinier vient trinquer avec tout le monde et propose qu'on passe à table.

— Il manque quelqu'un ! fait Jean, anxieux.

Les retardataires arrivent : Antoine et Solène Melino qui, pour l'occasion ont fait un effort de toilette. Madame, assez forte, plus grande que son époux à qui elle donne le bras, sourit à tous. Antoine, dans une veste trop étroite car il veut toujours paraître plus mince, a vraiment forcé sur l'eau de toilette à la lavande. Jean tend les bras pour obtenir le silence car il veut parler.

— Je ne suis pas habitué aux discours alors je vais être bref, déclare-t-il. Cette réunion a été possible grâce au travail de longue haleine du commissaire Melino que je ne remercierai jamais assez et que je considère désormais comme un ami !

Marie et Anaïs embrassent le commissaire sur les deux joues. Il sourit, bredouille des remerciements, dit qu'il n'a fait que son devoir. Ses yeux se mouillent quand l'assistance l'applaudit.

— Je crois que le commissaire Melino va aussi prendre sa retraite et nous avons déjà projeté de belles parties de pêche. Mais la vie continue et notre village a encore un bel avenir. Nous devions bien ça aux anciens qui ont travaillé au puits 34, à ceux qui sont morts au fond lors du coup de grisou de 1939. C'est à eux que je pense. Leur sacrifice n'aura pas été inutile.

Paul Maqueray, qui adore s'entendre parler, se lance dans un nouveau discours sur l'avenir de Saint-Sauveur, désormais tout tracé grâce au succès des dorés. Dans un coin, Marie raconte à sa fille qu'elle va céder ses agences du Midi pour ne rien devoir à Maréchal. Il lui faudra du temps pour s'engager dans une autre vie. L'envie de fuir avec sa fille trotte dans son esprit, mais elle n'en a parlé à personne. Elle a gardé de son séjour à Aix-en-Provence le goût du commerce immobilier. Elle ouvrira sûrement une nouvelle agence là où l'opportunité se présentera. Il y aura une place pour Anaïs : la mère et la fille ont tant d'années à rattraper.

On passe à table. Melino regarde Marie et Anaïs assises côte à côte. Leur ressemblance ne le frappe plus autant et il ne cesse de découvrir des détails qui les différencient. De son côté, Marie lui envoie un petit sourire qui lui fait très chaud au cœur.

Sous la table, la main de Marie se pose sur celle d'Anaïs. Les deux mains s'étreignent, soudées et personne ne s'en aperçoit, pas même Jérémie qui raconte pour la centième fois comment il a réussi à se libérer dans les ruines du vieux moulin.

Et Jean qui aime tant se mettre en valeur, explique à Melino comment, lors de sa dernière partie de pêche qui remonte à quelques années, il a raté un énorme brochet :

— Quand il est monté à la surface, j'ai vu sa gueule ouverte ! Large à avaler un dindon !

Tout le monde éclate de rire.

— Il mesurait facilement un mètre cinquante de long ! insiste Jean.

Nouveaux rires autour du pêcheur qui se renfrogne, vexé.

À cet instant, le soleil sort d'entre les nuages, découpant sous un ciel clair le chevalement que les convives voient de la fenêtre ouverte, dressé au-dessus des toits, âme silencieuse de Saint-Sauveur.

Achevé d'imprimer par GGP Media GmbH, Pößneck
en juillet 2014
pour le compte de France Loisirs,
Paris

N° d'éditeur : 77504
Dépôt légal : août 2014
Imprimé en Allemagne

Composition :
Soft Office – 5, rue Irène Joliot-Curie – 38320 Eybens